U0093430

國際學術研討會

古龍武俠小說 領先時代半世紀

【記者賴素鈴／報導】江湖代有才人出，這廂古龍凋零二十載，那廂今朝懸賞百萬獎新秀，浪淘不盡，唯有武俠熱愛，不隨時間變易，在學術研討會上更見分明。以「一代鬼才：古龍與武俠小說」爲主題，淡江大學第九屆文學與美學國際學術研討會昨起在國家圖書館，展開爲期兩天的議程，紀念武俠小說家古龍逝世二十周年，新生代學者與古龍故舊齊聚一堂，以文論劍話武俠。

日前與淡大中文系教授林保淳共同發表《台灣武俠小說發展史》，武俠小說評論家葉洪生昨天在專題演講中，直批胡適1959年底發表「武俠小說下流論」是「胡說」，學界泰斗的不當發言以及隨即展開的「暴雨專案」，反而促成1960年起台灣武俠新秀的繁興，「武俠小說迷人的地方，恰恰在門道之上。」，葉洪生認定，武俠小說審美四原則在文筆、意構、雜學、原創性，他強調：「武俠小說，是一種『上流美』。」

集多年心血完成《台灣武俠小說發展史》，葉洪生認爲他已爲從十歲起迷上武俠小說的半世紀畫上完美句點，並且宣布他「以後決心退出武俠論壇，封劍退隱江湖」。

雖然葉洪生回顧武俠小說名家此起彼落，套太史公名言「固一世之雄也，而今安在哉？」，認爲這是值得深思的嚴肅課題，昨天意外現身研討會而備受矚目的溫世禮，則爲了紀念同是武俠迷的哥哥溫世仁，推出第一屆「溫世仁武俠小說百萬大賞」，即日起至今年10月3日截止收件，經兩階段評選後於明年12月7日公布首獎得主，預料將會是一場武林新秀的龍虎爭霸戰。

看明日誰領風騷？風雲時代出版社發行人陳曉林眼中的古龍，其實領先他的時代半世紀，以致如今雖然古龍逝世20年，陳曉林認爲大家對古龍的了解仍然有限，預言未來世代更能和古龍的後設風格共鳴。

昨天這場研討會，也凸顯武俠小說作爲一項文學研究門類，仍有待開發學習空間。多位與會者都指出，武俠小說的發表、出版方式和管道具考證難度，學術理論與論文格式的建立待加強。而武俠名家的版權之爭、市場競爭力，也增加出版推廣困難，古龍武俠小說的版權糾紛、司馬翎作品的版權官司也成爲研討會的場外話題。

與

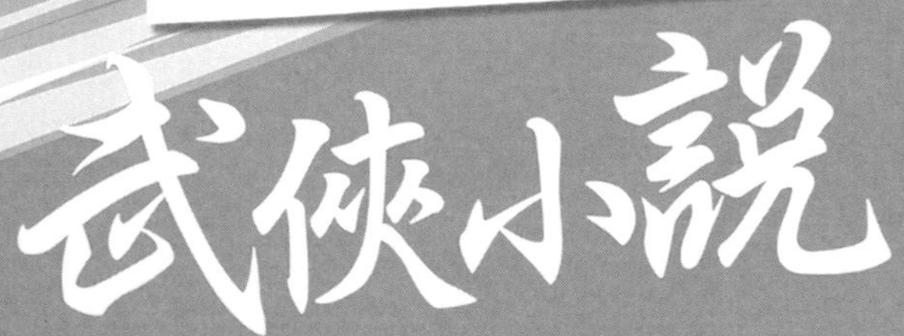

第九屆文學與美

古龍兄為人慷慨豪邁，跌蕩自如，變化多端，文如其人，且饒多奇氣。惜英年早逝，余與古兄當年交好，且喜讀其書，今既不見其人，又無新作可讀，深自惋惜。

金庸

一九九六，十，十一，香港

金庸

劍毒梅香（上）

附新出土的《神君別傳》

古龍精品集 50

劍毒梅香

(上)

目錄

【導讀推薦】

筆底驚濤，出手不凡

——兼談《劍毒梅香》的巧妙綰合

著名文化評論家、聯合報主筆
陳曉林

古龍的崛起、茁壯、成熟與突破、掙扎、再突破、再掙扎……堪稱是台港武俠小說創作高潮時期的一大「奇蹟」。就作品的數量而言，他在二十餘年的創作期間總共留下了六十一部，約兩千五百餘萬字的心血成績，平均每年的創作量不下於一百萬字；就作品的質量而言，幾乎每一部都有可觀之處，成熟時期的作品尤其往往生機盎然，靈光四射，堪與金庸作品分庭抗禮，而毫不遜色。

才華橫溢的古龍

古龍的創作生涯與創作表現，有不少值得注意的地方，其中之一，是他的才華在相當年輕的時期即已光芒四射。他從十八歲寫作第一部武俠作品《蒼穹神劍》開始，即與武俠小說的創作結下了不解之緣；到三十一歲時，他已完成《武林外史》、《名劍風流》、《絕代雙驕》、《楚留香傳奇》等膾炙人口的名作。而金庸則在三十一歲時，才開始撰寫他的首部武俠作品

《書劍恩仇錄》；相形之下，古龍的「早慧」是十分明顯的。金庸在四十七歲時完成了他總計十五部武俠作品的撰作，而開始進行逐步的修訂工作；而古龍卻在四十八歲那年猝然逝世，留下了一個甫在進行嘗試的寫作計劃，即：以一系列短篇武俠作品，串連成長篇巨帙的「大武俠時代」。

而在三十一歲至四十七歲之間，諸如《蕭十一郎》、《流星·蝴蝶·劍》、《天涯·明月·刀》、《多情劍客無情劍》、《邊城浪子》、《陸小鳳傳奇系列》、《七種武器》、《大地飛鷹》、《英雄無淚》等風格驚絕、生面別開的力作逐一問世，真令讀者有置身山陰道下，目不暇給的驚喜。時值金庸停筆之後，唯古龍以一支生花妙筆獨撐武俠文壇；於今想來，若是古龍也有機會修訂他的全部作品，則他的文學地位必較目前大可提升，殆可斷言。

苦悶時代的閃光

依照古龍自己的說法，沒有寫武俠小說之前，他本身就是個武俠迷，而且是從被稱爲「小人書」的連環圖畫看起的。古龍曾回憶道：「那時候的小學生書包裡，如果沒有幾本這樣的小人書，簡直是件不可思議的事。可是，不知不覺小學生都已經長大了，小人書已經不能再滿足我們，我們崇拜的偶像就轉移到鄭證因、朱貞木、白羽、王度廬和還珠樓主，在當時的武俠小說作者中，最受一般人喜愛的大概就是這五位。然後就是金庸。於是我也開始寫了。引起我寫武俠小說最原始的動機並沒有什麼冠冕堂皇的理由，而是爲了賺錢吃飯。」——見古龍：「不唱悲歌」

其實，古龍在此處的陳述顯得過於簡略。一九五〇至一九六〇年的台灣，在物質生活上確然相當匱乏，古龍隨其家人從香港到台灣時年方十三歲，對世間當充滿憧憬；但由於家庭變故，父母仳離，他在上大學時的第一年即已面臨生計的煎熬，亦是事實。然而，一個必須正視的因素是當時的大環境、大氣候十分苦悶，整個台灣在戒嚴令的威權統治下，有一種近乎窒息的感覺；知識分子不敢議論時政，庶民大眾當然更噤若寒蟬。但嚮往公平正義，尋求超現實的理想境界，是源自人性深處的強烈需求；唯在當時的苦悶氛圍下，這種人性需求也仍須覓致其表達或渲泄的形式。然則，武俠小說在當時的台灣應運而生，原有不可漠視的社會基礎。

五十年代到六十年代是台灣武俠創作的極盛時期，作者多爲移遷到台的流亡學生、國軍將士、基層公務員；既然時代與社會對幻想式的武俠作品有其需求，而一旦有出版社願予印行，寫作這類作品又確能賺錢吃飯貼補家用，於是，一時之間武俠作者多如過江之鯽，武俠小說儼然成爲紓解時代苦悶的主要消閒讀物。但也正因如此，絕大多數作者都並不將寫作武俠小說視爲一種長久的職志，或視爲在文學上、藝術上有其獨特意義的事業；於是，正邪對立、善惡分明、陳陳相因、交互模仿的武俠刻板的窠臼逐漸形成，嗜血的、粗糙的、抄襲的、胡編的末俗濫惡之作，開始充斥於當時的市井書坊。恰在此時，古龍以其清新的筆觸、流利的文采、典雅的敘事，以及天風海雨般的想像力與創作力，崛起於武俠文壇，確予人以耳目一新的驚豔之感！

一出手令人驚豔

即使在二十多年後被他自評爲「內容支離破碎、寫得殘缺不全」的少年期初作《蒼穹神劍》中，古龍也展現了他獨具韻味的文字功能。他起筆即寫道：「江南春早，草長鶯飛，斜陽三月，夜間仍有蕭索之意。秣陵城郊，由四橫街到太平門的大路上，行人早渺，樹梢搖曳，微風颼然，寂靜已極。」像這樣優美、浪漫而富於古典詩意的文字，豈像是出於一個未滿十八歲的少年之手？更何況，他在書中所抒寫的秦淮風月、少豪意氣、英雄志業、兒女情懷，以及情節中的悲劇性衝突、傳奇性事蹟，實已預示了日後一連串作品的基調與特色。即使只就這部十八歲的少作而言，古龍筆下所抒寫的悲劇俠情與悲劇美感，較之他所推崇的前輩武俠名家王度廬的作品，也已不遑多讓。

在古龍的心目中，王度廬的作品「不但風格清新，自成一派，而且寫情細膩，結構嚴密，每一部書都非常完整」。以王度廬著名的「鶴—鐵五部曲」爲例，古龍即推崇其「雖然是同一系統的故事，但每一個故事都是獨立的，都結束得非常巧妙」（古龍：「關於武俠」）。所以，古龍對自己早年的作品結構不夠嚴密、系統不夠完整，一直耿耿於懷。然而，以當時台灣的出版環境而言，爲了適應租書店的需要，武俠小說的寫作本是片段進行、分冊付梓的；加以古龍當時因創作力旺盛，往往同時展開數個故事，而非集中心力於單一的、長篇的武俠作品之構作；所以，古龍的〈早期名作系列〉以文筆、氣力與瑰麗的想像力擅長，而非以嚴密的結構見長，完全是可以理解的現象。

（關於古龍的所謂〈早期名作系列〉，一般是指他在一九六三年首次有意識地改變寫作風格，將日本戰前名家如吉古川英治、小山勝清等人有關宮本武藏及幕府時代一系列忍者、劍客、武士的作品，加以消化吸收，而寫出《浣花洗劍錄》之前的全部作品而言。）古龍本人在生前也認可這樣的分期方式，他認爲一九六三年之前的作品中，《湘妃劍》、《孤星傳》頗有嘗試「文藝武俠」新寫作路線的用意，因此，〈早期名作系列〉主要涵括了《彩環曲》、《護花鈴》、《失魂引》、《遊俠錄》、《劍客行》、《蒼穹神劍》、《月異星邪》、《殘金缺玉》、《飄香劍雨》、《劍毒梅香》、《劍玄錄》等十一部作品。

超越了俗套模式

這十一部作品，都是古龍從十八歲至二十三歲的五年之間，在大時代苦悶與青春期苦悶交互導引，亟待有所清洗和昇華的情況下，所完成的嶄露頭角之作。然而，縱使在這些初試啼聲的青春期作品中，除了文字的清新流利、構思的浩瀚恣肆之外，古龍對於當時所流行於武俠文壇的末俗濫惡的風氣，已蓄意要有所扭轉；故而一再尋求理念上、表達上及題材上的突破。這個時候，古龍當然尚未體認到武俠小說可以根本不以武功、武打、武技來吸引讀者，而逕自以氣氛的營造、情節的鋪陳、人物性格的刻畫，以及人性深度的發掘與試煉，作爲作品展開的主體；然而，爲了向當時流行於武俠文壇的刻板窠臼之作明示區隔，以建立自己的風格和特色，古龍揚棄了正邪對立、善惡分明的武俠敍事模式，而著意於抒寫正邪、善惡、是非、黑白往往相互糾纏，而無法明晰劃分的情境與人物。換句話說，古龍的早期作品即已超越了陳陳相因的武俠寫作模式，而呈現他自己獨特的認知與理念。

以處女作《蒼穹神劍》爲例，「蒼穹十三式」的傳人「星月雙劍」雖然死在「寶馬神鞭」薩天驥的鏢局，且薩天驥與他們的冤死也確實脫不了干系，以致「星月雙劍」的隔世傳人熊倜將他視爲不共戴天的仇人；但在當時的慘劇情節中，薩天驥畢竟只是誤殺，而非有意謀害，因此，其間的是非曲直並非判然分明。及至熊倜歷經艱苦，長大成人，卻因機緣巧合，與被薩天驥撫養長大的夏芸相戀至深，以致陷入情仇糾結的困境之中。最終，熊倜在擊殺薩天驥之時，夏芸卻爲維護義父而挺身受劍，香消玉殞；熊倜萬念俱灰，揮劍自戕，「蒼穹十三式」從此永絕於人間。然則「星月雙劍」與「寶馬神鞭」之間，又豈有明確的正邪、善惡之類分野？

再以《遊俠錄》爲例，遊俠謝鏗爲報父仇，浪跡天涯，追蹤仇家，過程中到處行俠仗義，出生入死，贏得無數江湖好漢的稱道。然而，他的仇人「黑鐵手」童瞳卻因當年一時意氣用事殺死了他的父親，內心深感不安，久已改過向善。及至謝鏗在黃土高原上與童瞳狹路相逢，明知童瞳已懺悔前非，閉門潛隱，試問：素負俠義之名的謝鏗是否仍非搏殺童瞳不可？古龍在此書中雖將主要的情節置於後一輩英俠如「雲龍」白非、「無影女」石慧與天龍門之間的恩怨事端，而以側寫的方式讓謝鏗淡出於故事的主軸之外；然而，混沌糾結的是非恩怨，最終畢竟仍須有一了斷。《遊俠錄》的情節行將收束之前，謝鏗毅然自斷雙臂，宣佈退出江湖，來交代他對童瞳之死的歉疚，不失為光明磊落的行徑。

初試懸疑與推理

至於《殘金缺玉》，古龍的本意雖然是要抒寫「殘金掌」傳人古濁飄和「玉劍門」女傳人蕭凌之間的愛恨情仇，以及由前代宿怨所衍生出來的悲劇情境。然而，身負血海深仇的古濁飄可以戲弄一干徒負虛名的仇家於股掌之間，面對天真無邪、嬌憨刁蠻的「玉劍」蕭凌，卻實在無法將她也視為仇敵，更不忍陰謀加害。然則，當年「殘金掌」與各大門派之間的仇怨，如今由古濁飄以不擇手段的方式展開報復，是否符合正義的原則，是否為另一形態的以暴易暴，本身便成為須得反思的問題。

在《失魂引》中，古龍首次凸顯詭秘的氣氛與懸疑的情節，「四明山莊」的慘禍，「翠袖黃衫」的華麗、「如意青錢」的秘辛，「西門一白」的下落，在在扣人心弦；及至謎底揭開，一切情況又回歸到原點。敍事手法之巧妙，充分反映了古龍在營造推理情節方面的才華。而《飄香劍雨》中，古龍安排男主角「鐵戟溫侯」呂南人詐死避仇，改名換姓，所要避開的仇家卻是奪去他妻子的「天爭教」教主蕭無；其人之懦怯自私，趨利避害，不言可喻。但隨著情節的展開，呂南人的真性情逐漸顯現，終於完全逆轉了、也顛覆了原先的故事格局，顯示古龍已走向「性格帶動情節的相對化、多元化敍事模式」。《月異星邪》則抒寫自遭慘變的卓長卿在步步驚險、事事奇譎的江湖路中脫穎而出，其間的諸般遇合與變幻，應可稱為相對化、多元化敍事模式的進一步發揮。

在古龍的早期作品之中，《護花鈴》與《彩環曲》的份量較為特殊，是最具有創意，結構也最嚴密的精心傑構。事實上，古龍在成熟期所撰許多膾炙人口的代表作中，有若干迥異流俗的情節、匪夷所思的橋段、戛戛獨絕中的人物典型，以及絲絲入扣的心理刻畫，在這兩部早期名作的表述中，已可看出端倪。當然，由於這些吉光片羽式的靈感與巧思，尚未被整合到充分系統化、節奏化的敍事模式之中；所以，往往予人以「七寶樓台，炫人眼目，拆散下來，不成片段」之感。儘管如此，配上了古龍那彙集浪漫才情與古典素養於一體的文字魅力之後，這些吉光片羽式的靈感與巧思，仍使得《護花鈴》與《彩環曲》展現出晶瑩剔透的風貌，並為六十年代初期的台灣武俠文壇注入了一股清新的氣息。

「啓蒙」與「浪漫」的張力

《護花鈴》的故事情節，若加以充分的鋪陳與推展，大可以成為一部高潮疊起、驚心動魄的長篇巨著。事實上，像「諸神殿」與「群魔島」的對峙、「不死神龍」龍布詩與「不老丹鳳」葉秋白的比鬥、「風塵三友」與南宮世家的秘辛等，上一輩絕頂高手之間的恩怨情仇，既複雜萬端，又交互牽纏，只消稍予點染，無一不可以發展成大開大闔的傳奇故事。然而，古龍卻以舉重若輕的敍事筆法，將這些確然深具戲劇張力的前代軼事一一推向背景，而突出了少年英傑南宮平的入世奮鬥事蹟，細述他的成長、磨煉、迷惘、自我克制、自我提升的歷程，並以他的江湖遇合來弭平或化解上一輩絕頂高手之間的恩怨情仇。很顯然的，古龍將西方現代小說的敍事模式中，頗具普遍意義的「啓蒙」情節引進了《護花鈴》之中；所以，「諸神殿」、「群魔島」的神話式對立，及其最終的結局，反而成爲次要。

既引入了「啓蒙」的概念，則南宮平居然與上一輩武林美人梅吟雪相戀，歷經波折，九死未悔，便成爲不難理解的情節。因爲，唯有通過了感情或愛情領域的考驗，南宮平才能成長爲一個真正堅強的男人；而梅吟雪最終爲了成全南宮平維護武林正義的聲譽，悄然離他而去，委身下嫁「群魔島」的少島主，使得「群魔島」轉而力助南宮平，便成爲南宮平的「啓蒙」所必須付出的代價。至於南宮世家所珍藏的「護花鈴」，照古龍的說法，本是三對可以發生「共振」的金鈴，由相戀的情侶們各執一對，一人遇險，只消搖動金鈴，另一人立可往援，這當然是一種浪漫的想像；最終，梅吟雪黯然遠行，「護花鈴」並不能助使南宮平找到她，安慰她，則隱隱反映了「啓蒙」與「浪漫」之間的永恒矛盾。

自我突破的契機

至於《彩環曲》，規模上雖只是中篇的格局，內容之豐富卻儼然超過了長篇武俠的承載。古龍曾一再表示《彩環曲》是他早期作品中最重要的「明珠」，因爲日後許多情節發展於此，良有以也。

《彩環曲》的行文之優美、落筆之精確、佈局之奇詭、節奏之明快，以及劇情轉折之搖曳生姿，在在顯示古龍在創作生涯中已瀕臨突破自我、更上層樓的契機。在本書中，他首次將以罌粟花提煉的「花粉」作爲控制他人意志的有效工具一事，引入到武俠小說的主要情節之中，使得「意志」這個因素成爲武俠小說的關鍵要素。事實上，本書中所抒寫的「石觀音」以罌粟花粉控制烏衣神魔的情節，正是日後古龍在「楚留香傳奇系列」中進一步發展相關故事的張本，連「石觀音」這個名稱，在後來的故事中也予以援用；足見古龍對《彩環曲》中創構的若干情節設計與人物典型，是相當滿意的。

不但如此，在《彩環曲》中，古龍也首次將「真正的劍客，必是以生命忠於劍、也癡於劍」這個理念，以具體的人物形象與情節推演，作了栩栩如生的表述。《彩環曲》中衣白如雪、一塵不染的白衣人，既是古龍中期作品《浣花洗劍錄》所凸顯的東瀛白衣人的前身，也是「陸小鳳傳奇系列」所刻畫的一代劍神西門吹雪的雛型。而《彩環曲》中，柳鶴亭與白衣人的一戰，將天候、地形、氣氛、心情、膽色，全都融入到一瞬間生死對搏的「極限情境」，也爲古龍日後揚棄具體武功招術，著意營造決鬥氣氛的敘事技巧，作了動人心弦的展示。就這個意義而言，《彩環曲》其實是古龍擺脫傳統武俠敘事模式，銳意走向自闢新境之途的轉折點。

爲了突破傳統武俠小說的刻板敘事模式，古龍在《彩環曲》中，還藉由對武林秘笈「天武神經」爭奪與血拚過程的描述，而提供了一個強烈反諷的觀點。古龍如此寫道：在傳說中，每隔若干年，江湖上便總有一本「真經」、「神經」之類的武學秘笈出現，而江湖之人一定將之說得活龍活現，以爲誰要是得到了那本「真經」、「神經」，便可以練成天下無敵的武功。而在《彩環曲》中，爲了爭奪「天武神經」而殞命的武林高手不計其數，但在武當掌門將它刻印了三十六部隨緣贈送之後，武林人士終於發覺，原來「天武神經」有其致命的缺點，往往使得習練之人在緊要關頭走火入魔，失去對外來侵襲的抵抗能力。

這種對武學秘笈的反諷式描述，甚至已超出了金庸在《笑傲江湖》中對「葵花寶典」的傳奇式揶揄；當然，更超脫了金庸對「九陰真經」、「九陽真經」之神奇功能的執著；而這時的古龍在武俠文壇雖已嶄露頭角，卻年甫二十三歲，正是旭日初升的時節。

劍毒梅香的因緣

《劍毒梅香》在古龍武俠著作中，是頗爲特殊的一部。雖然，它是古龍極早期的作品，在結構、意蘊、技巧等方面，與他成熟時期膾炙人口的若干代表作自不能相提並論；但古龍在此書開筆布局的諸各章節中，所展示的文字之典雅、思緒之奇倔，乃至人物情感關係之錯綜複雜，均已隱隱然有大家之風。

更特殊的是，古龍因當時生活顛沛流離、且爲少男青澀的早熟戀情所苦之故，未能及時交出續稿，出版社臨時商請更年輕的上官鼎（**時為大二學生**）代筆。結果上官鼎依古龍留下的伏筆娓娓寫來，竟也一炮而紅，從此自行創作，亦爲眾所周知的武俠名家。古龍與上官鼎交織於《劍毒梅香》書中的文字因緣，遂成爲台灣武俠小說演進史上的一段佳話。

而天才橫溢的古龍不願掠人之美，後來又另撰中篇《神君別傳》以銜接《劍毒梅香》的情節，舉重若輕，戛然而止，爲武俠界平添話題。

古龍在《劍毒梅香》中刻畫江湖風波之詭譎莫測，而以「七妙神君」梅山民與其愛徒「梅香神劍」辛捷這兩代英豪的遭際爲貫穿全書的主軸。一開場，胸襟超逸、名震武林的梅山民即遭到暗算，失去一身功力，且永不能復元；而辛捷則父母慘亡，身負血海深仇。於是，故事似乎順理成章地循著典型的「復仇」模式而推衍，但這其實只是表象。

顛覆正邪的理念

正如古龍日後在反思武俠小說的文章中指出，武俠通行的形式之一就是：一個有志氣而「天賦異秉」的少年，如何去刻苦學武，學成後如何去揚眉吐氣，出人頭地。這般歷程中當然包括了無數次神話般的巧合與奇遇，當然，也包括了一段仇恨，一段愛情，最後是報仇雪恨，有情人終成了眷屬。古龍特地點破：「這種形式並不壞，只可惜寫得太多了些，已成了俗套，成了公式」。辛捷進入江湖，爲父母和師父梅山民報仇，當然不能落入俗套；所以，古龍作出了顛覆性的布局。

正是在《劍毒梅香》中，古龍首次將像「七妙神君」這樣被武林各名門大派視爲邪魔的人物，抒寫爲主導全書精神氣質的特立獨行之士，自幼受其薰陶的辛捷，則終於成長爲足以體現此種精神氣質的一代英俠。同時，藉由開場時關於四大門派掌門人公然以卑鄙手段暗算梅山民的情節描繪，古龍首次以濃墨重彩反諷了名門正派的道德形象。後來，在古龍成熟時期的代表作如《蕭十一郎》、《多情劍客無情劍》、《陸小鳳傳奇》中，更以多層次、多角度的技法發揮了這一主旨。

留下豐富的伏筆

「關中霸九豪，河洛唯一劍，海內尊七妙，世外有三仙」，這是古龍在本書起筆之初所設定的絕頂高手名人榜，乃至毒君金一鵬、梅香神劍辛捷、天魔金欹等，都是性格鮮明生動、潛力大可發揮的精彩人物。後來上官鼎即按圖索驥，藉由對這些絕頂高手名人之間的愛恨情仇，以及辛捷分別與這些特異人物的衝撞及互動，而展開了環環相扣的緊湊情節。而由於整個故事的框架與伏筆均已敷設周致，無怪乎雖由上官鼎續筆完成，一般仍認爲《劍毒梅香》是古龍早期作品的佳構之一。

「內行看門道，外行看熱鬧」，即使不去細探從古龍到上官鼎，在本書中藉著武俠小說的敘事模式所想表述的新穎理念或曲折情思，只就不斷予人高潮迭起的閱讀快感而言，這兩位執筆者都不失爲極會說故事的作家。

無論是因爲默契，抑出於巧合，上官鼎續寫的《劍毒梅香》，在突破和超越武俠敘事已嫌俗套的「復仇」模式上，居然和古龍本人的理念如出一轍。辛捷終於擊敗四大門派首腦，爲梅山民湔雪了身敗名裂的恥辱；然而，面對當初曾在內心中天人交戰、終在生死壓力下選擇了暗算梅山民，如今則已愧悔交加的點蒼派年輕一代掌門謝長卿，梅山民和辛捷都選擇了寬恕。驚濤裂岸，至此迴轉，洵為大家手筆！正因上官鼎接寫《劍毒梅香》成功，在讀者期待下，他又寫出了《長干行》，作為《劍毒梅香》的續集，也引起熱烈迴響。（**編者按：本社亦將於今年九月出版《長干行》。**）

交會互放的光亮

不過，上官鼎與古龍畢竟亦有風格上各自畸重畸輕的出入。「世外三仙」的出現是意料中事，因為古龍設定的名人榜中本以三仙為武道巔峰；但上官鼎接手後，另起爐灶，鋪陳天竺外道高手「婆羅五奇」、「恆河三佛」入侵中土，釀成華夷大戰，中土由辛捷、吳凌風等年輕一代奮起抗爭，捍衛少林寺、挽救丐幫等驚險情節，亦自有奇峰突起之趣。

但上官鼎著墨較多的，仍是武俠小說發展史中較屬「悲劇俠情」典範的情節。梅山民的「七妙」之一乃是「色」，他本人確也曾遊戲人間，風流倜儻，但與真愛的意中人卻是磨難重重，終至天人永隔。他生平唯一的摯友「河洛一劍」吳詔雲在四大門派合擊下英年早歿，其子吳凌風人如玉樹臨風，卓爾不群，與辛捷結為義兄弟，方期攜手同心，再起風雲；卻因愛侶含怨而逝，吳凌風拯救不得，為之終身鬱鬱。而美麗佳人金梅齡、方少堃與辛捷間從情孽牽纏到心悴神傷，亦無不是「悲劇俠情」的呈現。因此，《劍毒梅香》寫情的比例極為可觀。

無論如何，《劍毒梅香》這部既突破傳統武俠的復仇模式，又另闢悲劇俠情之揮灑空間的作品，是武俠寫作界兩大天才型作家「交會的光亮」。後來，古龍繼續往武俠創作之途深入、創新，寫出無數撼動人心的名著，管領一代風騷，成爲新派武俠的巔峰；上官鼎則往學術及政治之途發展，迭任清大、東吳等名校的校長，如今則擔任二次政黨輪替後的行政院長。

清新的古龍式武俠

綜看古龍的〈早期名作系列〉，主要特色是結合了浪漫的文學想像與古典的文學素養，而藉由對傳統武俠敍事模式的消化、吸納、突破、轉型與揚棄，而逐漸建立令人耳目一新的優美風格。起初，由於受到王度盧作品中那種沁人心脾的悲劇俠情、悲劇美感的影響，古龍的作品也隱隱沾染著耽美的悲情色彩；又由於受到金庸作品中某些結構佈局經營、人物性格發展、情節遞嬗轉折的影響，古龍的早期作品力求在浪漫的抒情與嚴密的結構之間，尋求平衡。

但無論如何，即使在早期作品中，古龍對於傳統武俠敍事模式的所預設計的正邪、善惡、是非、黑白較易判然區分的那個武俠世界，即已在行文落筆之間，有意無意地予以揚棄；而展現出自創一個「古龍式武俠世界」的企圖心與創作力。

近來重新受到舉世矚目的現代德國文藝批評界英才班雅明（W.Benjamin）在其《天鵝之歌——歷史哲學論綱》中，曾引述「起源就是目標」的格言，論述許多文學作家的思想發展。對於古龍而言，這句格言實有歷久彌新的意義，因爲，古龍畢生創作的起源與目標，均在於以清新脫俗的文學表述，寫出石破天驚的武俠作品！

一 雪地對決

梅占春先，凌寒早放，與松竹為三友，傲冰雪而獨艷。時當早春，昆明城外，五華山裡，雪深梅開，渾苔綴玉，霏雪聯霙，雖仍嚴飆如故，但梅香沁心，令人心脾神骨皆清。

後山深處，直壁連雲，皚皚白雪之上，綴以老梅多本，皆似百年之物，虬枝如鐵，暗香浮影，真不知天地間，何來此仙境？

暮色四合，朦朧中景物更見勝絕，忽地梅蔭深處，長長傳來一聲嘆息，緩緩踱出一位儒服方巾的文士，亦不知從何處來。

他從容地在這幽谷四周，漫步了一遍，深厚的白雪上，卻未見留下任何足跡，然後負手佇立在一株盛開的老梅前面，凝神地望著梅花，身上的衣袂，隨風微動，此時此地，望之直如神仙中人。

萬籟俱寂，就連極輕微的蟲鳥之聲，在這嚴寒絕谷裡，都無法聽到，他隨手拾起一段枯枝，在雪地上淺淺勾起一幅梅花，雖只是寥寥數筆，但卻把梅花的凌風傲骨，表露無遺。

此時遠處竟隱隱傳來些人語，但也是極為輕微而遙遠的，他面色微變，嘴角泛起一絲冷峻的微笑，手微一揮，那段枯枝竟深深地嵌進石壁裡。

片刻，遠地看到幾條極淡的身影，晃眼間便來到近前，那種驚人的速度，是常人所無法思議的，但他見了卻鄙夷地一笑，臉上的神色更冷峻了。

那幾條人影在谷口略一盤旋，便直奔他所佇立之處而來，他喃喃地低聲說道：「怎麼只有四個，難道此次又不能了我心願……」

那四個人到了他面前丈餘之處，才頓住身形，緩步走來，其中一個面色赤紅，高大的道人，高聲笑道：「神君真是信人，只是我等卻來遲了。」

笑聲在四谷飄盪著，回音傳來，嗡嗡作響。神君冷冷地哼了一聲，目光在那四人身上略一打量，然後停留在一個枯瘦的老者身上。

那老者穿著極爲精緻的絲棉袍子，背後斜揹著柄長劍，那劍身很長，揹在他那枯瘦的身軀上，幾乎掛到地上了，顯得甚是滑稽，然而他廣額深腮，目光如鷹，望之卻又令人生畏。

他們雖是面帶笑容，但這勉強的笑容，卻不能掩飾住他們內心的驚懼和惶恐，那是一種人們在面臨著生與死的抉擇關頭時候，所無法避免的驚懼和惶恐，其中尤其是一個年輕而英俊的少年，他甚至在顫抖著，英俊的面龐上，也蒙著一層死灰之色。

這些神態都瞞不了那冷峻的文士，他目光極快的一閃，朗聲笑道：「好，好，武林五大宗派的掌門人，今天竟然到了三位，真叫我梅山民高興得很，不過……」他面色一變，目光中流露出一絲可畏的殺機，冷冷地說：「崑崙派的凌空步虛卓騰，和點蒼的掌門人追風劍謝星，怎地卻未見前來，難道他們看不起我梅某人嗎？」

那赤紅面的道人，卻是五大宗派之首，武當派的掌門人赤陽道長，此刻聞言，笑道：「您的召喚，他們怎敢不來，只是……」

那枯瘦的老者冷冷地接過口去，說道：「只是有個比你七妙神君更勝十倍的人將他們召了去。」

梅山民雙目一張，閃電般盯在那老者臉上，說道：「那人是誰？我梅某人倒要見識見識。」

枯瘦老者臉上泛起一絲笑意，只是他不笑便罷了，一笑卻令人不由生出一絲寒意，說道：「若你能見到此人，那我厲鶚第一個就高興得很。」

梅山民變色問道：「此話怎講？」

赤陽道長忙接過口去，說道：「神君先莫動怒，那追風劍謝大俠，和凌空步虛卓大俠，數月前都相繼仙去了，是以他們都無法踐神君三年前賭命之約，然而……」他用手微指身旁的英俊少年，接著說：「這位就是點蒼派的第七代掌門人，追風劍謝大俠的賢嗣，落英劍謝長卿，今日特來代父踐約的。」

梅山民噢了一聲，尖銳地瞪了那仍在冷笑著的厲鶚一眼，目光回到謝長卿那裡，說道：「謝世兄英俊不凡，故人有後，真叫我梅某人高興得很，但是前一代的事，讓我們自己了斷好了，謝世兄若無必要，也不必插足此事了。」

在這一刹那間，謝長卿的內心，宛如波濤衝激，顯然梅山民的話正觸中了他心底深處，然而他生在武林世家，現在又是一大宗派的掌門，有許多事，他必須勉強著自己去做，爲了點蒼派的名譽，爲了他自己在江湖中的地位，他極力地控制自己的情感，不讓它在面容上表露出來。

他雙目茫然凝著遠方說道：「神君的話，自然也是道理，但是大丈夫一言既出如白染皂，先父與神君既然有約在先，我自當遵著先父遺命，與神君踐此一約，至於成敗生死，又豈是我等計較的。」

梅山民微笑著點了點頭，心裡在暗自讚賞著這少年的勇敢，說道：「人各有志，誰也不能相強，謝世兄既然如此，我梅某人敬佩得很。」

他話聲一頓，變得冷酷而嚴峻，轉臉向赤陽道長說道：「三年以前，你們五大宗派在泰山絕頂柬邀江湖同道，同赴泰山，爭那天下劍術第一的稱號。」說至此處他仰天長笑一陣，冗長的笑聲，震得梅枝上的花瓣，蔌蔌飄落。

他厲聲又說：「想我七妙神君，怎會與你們這般沽名釣譽的狂徒，去爭那勞什子的名號，你們既然喜歡，就讓你們自稱劍術天下第一，又有何妨，但是我卻萬萬料想不到，自稱武林正宗的一派掌門人，卻聯手做下那卑鄙的行爲，五劍合璧，在會期前一天，就將我至友單劍斷魂吳詔雲傷在天紳瀑下……」

厲鶚肩微閃處，獨自掠到梅山民的面前，截住了他的話，冷冷地說道：「你話也不用多說了，那吳詔雲是咎由自取，又怨得了誰，今日我等由遠處而來，為的就是見識你七妙神君妙絕天下的幾樣玩意兒，你劃出道兒來，我們總一一奉陪就是了。」

梅山民說道：「只怕你們還不夠資格來見識我的『七藝』。」

赤陽道長聽梅山民連罵帶損，卻仍神色自若，笑道：「那個自然，七妙神君，以劍術、輕功、掌力，以及詩、書、畫、色，妙絕天下，想我等只是一介武夫，哪裡及得上神君的文武雙全！」

厲鶚又在一旁接口說道：「尤其是那最後一樣，我們更是望塵莫及。」

赤陽道長笑笑道：「厲大俠此話說得極是，神君風流倜儻，那是我們幾個糟老頭子所萬萬不及的，今日在下與崆峒的劍神厲大俠，峨嵋的苦庵上人，以及點蒼的落英劍謝賢弟，專程來此踐約，只想領教神君的劍術和掌力，若是我們能僥倖和神君各勝一場，那就再領教神君的輕功，至於詩、書、畫、色，我們卻是無法奉陪的了。」

梅山民冷笑道：「這樣最好，首先我就要領教這位自稱天下第一劍的厲大俠，究竟有什麼精妙招術，敢這樣賣狂。」

他嘴角泛起一絲陰森的殺機，說道：「然後呢，各位有什麼出類拔萃的功夫儘管使出來，我梅某人總不教各位失望就是了，反正今日身入此谷的人，若不能勝得了我梅某人，要想活著回去，只怕是辦不到的了，我梅某人若是敗在各位手裡，也不想活著回去，我話已講明，各位也不必講什麼江湖道義，只管拿對付吳詔雲的手段來對付我好了。」

此刻夜色已濃，天上無星無月，但襯著滿地白雪，天色仍不顯得太暗，再加上他們俱是內力高深的人物，在黑暗中視物，雖未見得宛如白晝，但也清楚得很，梅山民目光如電，極快地自他們四人臉上掠過，見他們面色雖不定，但卻個個成竹在胸，早已有了安排似的。

他心中不禁一動，但轉念又想道：「即使他們有什麼詭計，難道我不能識破？何況他們縱然五人聯手，也未必傷得了我。」

劍神厲鶚冷哼一聲說道：「閣下倒真是快人快語，說話乾淨俐落，正合我厲某脾胃，現在最好閒話少說，早作個了斷。」

他伸手一拉胸前的活扣，將長劍撤到手中，隨手一抖，只見劍星點點宛如滿天花雨，繽紛飛落，竟是一口名劍。

他將劍鞘平著推出，那劍鞘像是有人托著，平平地落在一塊突出的山岩上。

梅山民見厲鶚露這一手，心想盛名之下，確無虛士，今日一會，倒真是自己勝敗存亡的關鍵，此四人除了落英劍謝長卿外，無一不是在武林中久享盛名之士，自己雖以武術名滿天下，但與五大宗派的掌門，尚是第一次動手。

厲鶚方自說話，那一直沉默著的苦庵上人袍袖一拂，朗聲說道：「神君所說極是，今日在此聚會之人，諒已早將生死置於度外，但貧僧不是說句狂話，我等數人在武林中雖不敢說是泰山北斗，但俱非碌碌之士，若像那些江湖莽漢一樣地胡砍亂殺，動手過招，豈非有失身分？依貧僧所見，倒有一個更好的方法。」

七妙神君雙眉一揚，說道：「上人有何高見，只管說出來就是了。」

苦庵上人說道：「第一陣自是較量劍術，但也不必過招。」他微微指了指谷裡寬闊的雪地，說：「我們就在這雪地上，劃個圈子，我與赤陽道長，厲、謝二位各佔一方，神君只要能在半個時辰之內闖出我等所佈之劍陣，便算我等輸了。」

梅山民將這主意在心中略一揣度，便點頭說道：「這樣也好。」

苦庵上人道：「那我就請神君先劃個圈子。」

梅山民回身折了一段梅枝，那枝上花開得甚是繁衍，約有二三十朵，他握著那段梅枝，內力滲入枝裡，枝上的梅花忽然一起落下來，落入他寬大的衣袖裡，他笑道：「想不到今日我也做了個摧花之客。」

隨著說話，他衣袖一揚，那數十朵梅花忽地一齊自他袖中飛出，紛紛落在雪地上，竟擺成一個極整齊的圈子，鮮紅的梅花，襯在潔白的雪地上，形成一副極美的圖畫。

苦庵上人見了，讚許的微點了點頭，他所讚許的，倒不是七妙神君所施的那種超越的手法，而是他見七妙神君所佈的圈子極小，須知圈子佈的愈小，那在圈子裡的人愈難闖出，他們對今日之會，心中早有計較，對這第一陣的輸贏，雖未在意，但見那七妙神君對這種有關生死的事情，也絕不取巧，一方面固是讚許，另一方面卻驚懼著七妙神君的態度，怕他也早有成竹在胸。

七妙神君身軀毫未作勢，眾人眼神一亂，他已站在那圈子裡，朗聲說道：「就請各位趕緊過來，讓我見識見識武林中早已盛傳的名家劍法。」

劍神厲鶚第一個飛縱出去，站在圈子南方，赤陽道長、苦庵上人和落英劍謝長卿也各站一方，各自撤出身後的劍。

赤陽道長劍尖往上挑，說道：「第一陣既是較劍，神君就請快些亮劍。」

七妙神君手裡仍拿著那段上面已然沒有花瓣的梅枝，開口說道：「近十年來我梅某人還沒有動過兵刃，今天麼，各位都是武林中頂尖兒高手，我梅某人不得不破次例，就用這段樹枝，來討教討教各位的高招，各位就請動手吧。」

四人聽他竟如此說，臉上俱是一變。七妙神君仰天笑道：「各位切莫小看我這段樹枝，它在我梅某人手上，何異利劍！」

赤陽道長再是涵養功深，此刻也是怍色，說道：「神君既然如此說，我等就放肆了。」

語音方落，那四柄本靜止著的長劍，忽如靈蛇，交剪而出，怪就怪在那四柄劍卻未向梅山民身上招呼，只在他四周，結起一片光幕。

梅山民只覺他宛如置身在一個極大的玻璃罩子裡，四周光芒耀眼。

那劍式甚是詭異，卻也不是武當、峨嵋、點蒼、崆峒，任何一派的劍術，只管劍式連綿，如長江大河之水，滔滔而來，可是只要他靜立不動，也不能傷得了他。

須知自古以來，武林中的劍法，不是防身便是傷人，像這種既不防身，又不傷人的劍法，的是聞所未聞，你若不動，就無法走出這個圈子，你若想動，那四道配合得天衣無縫的劍光，根本無法破去，休說是人，就是連塵埃，都無法飛入。

七妙神君在劍光內靜立約莫半盞茶時光，卻苦思不得破陣之法，心裡想道：「怪不得他們倡用此法，原來練得這樣怪異的好劍式，這倒是我先前所沒有料到的，我只想他們四劍合璧，要勝它雖非片刻就能做到，但要想闖出，還不是易如反掌，卻未想到……」

他極留心地看看那四人的劍式，只是劍劍俱是交錯而出，劍帶微芒，極快的振動著劍幅，巧妙地填補了劍與劍之間的空隙。

七妙神君心中不禁有些後悔，他自思道：「我若將那柄『梅香劍』帶來，此刻也可用數十年來苦研而成的『虬枝劍式』破去此陣，但現在我手中所持卻只是一段樹枝，要想在這四個名家手裡的劍下，硬穿而出，哪裡能夠做到？」

他正思忖到此處，忽見有兩條交錯著的劍光，微一相擊，鏘地發出一絲輕鳴。那本是毫無破綻的劍式，因這相擊，便停頓了一會。

但那亦是那麼渺茫的一剎那，短暫得像是黑暗中的一閃光亮，七妙神君手中的樹枝，隨著那心裡的一個極快的念頭，向那空隙一劍刺去，左掌一立，掌風如刀，橫切在那兩道劍光上。

原來此劍陣本是苦庵上人、赤陽道長、劍神厲鶚，和追風劍合練而成，爲的卻不是用來對付七妙神君，而是要到山上去獵取一種極少有的蜂鳥，故此無守無攻，只是要將那種蜂鳥困住而已。

到後來追風劍謝星一死，他們將採集蜂鳥的事也告一段落，遂也將此陣擱下了。

但後來他們與七妙神君所訂三年之約，日益迫近，七妙神君在武林中是有名的心狠手辣，往往在談笑中，致人死命，而且武功深絕，行走江湖多年，從未有人在他手中走過二十招的。

他們這才會同落英劍謝長卿，重練此陣，但在這並不太長的一段日子，功力原本就稍遜的謝長卿，自然無法將劍式和這三人配合得像追風劍一樣嚴密，故此才有一招之漏。

但七妙神君梅山民是何等人物，心思反應之速，又豈是常人所能企及的。

落英劍謝長卿，只覺手腕一沉，有一種怪異的力量，使他混身一顫，手裡的劍自然也遲鈍下來，無法再配合其餘三人的劍式了，那本是嚴密而霸道的劍陣，也因他這微一遲鈍，而鬆懈下來，劍與劍之間，開始有了空隙。

七妙神君乘勢左肩欺上，右手的梅枝化做千百條飛影，點點向那空隙之間刺進，那一種極快的抖動，使得本已漸形鬆懈的劍陣，更形散亂了。

劍神厲鶚一看情勢有變，驀地長劍一引，退出那本劍式連綿配合的劍陣，長劍自上而下，一招「長虹經天」帶起一道淡青的光芒，向七妙神君連肩帶背，刷地一劍刺下。

梅山民微一錯步，輕鬆地避開此劍，梅枝橫掃時，手腕一沉，枝頭巧妙地搭住落英劍謝長卿的劍身，微一用力，謝長卿直覺有一股巨大力量自劍身滲入，忙也使出功力，來和這股力量相抗。

說來話長，然而這卻是剎時間事，厲鶚一劍落空，長劍猛頓，長嘯一聲，「梅花三弄」的劍式做三個圈子直取七妙神君「肩井」、「乳泉」三個要穴，神風凌厲，的是內家高手。

那邊苦庵上人與赤陽道長見劍陣已亂，遂也毫不考慮的各刺出一劍。

七妙神君所劃的圈子，本就極小，苦庵上人，赤陽道長和劍神厲鶚所發出的劍式，在這極小的圈子同向七妙神君刺去，他們本都是內家高手，剎那間只覺青芒紫電，交擊而來。

這卻也正是七妙神君所希望的，他手中的梅枝突地一鬆，落英劍早已滿蓄功力的劍，此刻因對方勁力頓洩，直如離弦之劍，不得不發，竟向赤陽道長和苦庵上人的劍光刺出。

他這一劍，是畢生功力所聚，劍身未到，已有一股勁力，向劍光中擊到，於是苦庵、赤陽兩人的劍風自是一偏，七妙神君腳踩迷蹤，向左微一側身，一聲暴喝，雙掌齊揚，雄厚的掌力，硬生生地擊偏了劍神厲鶚的招式，腳下細碎地踩著腳步，在這四劍都已微偏的空隙中從劍光裡極快地閃了出去，一聲長笑，他已遠遠地站在劍圈之外。

這邊四人也連忙收回劍式，苦庵上人大踏步走上前去，說道：「神君真好身法，這第一陣當然是算我等輸了。」

七妙神君笑道：「那麼第二陣又是怎麼個比法，也請上人說出來。」

苦庵上人說道：「這第二陣就由老衲和神君來一試掌力。」

說著他走到方才七妙神君所佈下的梅花圈子旁，俯身拾起一朵梅花，他這一拾梅花，才對七妙神君的手法也起了更多的驚讚。

原來那梅花看似飄落在雪地上，不甚著力，哪知花蒂卻整整嵌在雪地裡，朵朵俱是花朵朝上，這種手法確是他生平所僅見，他自忖道：「這七妙神君真可算武林中一代怪傑，看他年紀並不甚大，哪知卻有如此功力，若非我等早有安排，今日我五大宗派的掌門，豈非都要葬身在這五華山裡！」

但他仍顯得那麼安詳和不在意，拿著那朵梅花，對七妙神君說道：「神君的功力，確是老衲生平僅見，老衲這試掌之法，雖是與眾稍有不同，但在神君面前，還不是雕蟲之技嗎？」

他用食中二指，拾起那朵梅花，接著說道：「今日老衲有幸，得以能遇海內第一奇人，又能在這勝絕人間的梅谷和神君一試功力，索性老衲也作個雅人，就拿這梅花和神君試掌。」

他將梅花放在掌心，全神凝注，緩緩將右掌平伸出去，那梅花竟似黏在掌心，並未墜下，然後緩緩開口說道：「神君也將梅花黏在掌心，我們兩掌相交，都讓兩朵梅花在兩掌之間，要梅花不碎，而將對方擊敗，便算贏了。這陣若是老衲再敗，我等四人便俯首聽憑神君處置，不知神君對此法可表贊同？」

七妙神君朗聲道：「上人果真是個雅人，更是高人，想出來的方法，確是妙絕人寰，區區在下，哪有反對之理。」

於是他就隨手拾起一朵梅花，右掌一立，那梅花便也黏在掌心，是那麼的輕鬆自然，全然不似苦庵上人的凝重。

他隨口說道：「這樣便請落英劍謝世兄來作個見證，一個時辰內若無勝負，便算在下輸了。」

落英劍聞言，面上露出喜色，立刻走到一旁，那赤陽道長和劍神厲鶚卻仍緊緊站在苦庵上人身後，七妙神君也未在意，走上兩步，右掌微曲，苦庵上人也踏上一步，兩人掌上的梅花便搭在一起，但卻只有微微觸著，並非緊接在一起。

七妙神君一搭上手，心中便是一寬，知道今日勝算已穩在握，那苦庵上人由梅瓣所滲出的掌力雖是陰柔異常，卻不夠雄厚，他忖道：「這苦庵上人真是作法自斃，不出半個時辰，我便要他傷在我『暗影浮香』掌力之下，想不到這素以掌力見稱的人物，卻也不過如此，唉，今日武林，能真和我一較功力的，怎的如此之少。」

他這念頭方自閃過，忽覺掌中壓力一緊，那自梅瓣滲來的力道，何止增了一倍，而且雄厚異常，他方才太以輕敵，此刻掌上一麻，竟險些立刻落敗，連忙一整心神，全神凝注，將畢生功力，全聚在掌上。

他雖在驚異著苦庵上人的掌力，片刻之間便有這麼大的變化，但他哪裡知道，這其中卻是對方的陰詭之計呢！原來中原五大宗派的掌門人，功力最深的便是劍神厲鶚，非但劍術高妙，掌力雄厚，而且習得武林中失傳已久的借力打力之術。

此刻他側身站在赤陽道長和苦庵上人之間，左掌接住赤陽道長的右掌，右掌抵住苦庵上人的背心，以內力將赤陽道長和自己的功夫，引導至苦庵上人體內，再由苦庵上人掌上發出。

這樣七妙神君何異與三大高手聯集之力相抗，是以他雖然功力已至爐火純青之境，但仍感到那麼吃力。須知內家高手這樣相較內力，一絲一毫也鬆懈不得，一個不好，內腑便受重傷。

約莫盞茶時光，在全力施著掌力的四個人，額上都已微微見汗，而且全神貫注，力道完全聚在掌上，身上其餘的部分，像已不屬於自己了，此刻就算是一個稍有力氣的普通村夫，也能將之擊倒。

他們腳下的積雪，雖因日久已凝結成冰，但此刻卻被這四個內家高手體內所散出的熱力，而溶化了，溶化了的雪水，漸漸滲入那站在一旁的落英劍謝長卿布製的便鞋裡。

但謝長卿卻絲毫沒有感覺到，他眼中在看著這幕驚心的對掌，心裡反覆思量著：「我該這樣做嗎？我該這樣做嗎？」

他眼望場中的情況，已將近到了決定性的階段，七妙神君雖是以一敵三，但仍然屹立如山，而苦庵上人微曲著手肘，已在微微顫動了，雖然那是極輕微的顫動。

須知苦庵上人已達古稀之齡，雖然內力深湛，但歲月侵入，他體內的抵抗之力，已不復再有當年的強健，赤陽道長和劍神厲鶚，以千鈞內力，通過他體內，漸漸地，他覺得體內已然有了一種難言的不適，這是自然的威力，不是人力可以抵抗的。

落英劍謝長卿，自然也看出此點，他天人交戰了一會，斷然思道：「說不得我只好做一次味心之事了，我還年輕，我不能就這樣無聲無息的死去，而且這谷中再無他人，即使我作了味心之事，又有誰會傳將出去？唉！我想人人都該爲自己打算吧。」

他緩緩地移動腳步，暗淡的光線，使得他本來英俊的面龐，看起來竟顯得那樣猙獰。

他走到七妙神君的身旁，望著七妙神君寬闊的前額，瘦削的面龐，和那雙倏然發出光芒的眼睛，這些使這面龐看起來是那麼的脫俗，那麼的呈現出一種超人的智慧，他遲疑了半晌，猛一咬牙，雙手俱出，極快地點了七妙神君的右肩、脅下的「肩井」、「滄海」兩死穴，那是點蒼的絕學「七絕手法」。

七妙神君正自全神凝注著，他也感覺對方的手掌，已漸漸失去了堅定，忽然覺得全身一陣麻痺，手上一軟，接著一股無比的勁道，由掌而臂，直傳入他的心腑。

於是他頓覺天地又回復了混沌，在這渺茫的一刻裡，他腦海裡閃出許多個熟悉的影子，那都是美麗而年輕的影子，接著，他不能再感到任何事了。

大地依然，天上已將現曙色，寒意亦更侵入了。谷裡，又回復了一貫靜寂，像是根本沒有任何事情發生似的。

赤陽道長、苦庵上人、劍神厲鶚、落英劍謝長卿，帶著一種雖是勝利，但並不愉快的心情走了。

山岩的空隙裡，忽地閃出一個鶉衣百結的少年丐者，極快地掠至七妙神君臥倒在白雪上的身軀旁，俯身探了探他的鼻息，又摸了摸他的胸口，站起身來，長嘆了口氣，正想抱起七妙神君的屍體，忽又搖頭自語道：「就讓他躺在這裡也好，讓雪把他掩沒，他能長眠在這幽靜的梅谷裡，長伴梅花，也算天地不負他了！」

那少年丐者慢慢地抬起目光，看到劍神厲鶚的劍鞘，仍然放在那塊山石上，微一轉念，飛縱而起，拿起那個劍鞘，身形猛一頓挫，直向谷外飛身而去。

二 海天遺孤

辛家村，是滇池北岸昆明城郊的五華山畔，一個很小的村落，村裡所住的人家，十中有九，都是姓辛，故此村名之辛家村。

辛家村雖然很小，然而在雲貴高原一帶，卻是大大的有名。這原因是辛家村在近年來，出了兩個與眾不同的人物，這兩人一男一女，是一對夫婦，自幼本在辛家村生長的，而且是堂兄妹。

男的姓辛，字鵬九，女的叫辛儀，倆人自幼青梅竹馬，情感隨著時日漸增，長大後，便暗暗定了婚約，那時禮教甚嚴，堂兄妹通婚，是絕不可能的，非但父母反對，連辛家村別的居民，也是群起而攻，認爲是大逆不道的事。

但這倆人情感甚堅，絕未因外界的任何壓力，而有所改變，於是在那一年的春天，他倆人便雙雙失蹤，也不知到什麼地方去了。

過了十餘年，當人們都已忘卻了這件事的時候，辛鵬九、辛儀突然又回到這小小的村落，而且還生了一個男孩，才七、八歲，取名叫做辛捷。

這時，他們的父母都相繼去世了，而且辛鵬九回來之後，手面甚是闊綽，無論識與不識，他都備了一份重禮，一回來後，便挨戶送去。

小村的人，最是吝鄙，哪曾見過如此手面，不但不再反對他倆人，反更恭敬。

昆明城內外，居民多善雕刻和製銅器，辛家村也不例外，辛鵬九和辛儀，本也擅長雕刻，此番回來之後，所雕之物，更是出神入化。

須知雕刻一技，除了心靈手巧之外，還得刀沉力穩，雕出來的線條，才能栩栩如生，辛鵬九夫婦回來後，閒時便也雕些小像消遣，有時也拿來送人。村人一見他倆所雕之物，簡直是妙到不可思議，有些好利的人，便就偷偷拿到城裡去賣，想不到售得的價錢之高，是他們所從未得到的。

於是他們回村後，便又央著辛鵬九夫婦再送些給他們，辛鵬九夫婦，來者不拒，也很少使他們失望，總是客氣地應酬著。

這樣不消年餘，昆明左近的人，都知道辛家村有個「神雕」，有不少商人，見有利可圖，便專程到辛家村去拜訪他們夫婦。

起先他夫婦還不太怎麼在意，後來聽人說他們竟被稱爲「神雕」，便立即面色大變，說好說歹，也不讓別人再在外面叫他們這個名字。

但人間的事，每每都是那麼奇怪，你愈不想出名，反而更加出名，你愈想出名，卻永遠不會出名，人們雖然答應了辛鵬九夫婦，不再叫他們「神雕」這個名字，私下卻仍稱呼著。

一晃，辛鵬九回到辛家村已經四年多了。這些年來，辛家村除了比以前出名得多之外，倒也相安無事。辛鵬九的兒子辛捷，這時也有十二歲了，生得聰明伶俐，身體也比別的小孩強壯得多。

辛鵬九夫婦，本來經常緊皺著的雙眉，現在也逐漸開朗了，過了正月，春天已經來到了，雖然仍不甚暖，但人們多少已嗅到了春天的氣息。

花朝節那天，辛鵬九夫婦在他們的小院裡，擺了三桌酒，請了些村中的父老，飲酒賞梅，辛儀原來不會燒菜，這四年來，卻變成烹飪老手了，於是餚精酒美，人人盡歡而散。

辛鵬九夫婦這天性子像特別好，客人走了後，仍擺了張小桌子，坐在廊簷下，把辛捷也叫到旁邊坐下，把酒談心。

遠處有更鼓傳來，此時已起更了，辛鵬九舉起酒杯，長嘆了口氣，對辛儀說：「這幾年來，真是苦了你，總算現在已經挨過五年了，只要挨過今夜，日後我們的心事也就了卻了。」

辛儀婉然一笑道：「就算日後沒事，我也不願再入江湖了，就好好在這裡做個安份良民吧，那種拿刀動劍的日子，我真過得膩了。」

辛鵬九笑道：「說實話，這幾年來，我倒真個有些靜極思動了，要不是那個魔頭太過厲害，我早已熬不住了，幸虧……」

辛儀忽地面現愁容，搶著說：「要是過了今夜，他們仍不放鬆呢？」

辛鵬九哈哈笑道：「那倒不會，海天雙煞雖是心毒手辣，但二十年來，卻是言出必行，只要過了他立下五年之期，五年之後，就是我們和他們對面遇上，他們都不會傷我們一根毫毛的。」

話剛說完，忽地傳來一聲陰惻惻冷笑，一個尖細的口音說道：「辛老六倒真是我的知己，就衝你這句話，我焦老大讓你死個痛快。」

這一冷笑，辛鵬九夫婦聽了，何異鬼卒敲門，夫婦俱都倏地站了起來。

夜寒如水，四周仍然沒有人影，辛鵬九滿腹俱是驚懼之色，強自鎮定著，朗聲道：「大哥，二哥既然來了，何不請下來？」

黑暗中又是一聲陰笑，說道：「你真的還要我費事動手嗎？盞茶之內，你夫婦父子三人，若不立刻自決，恐怕死得更慘了。」

辛鵬九此刻已面無人色，說道：「我夫婦倆人自知對不起大哥、二哥，念在以前的情份，饒這小孩子一命。」

黑暗中冷笑答道：「剛說你是我的知己，現在怎又說出這樣的話來，難道你不知道我弟兄的脾氣，還會讓你們留後嗎？」

辛儀聽了，花容慘變，悲聲怒喝道：「你們兩個老殘廢，不要趕人入絕路，難道我們連不做強盜的自由都沒有？要知道，我們滇桂雙鵰也不是好欺負的，我辛大娘倒要看看你們有什麼通天徹地的本事。」

話聲一落，微風飄處，院中已多了兩個灰慘慘的人影，一個雖然四肢俱全，但臉上卻像平整整的一塊，無鼻無耳，連鼻毛都沒有，只有眼睛像是兩塊寒玉，發出一種徹骨的光芒。

另一人模樣更奇怪，頭顱、身軀，都是特別地大，兩手兩腿，卻又細又短，像個六、七歲的小兒，兩人俱是全身灰衣，在這暗黑的光線下，簡直形同鬼魅，哪裡像個活人？

此兩人正是當今武林中，一等一的魔頭，海天雙煞，天殘焦化，天廢焦勞兄弟。

關中九豪，領袖綠林，海天雙煞就是關中九豪的老大、老二，那辛鵬九與辛儀二人，自離辛家村後，東飄西泊，卻無意中得到一位久已洗手奇人的垂青，傳得一身絕技。

辛鵬九夫婦，因受冷眼太多，不免對人世存了偏激之見，藝成後，挾技行走江湖，就做些打家劫舍的勾當，不數年，「滇桂雙鵰」之名，即傳遍江湖，武林中俱知有男女二個獨行巨盜，不但武功高強，而且手段毒辣，手下少有活口。

後來那海天雙煞所組的關中九豪，突然死去兩人，海天雙煞一聽「滇桂雙鵰」所做所爲，甚合自己的脾胃，便拉他倆人入夥，須知「關中九豪」乃是黑道中的泰山北斗，剛剛崛起的「滇桂雙鵰」哪有不願之理，於是便也入了「關中九豪」的團體。

數年來，辛鵬九夫婦所作的惡跡，自也不在少數，但後來辛儀喜獲麟兒，有了後代的人，凡事就處處爲下一代著想，辛鵬九自有了辛捷之後，心情也不例外的變了，覺得自己所做所爲，實在是有違天道，雙雙一商量，便想洗手了。

但「關中九豪」的組織甚是嚴密，除了「死」之外，誰也不能退出，而且「海天雙煞」武功高出辛鵬九夫婦甚多，他倆人也不敢妄動，這樣一耽誤，又是好多年，但他倆人已在處處留心著逃走的機會。

直到辛捷七歲那年，海天雙煞遠赴塞外，關中九豪留在關中的，只剩下老七子母離魂叟陳紀超和辛鵬九夫婦，於是辛鵬九夫婦便倒反總壇，殺死了子母離魂叟陳紀超，雙雙遠行。

海天雙煞回到關中，聞情自是大怒，便傳言天下武林綠林，說是五年中「滇桂雙鵰」若不自行投到，聽憑處置，五年的最後一個月內，便要取他全家性命。

辛鵬九夫婦，頓覺天下之大，竟無他三人容身之處，考慮再三，覺得只有自己的老家，昆明城郊的五華山畔的辛家村，是他們最好的去處。

於是他夫婦及辛捷三人，才隱入辛家村，安穩的過了幾年，卻不料在五年之期的最後一天，海天雙煞竟趕來了。

海天雙煞一到，辛鵬九知道憑自己夫婦的武功，萬萬不是他弟兄二人的對手，而且自己一想，以前所做的惡跡，雖死亦是罪有應得，只想軟語央求，爲辛捷保全一條性命。

辛儀卻忍不下這口氣，高聲罵了起來，那海天雙煞本是孿生兄弟，出世後一個是四肢不全，一個卻是生來又聾又啞，雖然自己取名天殘、天廢，卻最恨別人稱他們殘廢，聽了辛儀的怒罵，使得他們本已滿伏的殺機，更濃厚了。

天殘焦化喀吱一聲冷笑，說道：「想不到辛九娘的骨頭倒比辛老六的還硬，好，好，我弟兄今天若不讓你死得舒舒服服的，從此武林中就算沒有我們『海天雙煞』這塊字號。」

辛儀悲聲喊道：「鵬九還不跟他們拚了。」說著人已離地而起，玉手箕張，一招「飢鷹搏兔」帶著虎虎風聲，直向天殘焦化擊出，聲勢倒也驚人。

哪知她盛怒之下，一出手便犯了大忌，這「飢鷹搏兔」一式，只能用來對付比自己武功弱的對手，若是遇到強手，只有更加吃虧。

辛鵬九一見愛妻使出這招，便知凶多吉少，一聲驚呼，卻也來不及了。

天殘焦化一見辛儀凌空而來，身形猛縮，本已畸小的身體，倏又矮了二、三尺，幾乎貼著地面了，辛儀滿蓄勁力，見對手不閃不避，正想一擊而中，至不濟也和他同歸於盡，卻不料焦化的縮骨之術，已至爐火純青之境，等到辛儀的勁力，已至強弩之末，雙手閃電般的伸出，抓住了辛儀的一雙玉手，微微一抖，辛儀但覺一陣劇痛，雙臂便脫節了。

那邊辛儀一聲慘呼，摔倒地上，這邊辛鵬九也是心膽俱碎。

天殘焦化身形一動，貼地飛來，極快的圍著辛鵬九一轉，那種速度幾乎是肉眼所看不見的，然後站在辛鵬九的身前，冷冷地說：「辛老六，你若能不出這圈子一步，只是看著我弟兄二人處置你的老婆，我弟兄便破一次例，饒了這小孩的性命，否則你若要和我弟兄動手，也是悉聽尊意，你看著辦吧！」

辛鵬九低頭一看，那堅硬的簷廊地上，不知被天殘焦化用什麼手法，劃了一個圈子，他又一望辛捷，見他竟仍坐在椅上，滿臉俱是堅毅之色，既不懼怕，也不驚慌，竟比自己還要鎮定得多，只是眼中卻是淚光瑩瑩，像是看見母親受傷所致。

辛鵬九心中不禁大奇，他想不出這才十二歲的孩子，竟有這樣的性格，這些年來，他雖對自己這唯一的兒子，愛到極處，但直到今天爲止，他才看出自己這個兒子與眾不同的地方，他知道，若能讓這孩子長大成人，將來一定不是凡品，他絕不能讓這孩子就此死去，哪怕犧牲一切，他也在所不惜。

這念頭在他腦中一閃而過，他知道「海外雙煞」將施於他妻子身上的手段，必定是慘不忍睹的，但他決定忍受下來，他想反正總是一死，用什麼方法處死，又有什麼分別呢！

天殘焦化自他的神色中，已知道辛鵬九願意做自己這幕戲的觀眾，高興地笑了笑，一種與生而來的殘酷之性，使得他有一種不可思議的瘋狂想法，那就是當別人愈痛苦的時候，他就愈快樂了。

於是他回轉頭去，極快地向那始終靜立未動的天廢焦勞做了幾個別人無法了解的手勢，焦勞也開心的笑了，在他兩人臉上的這一種笑容，往往令人見了有比「怒」更可怕的感覺，這是當一頭飢餓的野獸看見一個牠即可得到的獵獲物的笑容。

方才痛暈過去的辛儀，此刻被地上的寒冷一激，正自甦醒了，發出一陣陣的呻吟，焦化滿意地聽著這聲音，突地閃身過去，在她身上點了一下，這是「海天雙煞」獨門的點穴手法，它使人渾身不能動彈，但卻並未失去神智。

然後他向焦勞微一點頭，焦勞微一晃肩，俯下身去，伸手抓在辛儀的衣服上，隨手一揭，整整的撕去了一大片。

於是辛儀那成熟而豐滿的胸膛，便堅挺的暴露在西風裡，暴露在比西風更寒冷的，那海天雙煞的目光裡，辛鵬九只覺心中一陣劇痛，恨不得立刻過去一拚，但他手按著是他兒子的身軀，他的兩排牙緊緊地咬著，牙根裡的血，從他嘴角滲了出來。

辛儀此時所受的苦難，更是非任何言詞所能形容其萬一的，她感到胸前一涼，接著又是幾下猛扯，她渾身便完全裸露在寒風裡，雙臂的痛楚，雖已徹骨，寒風也使她戰慄，卻都比不上她心中之羞辱與絕望，她用盡所有的力氣，卻絲毫動彈不得，即使想微微開口呼喊，都無法做到，她感到身上的每一部份，都在受著襲擊，她意識到，將有更可怕的事情發生。

但她除了呻吟而外，不能做任何反抗的事，此刻她感到又痛，又冷，又羞，又苦，再加上心裡的絕望，身上被襲擊時所生的麻辣，她痛恨著「海天雙煞」，也痛恨著自己的丈夫，她甚至痛恨世上每一個人，於是她閉上眼睛，切齒思道：「即使我死了，我也要變爲魔鬼，向每一個人報仇的。」

十二歲的辛捷，處身在這種殘忍而幾乎滅絕人性的場合裡，委實是太年輕也太無辜了，雖然人世間大多數事，他尚不能了解，但上天卻賦給他一種奇怪的本能，那就是無論在任何環境之下，絕不做自身能力所不能及的事情，也許這是上天對他的不幸遭遇所作的一個補償吧，然而這補償又是何等的奇怪呀！

他眼看著自己的親生母親，在受著兩個野獸般的人的凌辱，自己的父親爲著自己，在忍受任何人都無法忍受的欺侮，他雖然難受，但卻一點也沒有哭鬧，或者是任何一種在他這樣的年紀，處身在這種場合裡的孩子所該有的舉動都沒有。

若他是懦弱的，他該顫慄、哭泣了，若他是勇敢的，他也該拋去一切，去保護自己的母親，但他任何事都沒有做，他只是帶著一種奇怪的表情，呆呆地坐在那裡，「海天雙煞」若知道他這種表情裡所包含的堅忍的決心，恐怕會不顧一切諾言，將他殺卻的。

但是「海天雙煞」怎會去注意這個孩子，他們正被一種瘋狂的野獸般的滿足的情緒所淹沒，他們用手、用腳、用一切卑劣的行爲，去欺凌一個毫無抵抗的女子，而以此爲樂。

然後他們滿足了，他們回過頭來，天殘焦化用他那畸形的手，指著辛鵬九怪笑道：「好，辛老六，有你的，非但你這孩子的一條命，總算被你撿回來了，而且我焦老大一高興，連你也饒了，你若仍然跟著我，我也仍然像以前一樣的待你。」

辛鵬九回頭望了辛捷一眼，那是他犧牲了自己的一切，甚至犧牲自己的生命而換取的他的延續的生命，突然，他心中湧起萬千情緒，然後回過頭去，對焦化說道：「你答應在十年之內，決不傷這孩子。」

天殘焦化點點頭，說道：「我焦老大言出必行，難道你還不知道？」

辛鵬九說：「好，那我就放心了。」說著說著，他緩緩走近焦化的身後，天殘焦化的背後，正悽慘而無助的躺著辛儀美麗裸露的身軀，他眼中噴出怒火，猛地出手，一招「比翼雙飛」左右兩手，雙雙招出，一取天殘焦化耳旁的「玄珠」重穴，一取他喉下的命脈所在。

這「比翼雙飛」乃是辛鵬九仗以成名的「神雕掌法」裡的一記煞手，辛鵬九這一擊，更是不知包含著多少辛酸和悲憤，威力自是不同尋常，何況天殘焦化正在志得意滿，再也想不到辛

鵬九會出此一擊，等到猛一驚覺，掌風已自臨頭了。

但天殘焦化能稱雄寰宇，確非倖致，辛鵬九掌出如風，焦化的脖子像是突然拉長了幾寸，剛好夠不上部位。

辛鵬九此擊，本是志在必得，招一落空，他就知道自己冀求一命換一命的希望，已是破滅，但他本是抱著必死之心，身軀微矮，「平沙落翼」雙掌交錯而下，掌心外露，猛擊胸膛。

天殘焦化陰惻惻地一聲獰笑，腳下微一錯步，側身躲過此招，右掌一揮，直點辛鵬九鼻邊「沈香」穴，躲招發招，渾如一體。

辛鵬九一咬鋼牙，硬生生將身軀撤了回來，雙掌連環拍出，施展起他浸淫多年的「神雕掌法」，非但招招都是往天殘焦化致命之處下手，而且絲毫不顧自身的安危，招招都是同歸於盡的進手招數，完全豁出去了。

這種動手的方法，除非和對手有不可解的深仇大怨，而且抱定必死決心，否則在武林中是無人使用的，天殘焦化雖然武功通玄，但對這種招式，應付起來，也頗覺吃力，最主要的當然是辛鵬九功力亦是不凡，但辛鵬九若想傷得焦化，卻也是絕不可能的。

過了一會，辛鵬九便覺得後力已是不繼，須知這等打法最是耗費真力，他眼看焦化仍然從容地化解著自己的招式，沒有一絲可乘的機會，而且天廢焦勞也始終冷眼站在一旁，若是他一出手，自己只怕立刻便要難逃公道，而且死得更慘。

辛家的院子並不甚大，他們在院中極快的騰越著身軀，幾次都從天廢焦勞的身旁擦身而過，但焦勞依然冷靜地站著，並未絲毫移動過。

此時辛鵬九的一百二十七式「神雕掌法」堪堪已將使盡，辛鵬九正自使劍到最後的連環十二式中的「束翼穿雲」，下面便是「神雕展翼」。這連環十二式，招中套招，連綿不斷，乃是「神雕掌法」中的精華所在，天殘焦化雖自恃絕技，但也不敢太過大意。

辛鵬九在使到這招時，身軀又逐漸移至天廢焦勞的身前，在這一刹那間，忽地一個念頭在心中電光火石般閃過，他雙臂微分，看似門戶大開，其實中藏危機，下面便是該沉肘曲肱，一招「破風而起」，天殘焦化也知道他這下一式必是險招。

但他忽地原式未變，側身撲向身側的天廢焦勞，張臂緊緊將焦勞抱住，張臂抱人，原是市井潑皮無賴打架的行徑，「海外雙煞」再也未想到他會使出此著，天殘焦化見他忽然捨了自己而去抱住焦勞，便是一愣，然而更有令他無法想到之事。

辛鵬九將一身功力，全聚在這雙臂上，似鐵匝般匝著天廢焦勞的身軀，焦勞正是一驚，卻見辛鵬九竟張口向他喉頭咬來，焦勞平日以掌力、內力見長，與天殘焦化之軟功、輕功，大相逕庭，縮骨易形之術，也遠遠不及乃兄，他潛用內力，真氣貫達四肢，想將辛鵬九震落，但在須臾之間，卻也無法做到。

這事情的變化，是那麼快，筆下所寫的那麼多事，在當時真是刹時之間，天廢焦勞若讓辛鵬九咬中喉頭，即使他有天大的武功，也得立刻氣絕，他如何不驚？但他畢竟是久經大敵，在危難中，自而會生出一種超於常人的應變本能。

他雙肩一聳，頭往下俯，將那脆弱的喉頭，挾在下顎與胸脅之間，辛鵬九一口咬來，卻咬在他唇與下顎之間，天廢焦勞痛怒之下，雙臂一抖，一聲暴喝，胸腹暗用內家真力，收縮之間，手掌從縫隙中穿出，一點在辛鵬九脅下的死穴。

那脅下乃必死之穴，何況天廢焦勞指上潛力驚人，辛鵬九連哼都沒哼出來，便即死去。

天廢焦勞摸著那已被辛鵬九咬得出血的下顎，冷然望著那地下的屍身，臉上依然一無表情，像是世間的任何事，都不能牽動他面上一絲肌肉似的。

天殘焦化冷然說道：「真便宜了他，讓他死得這麼痛快。」他突然想起這院中除他兄弟兩人之外，還有一個尚還未死的人，於是他轉過頭去找，只見辛捷仍然坐在桌旁，臉上滿是淚痕，雙拳緊緊地握著。

天殘焦化心中忖道：「這小孩怎地恁般奇怪，莫說是這樣個小兒，就算是個普通壯漢，在這種情況下，也鮮有能不動聲色的，此子若不是癡呆，就定必是特別聰穎……若是癡呆必罷了，若是特別聰穎，將來豈不是個禍害？」

想著想著，他走到辛捷之前，緩緩舉起手來，想一掌拍下，免得將來反成養癰之患。

他這一掌下去，莫說是辛捷血肉之軀，就是百練金剛，也怕立刻便成粉碎，他目注著辛捷，辛捷也正以滿含怒毒的眼光看著他。

但天殘、天廢兩人的心情，每每不能按常理推測，他們滅絕人性雖至頂點，對一言之諾卻看得甚重，他轉念想及：「但我已承諾了辛鵬九，決不殺死這個孩子，若是留下了他，將來也許倒成了我心腹之禍……」他舉起的右掌，遲遲未曾落下。

是擊下抑或是不擊呢，這念頭在他心中遲疑著，辛捷的性命，也懸在他一念之中，在辛捷本身來說，他沒有絲毫能力來改變這些。

夜涼如水，而且突然颳起風來，由這小小的院子通到後院的一條小徑上，忽然傳來沉重的腳步聲，而且還像不止一個人。

那種沉重的步子，在這寂靜的寒夜裡，聽來是那麼刺耳，天殘焦化微微一驚。一揮手，他弟兄兩人心意相通，雙雙一縱，便隱在院內陰黑之處。

哪知那由後院中走出的，不過是一條牝牛，不知怎的，在深夜裡竟會離開廄房，「海天雙煞」見了，相對作一苦笑。

那條牛想是平日調養得好，生得又肥又壯，亮蹄揚角，倒也威猛得很，天殘焦化見了，心中倏然一動，思道：「我所答應的，只是我兄弟二人決不殺此子，卻未答應牛也不能傷害此子呀。」他想到這裡，臉上露出笑容，像是一件甚難解決之事，忽然得到了結果，這種心理，和他的這種解釋，也是極難理解的。

那牛走到院中，陣風吹來，想是也覺得有些寒冷，昂頭低嗚了一聲，又向來路走去，天殘焦化微一飄身擋在那牛的前面。

那牛猛一受驚，雙角一抵，便要往前衝去，天殘焦化出手如風，握住那牛的雙角，這等內家的潛力，何等驚人，那牛空自使出蠻力，再也休想往前移動半步，空自把地上泥沙踢得漫天紛飛。

焦化左手不動，騰出右手來，朝天廢焦勞打了幾個手勢，那是極簡單的幾個手勢，但其中卻包涵了許多意思，這是他們多年來所習慣的溝通心意的方法，除了這種手勢之外，天廢焦勞再也不了解世人任何一種別人向他表露的心意。

因之自幼以來，天殘焦化的意志，永遠代表著天廢焦勞的意志，他們兩人像是一件不可分離的結合體，實是二而爲一的。

天廢焦勞極快地打開了院前的大門，再閃身回來，橫手一掠，將辛捷挾到脅下。

辛捷既不驚慌，也不掙扎，因爲他知道，這一切都是多餘的，他知道自己的命運，是被操在這兩個似人非人的怪物手中，但是他心裡卻有一種奇怪的自信，他相信總有一天他要以血來償還今日的一切的。

他動也不動地被挾到那條已漸發狂性的牛身上，那條牛正在極度的顛沛中，他一坐上去，就不得不緊緊抱著牛的脖子，這樣才不致從牛身上被拋下來，他雖然並不知道被挾上這牛背究竟是什麼意思，但卻明瞭這一定是關係著他的生命的。

天廢焦勞將辛捷挾上牛背後伸手捉住那牛的另一角，往外一扯，那牛龐大的身軀，被他這一扯，硬生生給旋了過來，牛角的根部，也滲出血來。

那牛劇痛之下，狂性更是大發，牠被制在那種驚人力道之下，前進後退都不能夠，只有發狂地聳動著身軀，將置身牛背之上的辛捷，顛沛得胸胃之間，生出一種說不出地難受，就像是立刻便要嘔吐了。

天殘焦化將那握著牛角的左手一鬆，手掌順勢劃下，那麼堅韌的牛皮，被他這一掌，竟深深地劃了一道口子，鮮血汩汩流出。

那牛自是怒極，天廢焦勞剛鬆開手掌，那牛便箭也似的自門口竄出，亮蹄狂奔。

辛捷的父母，雖是身懷武技，但自辛捷出生後，即對武林生出厭倦，是以根本沒有傳授辛捷武技之事，辛捷除了身體因父母善於調養，而比常童稍壯之外，連最淺薄的武技都一竅不通。

那牛發狂地在深夜寂靜的原野上奔跑著，辛捷但覺身旁之物，像閃電般地倒退著，而且牛發狂性，那種顛沛與動盪，更不是一個十二歲的幼童所能忍受的，他幾乎想鬆開他那緊抱著牛脖的雙手，讓自己跌落下來，但是這種生與死之間的抉擇，他卻沒有勇氣來選擇，即使須受如此的痛楚。

因爲他對自己的性命，抱著極大的期望，尤其是剛才那悽慘而痛苦的事，此刻仍然在他腦海中盤旋著，他對自己立下誓約，這些都是他要親身去償付的，因此他必須珍惜自己的生命。

這些思想對一個像他這樣的幼童說來，雖然是有些模糊而遙遠，但是悲慘事實的回憶，對他卻是無比的鮮明，他雖沒有能力去克服這惡劣的命運，但他也不願自己去助長這種惡劣的命運，因此他決不鬆手的緊抱著牛的身子，即使生命已然無望，他也要掙扎到最後一刻。

然而一個毫無武技的幼童，置身在一條狂牛的背上，那生存的希望，又是多麼渺茫呢？

那牛也不知奔了多少時間，多少路程，漸漸辛捷的雙臂已由痠痛，而變爲麻木了，他的神智，也漸漸迷亂，只覺得那牛像是往高處而奔去，彷彿是上了山坡，但他卻不能看得很清楚。天色也漸漸亮了，辛捷的心裡，只希望遇到路人，將這奔牛制住，但即便遇到路人，又怎能制得住這狂牛呢？

他又希望這牛力竭而倒，但他也知道，比這牛更先支持不住的是他，他所剩餘的體力，已無法支持他多久了，他在此種情況之下跌倒，哪裡還有命在？

但此時他的腦海中，已迷亂得甚至連這些問題都無法再去考慮了，渾身的一切，都像是不再屬於他，所有的事，也離他更遙遠了。

在他的感覺中，這一段時光是漫長的，其實也不過半個多時辰而已，那牛自辛家村落荒狂奔，也不辨路途，竟闖上了五華山。

五華山山勢本甚險，但是無論人畜，在癲狂之中，往往卻能做出平日無法做到的事，那牛亦是如是，非但上了山，而且入了山的深處。

辛捷微微覺得那牛本是一直竄著的，此刻竟繞起圈子來了，他正覺得頭更是暈，忽然地那牛狂奔之勢，猛然一頓，他就從牛頭上直飛了出去，砰地落在雪地上，失去了知覺。

在他尚未失去知覺的那一瞬間，他彷彿覺得那牛竟像被人一拋，也遠遠落在雪地上。

深山裡的氣候，比辛家村要冷得多了，而且雪花不斷飄落，失去知覺的辛捷，躺在雪地裡，並未多久，就醒了過來。

當他睜開眼睛的那一剎那，他看見一個碩長的影子佇立在他面前，於是他努力清了自己的眼簾，他看見一個瘦削而憔悴的人，正也低頭望著他。

他人是那麼地憔悴而衰弱，面孔幾乎沒有一絲血色，像是剛從陰暗的墳墓裡走出來似的，佇立在清晨陡峭的風和雪裡，顯得那樣地不穩定，雖然他想挺直的站著，然而卻像隨時都會跌倒。

風雪交加，那人僅穿著件單薄的文士長衫，在寒風裡不住地哆嗦著，看見辛捷醒來，臉上泛出一絲笑意，那笑是親切而溫暖的。

辛捷看見這笑容，頓時忘卻了他那種陌生恐懼，想掙扎著坐起來，因爲他認爲站在他面前的人，是個急切需要幫助的人，雖然他自己是那麼的不幸，這正是辛捷的善良之處。

那人像是已洞悉了辛捷的心事，微弱地張口說道：「不要動，再躺一會。」然而辛捷依舊在掙扎爬起來，那人目光陡然一變，那麼憔悴的面孔，仍然顯出一種難言的威力。

他伸手一動，想阻住辛捷，然而卻一個踉蹌，虛軟地倒在地上。

試著爬起來的辛捷，卻不知道若非自己機緣太巧，此刻焉有命在，然而在經過那麼長的顛沛，那麼苦的折磨之後，他縱然體格再如何健壯，也不能再佇立起來了，撲地，又躺在雪地裡。

辛捷和陌生的人，並排臥倒在雪地裡，此地雖然幽絕，但辛捷卻不感到寂寞，因爲他的身旁，就有人在陪伴著，而且他幼小的心靈，對那陌生的人，不知怎地，竟生出一種奇怪的情感。

他雖周身失力，但神智卻甚清楚，他四周打量著他所存身的地方，竟是一個景色絕美的幽谷，虬枝暗香，四周都是梅花。

接著，他聽到那人說道：「你這小孩，怎會騎著狂牛，跑到這裡來，你是誰？你的家住在什麼地方？」他這幾句話問的聲音甚是冷峻，辛捷愕了一下，那悲慘的回憶，重又在他腦中泛起，使得他不由自主地哭了起來。

那人見他哭了，和緩地問道：「你別哭，有什麼難過的事，只管對我講。」

辛捷雖認爲即使將他這種悲淒而殘酷的遭遇，告訴這看來比他更孱弱的人，不會有什麼用處，但是此刻，他已將這與他相處在這渺無人跡的幽谷裡的人，看成他唯一可以親近的人，人們都有將自己的心事，吐露給自己親人的習慣。

於是辛捷啜泣著，說出自己的遭遇，在他說來，不過是一種情感的發洩而已，然而他萬萬不會料到，這卻使他得到了他意想不到的奇緣。

原來他所敘說的對象，竟是今日武林中第一奇人，以「神功七藝」名傳四海的七妙神君梅山民。

七妙神君被點蒼第七代掌門人，落英劍謝長卿，以點蒼絕學「七絕手法」點了「肩井」、「滄海」兩處大穴，內腑也被苦庵上人、赤陽道長，以及劍神厲鶚的內力所傷，在別人說來，這兩樣只要身受其一，也是非死不可的。

但是七妙神君，先天就有一種異於常人的才智，後天又得到了非凡的薰陶，他的一切，都不是任何一個武林中人，所能望其項背的。

他以多年來超人的修爲，努力地運轉著體內的先天之氣，但是胸腹之間卻始終不能運行，他知道他所受的點穴手法，必是得有秘傳，若是他內腑未曾受傷，他或許能以自身的功力解開此穴，但此刻，卻是絕不可能做到的了。

他只覺四肢是那麼軟綿而無力，甚至想移動一下手指，都做不到，而且腑肺之間的淤血，慢慢地展開，已是他剩下的功力所不能控制的了，他只能困苦的掙扎著，慢慢地等候死亡，或者是奇蹟的來臨。

他是平臥在雪地上，地底的陰寒，也在侵蝕著他體內的功力，當他正已絕望的時候，忽然聽見谷口有一種極爲重濁而急速的蹄聲傳來，這時他多麼希望那來的是一個能夠幫助他的人呀。

那蹄聲像一陣風，闖進谷裡，接著他看見一條狂奔著的牛，自他身邊奔了過去，在谷裡急遽地奔跑著，他意識到那僅僅是一匹發狂性的牛而已，一匹發了狂的牛，對他又能有什麼幫助呢？

那牛在谷裡奔了一轉，竟又直直地朝他臥身之處奔到，他無法躲避，只有閉目等著牛蹄自他身上踩過，在他閉上眼睛那一刹間，他猛然覺得自己乳下的「乳泉」，臍膀的「玄璣」兩處全穴，被一種千鈞之力，極快地打了兩下，他知道那是牛蹄，但怪就怪在，他全身頓覺一暢，體內的真氣，雖然微弱，但卻能自由運轉了，一種「生」的希望，陡然又在他心中復活了，他想只要自己能自由運氣，四肢必也可活動，那麼即使是再重的傷，又何愁不能治癒呢？

於是他開始移動自己的手臂，果然，他覺得肌肉間已有了力量，雖然這力量和他以前的潛力相差得很遠，但已足以使他狂喜了。

然而，此刻那狂牛又狂奔著到他所臥之處，這次，他不再驚慌了，他想，雖然自己的功力損失了這麼多，但應付這一條蠢牛總該不成問題吧，但是他這一念，竟鑄下了大錯。

當那狂牛再從他身上踏過的時候，七妙神君將全身真力都聚集在雙臂之上，向上一推，那龐大的牛身竟被這一擊，擊得直飛了出去。

但是七妙神君在這一擊之後，突然有了一種他數十年來從未有過的感覺，那就是疲勞。

須知七妙神君的內功，已到了令人難以相信的境界，這疲勞二字，他是絕不會感覺到的，然而此刻，他只覺得渾身骨節痠痛，口中也微微喘著氣，像是一個毫無武功的人，在經過了長期的勞累之後所有的感覺。

當然，七妙神君也能意會到這是件什麼事發生了，那就是他的功力已散，在經過外來的侵害，本身的傷痛之後，他若能將剩餘的真氣善加保養，他雖不能很快的恢復原有功力，但也非無望。

但是他卻將僅餘的真氣作了全力的一擊，點蒼的七絕手法本就是使人散盡功力後慢慢死去的手法，七妙神君武功雖曾冠蓋天下，但此刻又回復成一個凡夫俗子。

由一個超人而回復到凡人的那種感覺，是最令人難以忍受的，再加上一個武功高深的人散功時所必有的痛楚，使得梅山民有了一種逃避的念頭，而最好的一種逃避的方法，就是死亡。

然而他「死」的念頭，卻被另一件事打斷了，那就是在這個幽谷裡，他忽然聽到另一個人類的喘息之聲，梅山民開始生出一種好奇和驚異的感覺，於是他努力地鼓著最後的精力，站立了起來。

於是，他發現了辛捷，當他走到辛捷面前時，昏迷著的辛捷也正在此時睜眼看到了他。

絕望了的七妙神君在聽了辛捷所敘述的那一段慘絕人寰的遭遇之後，心裡的逃避之念，立刻被憤怒和不平所替代。就在這一剎那，辛捷決定了他終生的命運，他將要成爲武林中的煞星，他的聲名和武技，將要被所有的武林中人所懼怕。

這時雪也停了，幽谷裡更顯得靜寂，梅山民突地想及：「天下怎會有這麼奇怪的事，這狂牛竟會奔到這終年渺無人跡的地方，莫非是有人想藉此苦肉之計，騙得我武功去，我雖內力已散，但胸中的精奧武學，又豈是那些武林人可以比擬的。」

他極爲困難的掙扎著坐了起來，望著辛捷道：「你知道我是誰嗎？」

辛捷茫然地搖了搖頭，他在奇怪著梅山民的問題，自然，他怎會認得梅山民？

他臉上的那種茫然的表情，很快地便被梅山民了解了其中的用意，七妙神君聰穎絕人，他從辛捷的臉色上，相信了辛捷的誠，一種「後繼有人」的喜悅，使得他笑了。

他笑著向辛捷說：「現在你也是無親可靠了，你可願跟隨著我？」

辛捷看著這孱弱而疲乏的人，肯定地說：「好，我一定跟隨著你，照顧著你，你別看我現在渾身沒有力氣，只要我歇一會兒，我力氣倒大得很，什麼事都能做的。」

梅山民被他這種天真的話所深深的感動了，他發現這孩子的心地的純良，於是他笑著連連點頭道：「好，好，我正需要你的照顧呢。」

說著，他閉上眼睛，靜靜的坐著，但是飢餓、寒冷、疲倦、痛楚，這許多種他未經歷過的感覺，此時都襲擊而來，於是他長嘆了口氣，向辛捷說道：「你能不能站起來，扶著我走出這山谷去？」

辛捷稍一轉動，四肢就生出麻痺的痛苦，但是一種好勝的責任感，使他覺得在這種情況下，他必須成爲較堅強的一個，於是他咬著牙站了起來，和梅山民困苦地踉蹌走出谷去。

三　暗影浮香

五華山本是昆明城外有名的遊賞去處，雖然那絕谷中渺無人跡，但山上遊人本多，梅山民和辛捷並沒有掙扎許久，便遇著山上的遊人，看見他兩人的狼狽之狀，極驚異地跑過來問有什麼事發生，梅山民淡淡地敷衍了幾句，找著了兩頂送遊人上山的山轎，和辛捷坐著下了山，到了昆明城。

昆明號稱四季常春之處，溫度自和深山不同，更是四季難見雪花，辛捷覺得奇怪的是梅山民手面的闊綽，他們坐在最好的客寓中，吃著最好的飲食，梅山民還替辛捷買了許多衣服，而且自小到大，年年都有，將辛捷自現在到成人，所需用的衣物都買全了。

第二天，梅山民僱了輛大車，自昆明出發，大車一路上走得很慢，梅山民也不著急。辛捷也不知經過些什麼地方，只覺得車子走了很久，漸漸，他的身體已復元了，但他看著梅山民，卻仍像是非常孱弱。

走了月餘，已經是仲春了，辛捷只覺路上樹木漸綠，也不知究竟到了何處。

梅山民在路途上，已換過了幾次車，這日來到一個村落，那村落不過比辛家村稍許大了些，梅山民又叫車子停了，和辛捷漫步村中。

辛捷只覺得梅山民心情彷彿甚好，隨意說笑著，也不再喚車。

穿過村落，又走了約莫半里路，梅山民已顯出很疲乏的樣子，但神情卻極興奮。

走過一個並不十分濃密的樹林，辛捷看到幾間很精緻的瓦屋，梅山民手指著對辛捷說道：「你看，這就是我的家了。」

辛捷暗自奇怪著，梅叔叔的家怎會竟遠在此處，而他卻奇異的在五華山的幽谷裡，但是這些問題他都沒有仔細地去探討。

梅山民走到門前，輕輕地拍了幾下門，那暗紫色的大門便立刻應聲而開，開門的是瘦削的中年漢子，見是梅山民，便恭敬地彎下腰去，沉聲說道：「您回來了。」臉上絲毫沒有任何表情。

梅山民笑著點了頭，拉著辛捷走進大門，辛捷只覺得此房精緻已極，屋中佈置得更是井然有條，但是偌大幾間屋子，都空曠曠地沒有人聲。

那瘦削的中年漢子尖銳地看了辛捷一眼，梅山民輕輕拍著辛捷的頭說：「這是我收的徒弟，你看好不好？」

接著他又一笑說道：「她們都好吧？」

那瘦削的中年漢子微一躊躇，說道：「我已將她們都打發了。」

梅山民立刻面色大變，急著追問道：「都打發了？」

那漢子低下頭去，說道：「近日江湖傳言您已在雲南五華山裡，遭了劍神厲鶚的毒手，而且江南丐幫中，更盛傳有人目睹您的屍身，我考慮再三，恐怕留著她們將來反會生事，便一一將她們打發了，正準備到崆峒山去……」

梅山民長嘆了口氣，截住他的話說道：「這樣也好，這次我真是死裡逃生，將萬事都看得淡了，只是她們到底和我相聚一場，你可曾讓她們吃了大苦頭？還有那繆九娘呢？」

那瘦削的中年漢子依然神色不動，說道：「您放心，我絕沒有讓她們吃半點苦頭，只是那繆九娘，一聽您身遭不測，乘著深夜就走了，我也不知道下落。」

梅山民點了點頭，黯淡地說道：「好，好，這樣也好。」

辛捷聽著他們講話，卻絲毫不知道其中意思，呆呆地看著梅山民，梅山民低頭發覺了，便拉起他的手，指著那瘦削漢子，說道：「這是我的好弟兄，你以後要叫他侯二叔，只要他喜歡，你以後保險有好處。」

辛捷抬頭望了一眼，低低喚了聲：「侯二叔。」那侯二叔僅冷冷看了他一眼。

辛捷只覺得這侯二叔遠不及梅叔叔可親，趕緊又低下頭去，梅山民微笑著撫著他的肩，朝那中年的瘦削漢子說道：「你仍然在上面好了，叫老俞按時送飯下去，你若沒有什麼重要的事，也不要出去，近幾年我恐怕不會再上來了。」

那瘦削漢子點頭說是，忽地雙目一張，緊緊盯著梅山民看了一眼，說道：「我看您這次回來，好像有些不對，莫非……」

梅山民又長嘆了口氣，說道：「慢慢再說，慢慢再說，日後你總會知道的。」

說完，他轉頭拉著辛捷，走出客廳，轉到一間非常雅潔的書房，用手按了按那靠牆而立的書架旁的一塊花紋磚，書架便突地一分，露出一處地道，石階直通著地底。

辛捷不禁看得呆了，梅山民又拉著辛捷往石階下走去，回手又是一按，那書架又倏然而合，但地道中並未因書架之合而顯得黑暗。

辛捷被這一切所深深地驚異了，但是他素來膽大，而且他知道梅叔叔對他絕無惡意，是以他毫不遲疑地跟著梅山民走下石階。

哪知這石階之下，竟別有天地，真如幻境，一眼望去，只覺得富麗繁華，不可言喻，比上面的那幾間房子，又不知強勝多少倍了。

梅山民帶著辛捷在地底轉了一圈，地底竟分有七間屋子，間間都是精美絕倫。

辛捷只覺眼花撩亂，他心中正暗喜著這住處之美，哪知梅山民又帶他走進一間屋子。

辛捷一走進這屋子，就像有一股寒冷之氣，撲面而來，此屋中床、几全是石製，四壁也是用青石所鋪，石壁上掛著一柄長劍，劍旁懸著一個錦囊，石几上放著一些書籍，除此之外，屋中就別無他物。

梅山民笑著對辛捷說道：「從今天起，你就要住在這房間裡了。」

辛捷聽了，心中一冷，暗忖道：「這地底有這麼多房間，他都不要我住，卻偏要我住在這鬼房間裡……」心中雖在埋怨，面上卻不好意思表露出來，勉強地點了點頭。

梅山民似乎洞悉了他的心意，說道：「我知道你在怪我要你住在此處，可是你也要知道，若有人想住在我這裡的七間其他房間，倒還容易，可是要想住在此處，卻是難如登天呢。」

辛捷看著牆上的劍，又想起那侯二叔銳利的目光，和他們兩人的對話，突地福至心靈，立刻說道：「我喜歡住在這裡。」

梅山民笑容一斂，目光留戀地在這石室四周一望，感喟著說道：「從今以後，我已和這石室絕緣了，你雖天資甚高，但能否盡傳我的『七藝』，還要看你是否能刻苦用功。」

辛捷懷疑地問道：「七藝？」

七妙神君略展笑容，說道：「對了，七藝，你若能盡得我的『七藝』，何愁大仇不能報呢？」他雙目仰望著石屋之頂，嘆道：「不但你的大仇待報，我的仇恨也要你去報呢。」

辛捷望著他，極力地思索著他的話，到目前為止，辛捷還不知道，站在他面前看來那麼孱弱的梅叔叔，就是武林中的第一奇人，七妙神君。

但是自從他隨著梅叔叔回到家以後，這許多奇怪的事，已使他知道梅叔叔一定不是個平常的人。從此，他就在這石室中住了下來。

這石室是在地底，再加上用具俱是石製，因此終日陰寒，尤其晚上睡眠之時，辛捷覺得這種陰寒之氣簡直很難忍受。

日復一日，辛捷也不知過了多久，漸漸，他已能適應這陰寒之氣，除了每日有人送來吃食之外，他連梅叔叔都見不到。

無聊的時候，他開始翻閱石几上的書籍，這些書都濃厚地吸引著他的興趣，雖然其中有許多地方是他不能了解的，但是他仍仔細地看下去。

書很快地被看完了，另一批新的書被送來，有時梅叔叔也來教他一些他不懂的地方，日子過得不知不覺，辛捷也不知看了多少書。

他本是天資絕頂之人，再被這許多書所陶冶，已完全地成為一個智者。

但是有一天，當他將一批書看完的時候，就不再有書送來，除了一本很薄很薄的手抄本，辛捷看那書扉上寫著：「暗影浮香」幾個篆字，裡面卻是一些修為、練氣的基礎功夫，於是他開始學著七妙神君多年苦研而成的無上內功心法「暗影浮香」。

他自己並不知道自己的修為進境，但是梅山民卻知道，天資絕頂的辛捷，在這專為練功而造的石室中，專心地練著，並沒有多久，他只覺得體內的真氣，彷彿已變成有形之物，可以隨意指揮，而且身體更不知比以前靈便多少，他常常覺得只要自己一提氣，便有一種騰空而上的感覺。

等到「暗影浮香」那本書換為「虬枝劍笈」，而石室中的光線也一天比一天暗的時候，已是辛捷到石室中的第五年了。

五年中，辛捷已長成為十七歲的少年了，他的心情，已由煩躁不安，而變為無比的寧靜，他已由一個常人，而變為非常人了。

而梅山民這幾年來，卻變得那麼蒼老，甚至連鬚髮都斑白，但他的心情，仍是愉快的，他看著辛捷的長成，彷彿是看到自己新的生命，他就覺得一切都已得到了補償。

第六年，第七年……日子飛快地過去，長處在石室中的辛捷，幾乎忘記了外面的世界，現在，連他自己都知道他自己的武功了。

他可以在各種姿勢下，身軀隨意升騰，在平滑的石壁上，他可以隨意駐足在任何一處，在已變得完全漆黑的房間裡，他可以描繪出一幅極細膩的圖畫，他唯一不知道的是，他的「劍」、「掌」究竟已有了何種威力，因爲在這石室中，他無法考證自己「劍」、「掌」的功力。

十年了，連他自己都無法想像他何以能在這石室中渡過這麼悠長的歲月，他想，這也許是一種探尋知識的欲望和興趣，使得他能這麼做吧，最重要的是，他渴望自己能成爲一個非凡的人。因爲，有許多許多他應做的事，不是凡人能做得到的。

終於，梅山民認爲辛捷已學到了一切他能教的，甚至有些地方，連當年他自己都沒有達到的，而辛捷居然達到了。

於是，他帶著辛捷，走出了那間辛捷曾耽在那裡十年的石室。

當辛捷走出地底，第一眼看見天光時，他的心情是無法描述的，那是一種滲合了喜悅、陌生，以及一些驚奇的情感。

梅山民指著一張放在書房裡的圍椅讓他坐下，然後笑著道：「這些年來，你覺得你在石室中所受的苦沒有白受吧？」

辛捷感激地垂下頭去，低聲說道：「這全是梅叔叔的栽培。」

梅山民笑著點頭道：「好，好，你知道就好。」他側身照了照放在桌上的銅鏡，說道：「你看我比在山谷遇見你時老得多了吧！」

辛捷望著他已斑白的頭髮，起了皺紋的面孔，那確是已和當年山谷中的書生，大不相同了，於是他小心地說：「梅叔叔是老得多了，但是我看梅叔叔的身體卻比那時好多了。」

梅山民撫摸身上已是鬆散了的肌肉，愣了一會，突然問道：「你知道我是誰嗎？」

辛捷剛想張口回答，一時卻定住了，這問題辛捷在谷中初遇到他時，他就問過辛捷，辛捷那時確是不知，但此時辛捷和他已相處十年，辛捷除了知道他是梅叔叔之外，就一無所知了。

梅山民並未注意到他的窘態，感喟著道：「聽你所說，你的父母也是關中九豪中的人物，你可曾聽說過『關中霸九豪，河洛唯一劍，海內尊七妙，世外有三仙』這句話？」

辛捷沉思了一會，然後搖了搖頭。

梅山民道：「這也難怪你，你那時還小，就是聽到過，也早已忘記了，不過我現在可以告訴你，這句話的意思就是說關中地方是關中九豪稱霸的，河洛一帶，卻唯有一個單劍斷魂吳詔雲可說得上是第一人物，但是海內武林中人，都要尊重的，卻是七妙神君，這些都是在武林中享有盛名的，除此之外，更有三個據說已成不壞之身的人物，武林中人只有聽說而已，誰也沒有見過，大家都以『世外三仙』來稱呼他們三人。」

他目光中流動著辛捷少見的光芒，像是在回憶著什麼，辛捷不敢去打擾他，只是靜靜地聽他繼續說著：「現在關中九豪早已散伙，單劍斷魂吳詔雲，也傷在那些以武林正宗自命的小人手中，早已去世了。而昔日稱尊海內的七妙神君呢，喏，就是現在在你身前的人，就是我。」

辛捷驚異地睜大了眼睛，他從未想到過他的文弱的梅叔叔竟是如此人物。

梅山民用手輕輕拭著頷下的微鬚，嘆道：「看來芸芸武林中，能屹立不倒的，只有『世外三仙』了，但我卻認爲，縱然如此，但空將一身絕技，埋沒在山水之間，豈不是可惜了？」

辛捷仔細地聽著，心中湧起許多思潮，十年來的積鬱，此刻突然一湧而出，而且雄志頓起，頗想以一身所學，立刻便在武林中一爭長短。

他心中的這些思潮，雖然很難透過他好多年來在地底石室中已凝結成冰的蒼白面孔，表現出來，但梅山民從他閃爍的眼神中，仍可看出他的心事。

於是梅山民說道：「你可知道，我將你帶到此處，除了是同情你的遭遇，助你復仇之外，最主要的還是我看出你的根骨太好，稍一琢磨，便成大器，果然你並沒有令我失望，以你現在所具的武功，足可以稱霸江湖了，從今天起，你就是第二個七妙神君，我以前從未完成的事，你都要一一替我做好。」

他臉上閃過喜悅的笑容，說道：「從今以後，七妙神君，又要重現江湖了。」

辛捷突然接受到這種奇異而興奮的任務，眼光因興奮而更閃爍了，他雖沒有太大的自信，但是他願意去闖一闖。

突然院中有一個輕微的腳步聲，那是身具輕功的人由高處落下所發出的聲音，而且是極爲輕微的，但是那瞞不了在石室中十年苦練的辛捷，他一聽聲音有異，猛一提氣，身軀像一條飛著的魚一樣，從微開著的窗戶中滑了出去。

但院中一片空蕩，沒有任何人影。

他極快地在四周略一盤旋，找不到任何可異的現象，失望地又竄回房中。

他一進房，就看見他原先所坐的椅子上，坐了另外一個人，他從窗口竄進，那人連望都沒有望一下，仍然端坐著。

他奇怪地哼了一聲，可是他隨即看出那人就是初到此處所見的侯二叔，他暗自慚愧著自己的慌張，躬身叫了聲：「侯二叔。」

侯二叔冷峻的面容，竟似有了笑意，說道：「一別十年，賢侄果然身手不同凡響了，真是所謂一代新人換舊人了。」

辛捷想到自己雖然極快地竄了出去，但人家卻已安坐房中，不禁慚愧的低下頭去。

梅山民說道：「薑是老的辣，捷兒到底經歷太少了。」

他又向侯二叔問道：「事情如何了？」

侯二叔說道：「大致已辦妥了，我在武漢一帶，和長江沿岸的大城，都設下了山梅珠寶號，已有十三處，只要一吩咐，捷兒便可去主持了。」

梅山民點了點頭，向辛捷說道：「此番我雖命你去闖盪江湖，卻不願你去和那些武林莽漢爭名奪利，已經替你打好了基礎，侯二叔在江南一帶，已替你設了十幾處珠寶號，你從此便是這些珠寶號的東主，我這樣做，一來是不要你去受苦，再來也是因爲江湖上非錢莫辦的事情太多，有了錢，我叫你去替我做的事，就好做得多。」

他又接著說道：「你這次出去，什麼事都可以隨心去做，只要不傷害善良的人就行了，除了『海天雙煞』是你要對付的之外，中原武林的五大宗派，你更要好好地去對付他們。」

他說至此處，用手一拍桌子，怒道：「這些人物假冒僞善，揹著『武林正宗』的牌子，卻專做些卑鄙無恥的事，你千萬要注意。」

辛捷極興奮地稱是，他雖不了解武林中的情形，但是只要梅叔叔所說的，他都認爲是對的，因此日後武林中，平生出天大的風波。

侯二叔望著自己的手掌，說道：「那劍神厲鶚，現在已是中原武林中的領袖人物，武林中只要『天下第一劍』的傳柬一到，天大的事也立刻化解，唉，我若不是昔年受了重傷，雙手總是用不得力，我真要找這些人一較長短，現在這些事，都只好等捷兒去做了。」

說著，他臉上又閃過一絲笑容，道：「從明天起，我就不能再叫你捷兒了。」

辛捷一愕。

梅山民笑道：「你今後行走江湖，有許多閱歷都還差得太遠，而且你和那些珠寶店都沒有連絡，爲了方便起見，我叫你侯二叔陪著你，就算做你的老家人，他要叫你少爺，自是不能再叫你捷兒了。」

辛捷躊躇著道：「這怎麼……」

侯二叔接口道：「這是我自告奮勇的，你不要多管，從今你就叫我侯二好了。」

武昌、漢口、漢陽，三地對峙，中隔長江，自古即爲鄂之重鎮。

這日漢口江岸的碼頭上，一早便來了一群穿著極乾淨的寶藍緞面長袍的生意人，望去都像似商號的店東，一個個衣履華貴，氣派非凡。

有些好事的就不免探聽這些人是誰，爲什麼衣服都相同，一早就聚集在碼頭上。打聽之下，才知道這些人都是新開張的大珠寶號山梅號的掌櫃、店伙，他們聚集在碼頭上是爲了迎接他們的老闆。

人們都是非常勢利的，看見這些衣冠楚楚的人物，不過僅是店伙而已，而且又聽說漢口的山梅珠寶號不過是十幾家分號之一而已，長江沿岸，另外還設有多處，於是都更想一睹這百萬大賈的真面目。

過了一個時辰左右，江面駛來一艘雙桅大船，不但油漆全新，而且裝置得富麗堂皇，船頭的燈籠上寫著斗大的山梅兩字。

大家就知道這是山梅珠寶號的店東到了，那些店伙們更是極恭敬地站在碼頭上等著。

船上的船伕，都像是極老的水面好手，平穩而迅速地將船靠了岸，搭上跳板，船艙的門簾一掀，走出兩個人來。

其中一個是個年約五十的瘦削漢子，店伙們都認得是當初斥資開號的人，另一個卻是個二十上下的英俊年輕人，穿著甚是華麗，面容蒼白，氣勢不凡，神情也倨傲得很。

大家都知道此人就是山梅號的店東了，他們原先想此人必是個中年的大腹賈，此刻一見，卻是個年輕人，都在岸邊議論起來。

此兩人不說而知，便是初入江湖的辛捷和喬裝老僕的侯二兩人了。

他二人上了岸，辛捷極有分寸地應付了下迎接他的人們，便坐上了一輛早已準備好了的馬車，向城裡駛去。

當天下午，剛到漢口的山梅珠寶號店東辛捷，便具名柬邀武漢三鎮的鏢局鏢頭，和當地武林中略有名氣的人物，第二天晚上在武漢三鎮最大的飯館「岳陽樓」晚膳，而且請大家務必要到。

一個身家鉅萬的珠寶號店東，可說是和武林絕對的風馬牛不相及，然而他在到埠的第一天，不請與他生意有關的商號老闆，卻請些武林中人，這件事使得大家都奇怪得很。

接到請柬的人士，全都不認識具名的人物，探詢之下，才知道是個如此的生意人，不免覺得非常奇怪，到別的武林人物處去一問，竟然也是一樣，而且幾乎武林、鏢局中有頭有面的人物，全請到了。

鏢局中人平時和珠寶號店本有連絡，但不過都是討論保鏢的事，像這種事雖屬初見，在情理上還可以想得出來。

然而那些平日與保鏢無關，甚至有的已經半退休了的武林中人，根本無法猜出這請柬是什麼意思，彼此相熟，不免大家猜測，但也猜不出什麼結果來，討論之下，都認爲該去一看究竟。

第二天晚上，岳陽樓門口車水馬龍，到的全是響噹噹的人物，連一些身分較高，平日架子也大的角色，像武威鏢局的總鏢頭金弓神彈范治成，信陽鏢局的總鏢頭銀槍孟伯起等人，也都到了。

岳陽樓上早已擺好幾張桌面，可是大家都到得差不多了，仍未看到主人的影子，只有幾個山梅號的伙計在招呼著。

於是這些武林豪士，不免一個個火冒三丈，正待發作之際，那些店伙們已經在高聲呼道：「辛老闆來了，辛老闆來了。」

登、登、登，樓梯響處，眾人只覺眼前一亮，群豪也俱未想到這「辛老闆」竟是個這樣的俊品人物，驚奇之下，火氣都減了不少。

辛捷一上樓來，就滿面春風的抱拳說道：「各位久候了，實是抱歉之至，小弟俗務太多，還請各位恕罪。」

接著他就挨個地向那些武林人物請教姓名，握手寒暄。

筵席隨即開上，辛捷拱手肅客入坐，酒過三巡，辛捷朗聲說道：「小弟雖是個渾身銅臭的小商人，卻自幼即喜結交武林豪士，這次小弟開設這些行號，也是想在各處多交些朋友的意思，此次不辭冒昧，將各位大駕請來，實因小弟久聞鄂中豪士如雲，武當門下的弟子，更是個個身懷絕技，久想一睹風采之故。」

他目光橫掃，極留心地觀看座上人物的表情，當他看到其中有些不是武當門下的豪士，臉上已有不悅之色，心中暗喜，笑著接道：「小弟雖是不會武技，但卻懂得一點，日後如果有緣，但望能見識各位的絕技，尤其武當的劍法，更是久仰了。」

他兩次提到武當，卻故意地未提中原其他四大宗派，座上諸豪，已在不滿了。

哪知他一舉酒杯，又說道：「今日我這第一杯酒，卻要敬敬武當門下的九宮劍李大俠，來來來，李大俠，我們乾這一杯。」

那九宮劍李治華，雖是武當門下弟子，但在武漢三鎮，並算不上一流人物，此刻他見辛捷首先便向他敬酒，不免高興得很。

他舉起酒杯，站了起來說道：「承辛老闆看得起我們武當派，我李治華實在感激，我李治華雖然不足道哉，但我們武當派，倒的確是武林之首，小弟也就厚顏乾了辛老闆的酒了。」

他話剛說完，哪知「鐺」一聲，手中酒杯竟被擊得粉碎。

那李治華正自志得意滿之際，手上酒杯，忽鐺地一聲，被擊得粉碎，杯中之酒，灑得他青藍的武士衣上滿處皆是。

座上俱爲武林中人，眼力多快，早看出那是坐在信陽鏢局的總鏢頭銀槍孟伯起身側，面色淡黃的人，在李治華興高采烈地誇耀著武當派時，手微一揚，手中的牙筷，便將那杯擊碎。

那牙筷去勢頗急，力道又猛，擊中酒杯後，仍直飛出去，「奪」地一聲，竟深深嵌入牆裡。

李治華酒杯被擊，面色立變，四面一顧，見諸人都在驚愕地望著那面色淡黃的漢子。

他心中奇怪，知道酒杯必是被此人擊碎，但自己卻和此人素不相識，而且自己在武漢多年，看來此人絕非武漢地面的豪客，怎地卻出手擊碎自己的酒杯？須知此事甚失面子，武林中若有此事發生，除了動手解決之外，別無他法。

李治華面如凝霜，怒道：「相好的，你這是幹什麼，要對付我姓李的，只管劃出道兒就是，說什麼我姓李的全接住你的。」

辛捷見有人出手擊碎李治華的酒杯，心中暗喜，忖道：「果然不出我所料，而且來得這麼快，連我都有些意外呢。」

但是他面上卻作出一副惶恐的樣子，雙手連擺道：「有什麼話好說，有什麼話好說，千萬別動怒，這樣小弟太難爲情了。」

那面色淡黃的漢子，雙手朝辛捷一拱，站了起來，連眼角都沒有向李治華瞟一下，似乎對李治華完全不屑一顧。

李治華的怒火不由更盛，他雖非武林裡的一等角色，但有人當著如許豪士，公然的侮辱了他，而且是這樣地輕蔑的侮辱。

他惡毒的望著那人，那人卻似全然沒有將他放在眼裡，從容地向辛捷說道：「在下于一飛，偶遊武漢，聞人言及辛老闆的盛舉，心裡嚮往得很，遂做了個不速之客，還望辛老闆恕罪。」

辛捷聽他一報名字，心中更喜，忖道：「這于一飛大約就是侯二叔所說的崆峒三絕劍中的地絕劍了，此事若由他開場，那就更好了。」

他心裡在轉著念頭，嘴裡卻說道：「小弟今日之舉，為的就是結交天下好漢，于大俠肯賞光，小弟實是求之不得。」他眼角橫掃了李治華一眼，見李治華神色更是難看，而且還微露出些不安，知道這于一飛的名頭，已然驚震了他，若然他縮頭一怕事，這事又鬧不起來了，心中一轉，便又有了計較。

於是他接著說：「只是這位李大俠，是武當高徒。于大俠莫非和李大俠結有什麼樑子，依小弟之見，還是算了吧。」

他話中又微微帶出武當派，地絕劍仰首哈哈一陣大笑，狂傲地說：「于某人雖然不才，但若說這姓李的和于某人結下樑子，哼，他還不配，我于某人不過看他口發狂言，才出手教訓他。」

座上諸人，一看便知此事今日又是個不了之局，那地絕劍于一飛乃武林第一劍，劍神厲鶚的第二個弟子，與天絕劍諸葛明，人絕劍蘇映雪，並稱為「崆峒三絕劍」，近年早已名動武林。

那李治華在武林中雖是平平之輩，但亦是武當弟子，武當派向以天下第一宗派自稱，門下弟子也都是些倨桀的角色，怎會在人前甘受此辱。

但事不干己，大家都冷眼看著此事的進展，無人發言勸解。

李治華站在那裡，臉上青一陣，白一陣，他自忖武功，實非地絕劍于一飛的對手，但他究竟在武漢地面上也算得上一號人物，無論如何，也得要想出法子來挽回自己的面子。

他想來想去，心中有了個主意，於是他做出極端憤怒的樣子，猛地一拍桌子，叱道：「姓于的，你少賣狂，別人畏懼你『崆峒三絕劍』，我李治華倒要見識見識你到底有什麼出人頭地的功夫。」

他四顧群豪，看見諸人面上，都露出些驚詫之容，皆因這李治華平日都是嘴上的把式，真遇上事總是縮頭一躲，想不到今日遇到了向稱扎手的于一飛，卻一點也不含糊。

哪知李治華心中卻另有計較，他也怕于一飛的武功，以他的個性，怎會吃此眼前虧？但是他卻想將自己和于一飛之爭，變為「武當」和「崆峒」之爭，這樣一來，無論何事，都有武當派來替他出頭，而他本身，卻一點也不會受損。

他心裡打著如意算盤，卻不知因此一來，武林中平生出偌大風波，弄得「武當」、「崆峒」聲威赫赫的兩派，從此一蹶不振。

他心中所打的算盤，正是辛捷所冀求的，但辛捷卻做出一副息事寧人的樣子，走出座來，勸解著說：「這是何苦呢？李大俠……」

李治華一擺手，攔住辛捷的話頭，說道：「辛老闆不要多說了，我李治華豈是不懂事的小孩子，會在此歡聚上生事，姓于的，你若是有種的，三日之後，子正時刻，你我在黃鶴樓下一決生死。」

于一飛眼一瞪，目光宛如利剪，瞪在李治華的臉上。

李治華心中一凜，他知道于一飛若然此時就動手，自己必然討不了好去，於是他腳下揩油，做出氣憤之狀，蹭、蹭、蹭下樓去了。

于一飛臉帶不屑之容，冷笑道：「想不到堂堂武當門弟子，卻是些無恥的小人。」

辛捷見李治華一走，心裡暗暗好笑，但卻做出搖頭惋惜的樣子，附合著于一飛說道：「唉！我也想不到，我原以為……」

他故意一頓，然後改變話頭說道：「于大俠英姿瀟灑，不敢請問是哪大宗派的門下？」

于一飛人最吃捧，聽到辛捷捧他，高興的說道：「辛老闆太客氣了，小弟不才，恩師卻是當今天下無人不敬仰的人物，辛老闆既然好武，可曾聽說過『天下第一劍』的名頭？」

辛捷一拍前額，做出恍然大悟的樣子，說道：「小弟真是糊塗，聽了于大俠的名字，早該想到是當今天下武林第一高人的劍神厲大俠的門下，名動武林的『崆峒三絕劍』了。」

他舉起酒杯，仰首乾了，笑道：「不知之罪，小弟該罰一杯。」

他舉起壺來，又斟了一杯酒，環顧四座說道：「諸位切莫因些須小事，敗了清興，今日不醉無歸，各位一定要盡歡而散才是。」

說著他拍了兩下巴掌，一個酒店中的伙計應聲而來，巴結的問道：「老爺有什麼事吩咐？」

辛捷笑道：「今日座中俱是英雄，有英雄不可無美人相伴，你去把城裡有名的粉頭全給我叫來，不論是誰，只要來的，一律給二百兩銀子。」

店伙一聽，心裡又驚又喜，驚的是這位老爺出手真大方，一出手就是一百兩銀子，須知按當時的物價，一桌頂上好的燕翅席，才只一兩二分銀子，一百兩銀子足夠中等人家好幾個月的嚼穀了。

喜的是，這一趟又大有油水可賺，忙更巴結地應聲去了。

座上諸豪，不但驚異著他的豪闊，而且辛捷此舉，更是投了大家的脾胃，大家轟然一陣歡呼，都對辛捷有了好感。

于一飛也自笑道：「辛老闆真是一位揮金如土的公子，和那些滿身銅臭的商人大不相同，小弟不嫌冒昧，倒想和閣下交個朋友。」

辛捷把著于一飛的臂笑道：「這真是小弟生平最大的快事了。」

他四顧群豪，又說道：「小弟碌碌一介凡夫，能交到這許多英雄豪傑，就是貼上身家性命，也是高興的，來，大家乾一杯。」

他又舉起酒杯，仰首一飲而盡，群豪也俱都乾了一杯。

辛捷風流倜儻，復又慷慨多金，這群武林豪客，俱都存了交結之心。

大家你一言，我一語，都在讚慕著辛捷，也在談論著方才的事故。

四　神君復現

突地樓下的堂倌，扯直喉嚨叫道：「翠喜班的倌人玉鳳、玉蘭和小翠、玉喜四位到了。」接著樓梯上傳來一陣細碎的腳步聲。

群豪精神一振，眼光都朝向樓梯口，果然嬝嬝佇佇走來四位麗人，俱都滿頭珠玉，打扮得花枝招展的，一上樓就對群豪嫣然一笑。

這些武林豪客，大半是風月場中的熟客，見了此四女上來，紛紛一陣嘻笑，有相熟的便走上去接著讓座，辛捷也招呼著。

過了一會，堂倌又喊道：「鳳林班的倌人，稚鳳、美林、白莉三位到了。」接著堂倌又喊了幾遍，總之城中稍有名氣的妓院裡妓女，大半都來了。

這也是錢能通神，她們本以此爲生，聽到有如此豪客，誰不想巴結？

這些女子一上樓來，樓上自然又是一番景象，有的還不過僅僅斟酒猜拳，打情罵俏，有的本是相好，竟就拉來坐到膝上，公然調笑了。

辛捷裝做出一副老練的樣子，但他雖然生性不羈，卻到底是第一次遇見這種場合，心裡也微微有些作慌，強自鎭定著。

群豪一看辛捷仍然在獨自坐著，金弓神彈便笑著說：「我們只顧自己玩樂，卻把主人冷落了，真是該罰，真是該罰。」

辛捷笑道：「諸位自管盡歡，小弟初到此城，還生疏得很呢。」

這些粉頭一聽之下，才知道此人就是揮金如土的闊少，再加上辛捷英姿挺秀，姐兒愛鈔也愛俏，媚目都飛到辛捷身上。

鳳林班的稚鳳，是武漢鎮數一數二的紅倌人，她站了起來，俏生生的走到辛捷身旁，挨在辛捷身上，嬌笑道：「噯，你家貴姓呀，怎麼從來沒有到我們那兒去坐坐？」

說著，她的一隻纖纖玉手，就搭到辛捷肩上，辛捷只覺得一陣甜膩的香氣，直衝入鼻孔，心裡也怦然加速了跳動。

稚鳳的春蔥般的手指，有意無意地撩著辛捷的耳朵，見辛捷不說話，粉臉偎到他耳旁，俏說道：「你說話呀。」

辛捷對些庸俗脂粉，心中雖覺得有些厭煩，但他天性本就倜儻不羈，再加上他十年來都受著七妙神君梅山民的薰陶，覺得除了是真正有關道德、仁義的事以外，其餘卻可隨意行之。何況他知道，他既以章台走馬的王孫公子身分出現，日後這種場合還多的是。

於是他笑著握起稚鳳的手，說道：「以後我可要去走走了。」

稚鳳咯咯一陣嬌笑，索性也坐到辛捷身上，說道：「我知道你是騙我的。」

銀槍孟伯起站了起來，笑指著二人說道：「你們看，稚鳳這小妮子，有了知情識趣的辛公子，就把我們這些老粗丟開了。」

群豪又是一陣大笑，金弓神彈說道：「這也該罰，罰這小妮子唱一段給我們聽聽。」

群豪又哄然應好。

稚鳳撒嬌著不依道：「范爺最壞了，人家不會唱，唱什麼呀？」

辛捷也笑著慫恿，稚鳳仰頭向辛捷俏說道：「我只唱給你聽。」

說著她站了起來，仍然依在辛捷身旁，纖手一攏鬢角，歌道：

「並刀如水，吳鹽勝雪，纖指破新橙，錦幄初溫，獸香不斷，相對坐調笙。」

她輕輕用手指騷著辛捷的背，辛捷一抬頭，正見她低頭嫣然望著自己，歌道：

「低聲問：向誰行宿？城上已三更。馬滑霜濃，不如休去，直是少人行。」

她將這首有宋一大詞家周邦彥的「少年遊」唱得娓娓動聽，而且嬌聲婉轉，眼波暗語，會意人當知其中又別有所寄。

群豪又哄然叫著好，銀槍孟伯起卻是個文武雙全的人物，花叢中也可稱得上是老手，此刻笑著叫道：「你們看，辛公子才來一天，已經有佳人留宿了，看樣子今夜辛公子是注定要留在溫柔鄉了。」

稚鳳又是一陣嬌笑，不勝嬌羞地一頭鑽進辛捷懷裡，辛捷心中又猛地一跳。

春上酒樓，時間在歡樂中飛快地流過去，酒在添著，菜也在添著。

但是終於到了該散的時候了。

那些身分較低，名頭較弱的，便先走了，愈走愈多，那些班子裡的粉頭，也大多在賬房處領了銀子走了。

到後來酒樓上只剩下金弓神彈范治成、銀槍孟伯起，和地絕劍于一飛、辛捷，以及鳳林班的稚鳳、美林、翠喜班的玉鳳，小翠幾個人。

稚鳳一直膩在辛捷身上，金弓神彈笑說：「我們也該走了，讓辛兄靜靜地到稚鳳那裡去聊聊，免得稚鳳這小妮子怪我們不知趣。」

說著就站了起來，拉著銀槍孟伯起要走，翠喜、玉鳳也在打趣著。

辛捷這才真的慌了，忙道：「于大俠千萬不能走，今夜一齊到小弟住處去，你我一見如故，小弟要和兄台作個長夜之飲。」

稚鳳咬著嘴擰了辛捷一把，于一飛見了，忍不住笑道：「小弟倒是想去，只怕人家稚鳳姑娘不答應，哈，哈。」

辛捷自懷中掏出幾顆晶瑩的珍珠，那都是些價值不菲的珍物，他遞給了美林、翠喜、玉鳳每人一粒，她們都高興地謝了接過。

他又將剩下的幾粒，一股兒塞在稚鳳手上，說道：「今天你先走吧，過兩天我再到你那裡去，你放心，我一定會去的。」

稚鳳哪曾見過這樣的豪客，溫柔地湊到辛捷耳旁，說道：「我一定等你。」於是她婀娜地站了起來，招呼著美林、玉鳳一齊走了，走到梯口，她還回頭向辛捷嫣然一顧，辛捷暗笑道：

「梅叔叔本說他的『七藝』我只學得了其六，可是他想不到如今我卻學全了。」

他又望了金弓神彈、銀槍孟伯起和于一飛一眼，忖道：「今晚我的收穫，倒的確不少，梅叔叔若是知道了，也必然高興得很。」

銀槍孟伯起道：「今天能交得辛兄這樣的朋友，我實在高興得很，日後辛兄如長住此地，小弟必定要常去拜訪的。」

金弓神彈也忙說道：「那是當然，就是辛兄不請，小弟也要厚著臉皮去的。」

辛捷笑道：「今日未竟之歡，過兩天小弟一定要再請兩位盡之。」

於是他客氣地將他們兩人送到樓下，回顧于一飛道：「于兄如方便，就請到小弟處去。」

于一飛道：「小弟本是經過此間，到武當山去爲家師索回一物，今晚便要走的，哪知卻結交到辛兄這樣的朋友。」

他雙眉一皺，臉上露出肅殺之氣，又說道：「何況小弟三日後還有些未了之事，說不得只好打擾辛兄三、五天了。」

辛捷忙道：「于兄如肯留下，小弟實在高興得很，這三天我定要好好地陪于兄盡盡歡。」

他一緩口氣，又說道：「只是三日之後，于兄可要千萬小心，那姓李的必是邀集幫手去了。唉，小弟實是無能，手無縛雞之力，不能助于兄一臂。」

于一飛狂笑一聲，拍著辛捷的肩道：「辛兄只管放心，小弟實還未將那些人放在心上。」語氣之間，有著太多的自信。

辛捷道：「我彷彿聽說『武當』、『崆峒』本為連手，于兄此舉，是否……」

于一飛鼻孔裡哼了一聲，說道：「小弟若非為了『武當派』十餘年前和家師的一點交情，今夜怎會讓那姓李的從容走去。」

他又道：「辛兄有所不知，那『武當』扛著『武林第一宗派』的招牌，狂妄自大的不得了，其實武當門徒，卻都是些酒囊飯袋，家師本告誡我等，在今年秋天泰山絕頂的劍會以前，不要和武當門人結怨，但今日這樣一來，小弟卻要先殺殺他們的驕氣，即使家師怪罪，也說不得了。」

辛捷問道：「那泰山絕頂的劍會，可就是以五大宗派為首，柬邀武林中人到泰山絕頂一較武功，爭那天下第一劍的名頭？若是這樣，倒也不爭也罷，試想當今天下，還有能勝過令師的人嗎？」

于一飛得意地笑道：「那個自然，泰山之會，十年一期，十年前家師以掌中之劍，技壓群雄，取得『天下第一劍』的名號，連峨嵋的苦庵上人和以內家劍法自鳴的武當掌教赤陽道長等人，都甘拜下風，只是這泰山之會卻立下一條規約，那就是上一次與會比試之人，下一次就不得參加。」

他雙眉一軒，意氣飛揚，說道：「是以這次泰山之會，就是我等一輩的天下了。」

辛捷暗哼一聲，口中卻奉承著說：「崆峒三絕劍，名滿武林，看來『天下第一劍』的名號，又非你們崆峒莫屬了。」

彩。

于一飛哈哈一笑，像是對辛捷的話默認了，辛捷胸中又暗哼了一下，目中流出異樣的光

但是于一飛並沒有注意到這些，他隨著辛捷上了車子，興高采烈地走了，像是他已手持著劍，站在泰山頂上，被武林稱爲「天下第一劍」的樣子。

車中兩人，心中各有心事，是以只有車聲轔轔，兩人都未說話。

忽然車頂上，噗地一聲大震，似乎有個很重的東西，落在車頂上。

辛捷、于一飛兩人皆自一驚。

又聽得那車頂上有一個嬌嫩的少女口音，喘著氣說道：「快走，快走，不許停下來。」

接著馬車便加快了速度向前奔去，似乎是因爲馬車伕受了這個少女的威脅，而不得不策馬狂奔，顯然那少女手中必有利刃。

車中兩人，俱是武林中一等一角色，辛捷僞裝不懂武技，此刻只不過皺了皺眉，心中暗自奇怪著這事，他想：「這難道是攔路打劫的嗎？但從這女子落到車頂上的身法聽來，輕功不過平平，而且喘氣之聲頗急，又像是在被人追趕著。」

于一飛卻一拉辛捷衣角，低聲說道：「辛兄，這女子好生不開眼，居然在我等所乘的車上，弄起手腳來，今夜反正無事，小弟就拿此女開個玩笑，以博辛兄一樂，也藉此懲戒她。」

他話說完，一支車廂後的窗子，微一用力，身軀便像一條游魚，自座中滑出窗外，身手的敏捷，的確無愧在武林中享有盛名。

辛捷隨聽那車上少女一聲驚叫，叱道：「你這惡……」

但她尚未說完，便突然頓住，辛捷知道她已被于一飛制住。

果然，車窗外于一飛喊道：「辛兄接著。」辛捷一回頭，只見于一飛已將一人自窗外拋入，辛捷下意識地一伸手，輕易地將她接著，但又忽然想起自己偽裝的身分，周身力道猛懈，隨著那拋來之勢，兩人一齊跌落在地上。

辛捷立時感覺到壓在他身上的是一個極柔軟而溫暖的身軀，而且剛好與他面對面，嬌喘吁吁，都吐在他臉上。

辛捷臉上一熱，他知道這少女必定已被于一飛點住穴道，但那少女神智仍清，一看自己的臉正貼在一個男子的臉上，而且聲息互聞，但她又苦於絲毫不能動轉，羞得只好將眼睛閉上。

于一飛自後窗輕巧地翻了進來，看見兩人正蜷伏在車廂內一塊並不甚大的地方上，哈哈一笑，輕伸猿臂，將那少女抄了起來。

辛捷這時才掙扎著爬起來，喘著氣，埋怨地說道：「于兄又非不知，小弟怎接得住。」

他一眼望見那少女已被于一飛放在座上，于一飛笑道：「辛兄應當感激小弟才是，將這樣一個美人，送到閣下懷裡，怎地卻埋怨起小弟來了。」

辛捷見那少女雖然鬢髮零亂，衣著不整，但卻的確是個美人胚子，她此刻仍閉著眼睛，長長的睫毛蓋在眼簾上，豐滿的胸膛急劇地起伏著，辛捷想起方才的情景，臉上又是一熱。

他忙自清了清喉嚨，掩飾著自己窘態，問道：「這位姑娘怎地深夜跳到我等的車頂上來，請姑娘說個清楚？」

那少女聽了，突地睜開眼睛，兩道黑白分明，秋水為神的眼光，在辛捷和于一飛臉上一掃，似乎發覺並不是自己所想像的人，心情一鬆，臉上泛起一絲寬慰的笑意，張口想說話，但她瞬即發覺自己除了眼皮可以開闔之外，周身連說話的力氣都沒有。

辛捷一看于一飛所用的點穴手法，雖將人制住，但卻並不傷人，不禁暗自對于一飛略有好感，覺得他做事尙有分寸。

于一飛一笑，伸手極快地在那少女脅下，背脊上一拍，那少女沉重的透了一口氣，抬了抬手，身軀竟能動轉了。

此時車行已緩，外面街道極為靜寂，店舖、人家都也熄了燈睡覺了。

突然一個粗啞喉嚨的聲音喊道：「併肩子，上呀，雛兒入了活窯了。」

于一飛劍眉又是一軒，那少女卻撲地跪在地上，哀求著說道：「兩位千萬要救救我，這些都不是好人，他們要……」

她臉上一紅，話又說不下去了，但辛捷和于一飛都已了解了她話中的意思，于一飛到底是武林正宗，一聽不由大怒，說道：「這般傢伙也太可惡了，居然在這城裡就撒野逞兇。」

他轉頭向那少女問道：「他們是誰，你可認識他們？」

那少女剛搖了搖頭，車外街道上又「噗噗」幾聲，像是有幾個人從房上跳下來，馬車伕也是一聲驚呼，接著先前那粗啞喉嚨的聲音在喝叱著：「喂，這輛車子快給我停下。」

辛捷自己雖不能動手，但他卻知道憑于一飛身手，要對付這類似無賴的強盜，簡直太容易了，因此他靜靜地坐著，要看于一飛怎麼應付此事，也想看看于一飛在劍法上到底有何造詣。

車子停了，那少女驚惶地縮在車廂的角落裡，兩眼恐懼地望著外面。

辛捷也探首外望，看見車前站著有七、八個手裡拿著明晃晃尖刀的漢子。

其中一個舞動著手裡的刀說道：「喂！車裡的人聽著，我們是長江下游水路總瓢把子小神龍賀信雄的弟兄，今日路過此地，並不想打擾良民，只是剛才有一個自我們船上逃下的女子，跑進你們車裡，你們快將她放下來，什麼事都沒有。」

于一飛哼了一聲，推開車門，傲然走了出去，叱道：「什麼女子不女子的，這車上沒有，就是有，也不能交給你們。」

那些漢子看見于一飛身後背著劍，說話又滿不在乎，不知道他是什麼來路。

那先前發話的漢子，好像是其中的頭子，此刻走了上來，一抱拳，說道：「相好的看樣子也是線上的朋友，請報個萬兒來，賣咱們一個交情，日後我們賀當家一定有補報之處。」

于一飛抬眼，冷冷說道：「什麼交情不交情，大爺全不懂這一套，你們若是識趣的快夾著尾巴滾蛋，不然你們想走卻也走不了啦。」

那漢子滿以爲自己講的話有板有眼，哪知人家全不賣賬，而且看樣子簡直沒把自己這班人看在眼裡，氣得哇哇叫道：「相好的，你敢情想找死呀。」說著話，一個箭步竄了上來，刀光一閃，「力劈華山」劈向于一飛頭上。

于一飛不避不閃，看見刀光已在頭上，右手一伸，用食、中二指竟挾住那柄直往下劈的大刀，左手一揮，叱道：「躺下。」

那漢子果然聽話，隨著于一飛揮手之勢，遠遠跌倒地上。

車裡的辛捷，見那漢子如此膿包，不覺有些失望，他原想藉此看看于一飛的武功，哪知于一飛一舉手，已解決了一個。

其餘的那些漢子，立時一陣紛亂，但他們不過只懂得三招兩式，若論武功，簡直談也談不上，不過只是仗著人多，打著爛仗而已，看到于一飛這種身懷絕技的內家劍手，正是他們活該倒楣，七、八個人舉著刀上來，還沒有弄清楚是怎麼回事，已被跌得七暈八素，連于一飛的衣袂都沒有碰到。

那最先跌在地上的漢子，已爬了起來，忽然高興地叫道：「好了，好了，二當家的來了，併肩子住手吧，看這小子還發不發橫。」

那些漢子果然齊都住了手，一個身材頎長，滿身白衣的漢子如飛奔了來，一看自己的弟兄有的跌倒在地上，有的垂頭喪氣的拿著刀站在旁邊，再看到車旁穩如山嶽站著的于一飛，心中已明白了這是怎麼回事，雙眉一皺，走了上來，朝于一飛說道：「這位朋友請了，在下等與朋友井水不犯河水，莫非朋友和那小妞兒有什麼關係，硬要來架這橫樑，這也好說，朋友只要報上個萬兒，若真是成名露臉人物，我江裡白龍馬上拍手一走，這小妞兒就算是朋友你的了。」

于一飛一聽江裡白龍的名頭，便知道此人也是個角色，只因長江一帶，水路綠林雖明是奉小龍神賀信雄爲總瓢把子，但幫裡大大小小的事，卻是全由江裡白龍孫超遠作主。

這江裡白龍不但水上、陸上的功夫都有兩下，而且爲人睿智百出，在長江一帶，聲名頗響，地絕劍走動江湖，也曾聽到過他的名頭。

此刻他見江裡白龍身材頎長，雙目炯然，倒也像是個人物，便說道：「其實這小妞兒和我于某人也沒有干係，只是我于某人卻看不慣別人欺凌弱女，想孫當家的也是成名露臉的好漢，何苦緊緊追著一個女子，就看在我于一飛的面上，饒了她吧。」

地絕劍于一飛並不是什麼真正仗義鋤強的人物，剛才激於一時義氣，包攬下此事，後來一想，又後悔自己多管閒事，何苦平空結下這等強仇，此刻他說出此話，便想江裡白龍能賣自己一個面子，將此事扯過去就算了，免得再多惹事非。

那江裡白龍驚哦了一聲，上下打量著于一飛幾眼，說道：「原來閣下就是『崆峒三絕劍』裡的地絕劍于二爺，其實憑著你于二爺一句話，放走這小妞兒有什麼可說的。」

于一飛一樂，心想這江裡白龍果然識得好歹，哪知孫超遠又接著說道：「只是這小妞兒卻也不是敝幫裡的貨色，而是另外一人托敝幫保管的，敝幫委實招惹此人不起，說起來，于二爺也許對此人也有個認識，也會賣他一個交情。」

于一飛忙問道：「此人是誰？」

孫超遠神秘地一笑，左掌向空中虛按了一下，右手拇指一伸，做了個手勢，說道：「就是他。」

于一飛見了這個手勢，面色一變，沉吟了半晌，說道：「這小妞兒既是此人所交托的，當然無話可說。」他一指車內，說道：「哪！這小妞兒就在車內，孫當家的自己動手好了。」

辛捷在車內一聽，更是一驚，暗忖道：「這地絕劍于一飛名頭頗大，武功不弱，而且又有靠山，仗著劍神厲鶚，狂傲得不得了，何以看了這個手勢，就乖乖地不再說話？那手勢所代表的人物，豈非不可思議了，但卻又是誰呢？」

那少女見于一飛從容的就將那些漢子擊敗，正高興著自己已得救了，哪知事情卻變得如此，她哀怨的看了辛捷一眼。

辛捷只覺得她的眼光像是直刺入自己心裡，幾乎馬上就要不顧一切挺身而出來相助，但他轉念又想起自己所負的使命，和自己對將來的抱負，一種更強大的力量，使他壓制了此刻的激動。

轉眼，那江裡白龍已走到車旁，伸進頭來笑嘻嘻對那少女說道：「方姑娘，我看你還是乖乖的跟著我走吧！逃有什麼用呢？憑你身上這點兒本事，還想逃到哪裡去嗎？」

那少女將身體更縮在角落裡，全身蜷作一團，辛捷看了，心裡難受得很，想了想，突然說道：「你快點跟人家去吧！不然……」

那少女見辛捷一發話，狠狠的瞪了他一眼，這一眼色包含著那麼多的怨恨，使得辛捷心中又是一動，不得不極力地壓制著自己的情感。

江裡白龍一伸手，拉著她的臂膀就往外拖，那少女一甩手，強忍著，恨聲說：「走就走，你再拖姑娘可要罵你了。」

她突然一挺腰，站到地上，走出了車廂，再也不望辛捷一眼。

江裡白龍微一示意，就有兩個粗長大漢一邊一個架住那少女的雙手，那少女雖想掙扎，但她哪裡有那兩個大漢的蠻力？

孫超遠遂向于一飛一抱拳，說道：「于大俠今天高抬貴手，不但我孫某人感激不盡，就是我們賀當家的和那位主兒，若是知道，也必有補報于大俠之處，今日就此別過。」

說著便揚長去了。

于一飛訕訕地走上車來，朝辛捷勉強笑道：「今天我們真是自討沒趣，唉，若不是這個主兒，也還罷了，卻又偏偏是他。」

辛捷忙問道：「他到底是誰呀？小弟卻如悶在鼓裡。」

于一飛搖了搖頭，說道：「武林中有些事辛兄是無法明瞭的，改日有機會再詳談吧。」

辛捷知他不願說出，反正自己此時已有了打算，遂也不再問。

車子很快的到了辛捷所設的山梅珠寶店，那是一間規模氣派都相當大的店舖，車伕路上遇到這些事，恨不得馬上縮進被窩睡覺，此刻一見已回到了家，連忙跳下車去敲起門來。

店裡一個睡意矇矓的聲音沒好氣的問道：「是誰在敲門呀？」

車伕答道：「是老闆回來了。」

了。

那聲音立刻變得熱情而巴結，喊道：「來了，來了，馬上來。」

于一飛經過此事後，似乎也覺得臉上掛不住，無精打采地，進了店後，辛捷便招呼他睡了。

夜更深，山梅珠寶店裡，突然極快地閃出一條人影，向江岸飛身而去。

那種超絕的輕功功夫，的確是武林罕見，只是稍稍的一沾屋面，便橫越出很遠，以至看起來只像一道煙光，並不能看出他身形的輪廓。

晃眼，那人影便到了江邊，但是他卻彷彿並不知道自己的目的之處，只在江岸處極快地飄動著，找尋著他的目標。

此刻岸邊停泊的船隻上，都沒有了燈光，只有江心幾艘捕魚的小艇，點著一盞螢螢燈光，一閃一閃地發出黯淡的昏黃之色。

那人影像是有些失望，停頓了一會，忽地掠起如鷹，飛落在一艘較大的商船上，極輕巧的四周察看了一遍。

然後，他又掠至第二艘，第三艘，但似乎其中都沒有他所要尋找之物。

忽然，他發現在離岸甚遠的地方，並排泊著兩艘大船，而且其中一艘船上，仍然點著燈火，遠遠望去，窗裡也像還有動著的人影。

那兩艘船離岸還有二十餘丈遠近，即使站在離它最近的船上，也還相隔著十餘丈的距離，他猶疑了一會，顯然這距離的確是太遠了。

江上的風很大，吹得船上掛的燈籠，在風中搖曳著，那人影突一伸手，將掛著的燈籠拿在手中，端詳了半刻。

他像是突然有了個主意，輕輕地飛身，就著燈籠上的繩子，將那燈籠套在腳上。

於是他猛一提氣，身形颼地往江中竄去，這一竄至少有五、六丈遠近。

在落水之際，他腳上綑著的燈籠，平著水面一拍，人又藉勢竄了三、四丈，又在空中一換氣，一個曼妙轉側，又將腳上的燈籠解在手裡。

此時他離那兩艘船還有五、六丈之遙，但看見他像是已快力竭而落水，忽然在將落未落之際，在水面上平著身子一掠，手裡拿著的燈籠，又朝水面上一拍，身軀像一隻抄水的蜻蜓，毫無聲息的落在那兩艘船上，像是沒有一絲重量。

這一切都是美妙而驚人的，連他自已都在暗地高興著，星光映得他蒙在一塊上面繡著梅花的帕子後的眼睛，流動著得意的光輝。

他整了整斜揹在背後的一柄形式頗古的長劍，一掠而至那扇仍然亮著粉光的窗前，就著窗子的隙縫向裡一望，看見船裡放著一張八仙桌子，桌子邊正有兩個漢子在飲著酒，一桌子上放著幾樣菜餚，他認得其中一人正是江裡白龍孫超遠。

他心中暗忖道：「這另外一人想必就是小龍神賀信雄了。」

然後他極快地掠至另一窗子，窗內雖未點燈，但藉著鄰窗的燈火，仍然有些亮光，他又側目一望，見裡面果然有個女子側臥在床上，正瞪著兩隻大眼睛，望著窗板，不知在想些什麼。

他平著手掌放在窗紙上，一會那窗紙似乎被熱力所熔，無聲無息的破了一大塊，那女子仍未發覺，像是她所想的是個她極關心的問題，是以別的事就全然沒有注意了。

突然，他不再顧慮他會弄出聲音，伸手一拍窗子，那窗子便被拍成粉碎。

接著他閃電般竄到床上，伸手在那驚惶的女子足心旁的「湧泉穴」一點，制止了那女子不必要的驚呼和動彈。

此時外面所坐的兩人已同時竄了進去，厲聲喝問道：「是誰？」

他卻橫手抱著那女子，身形微動，竟從那兩人身側穿了過去，大剌剌地往桌旁的椅子上一坐，將那女子斜斜地靠坐在桌旁。

那兩人果真是長江水路的總瓢把子小龍神賀信雄和江裡白龍孫超遠，論武功兩人亦是不弱，但此刻卻被人自身側擦了過去，不由大驚。

兩人猛一回身，卻見那人已端坐在前艙裡，絲毫沒有逃逸的樣子，心中更是奇怪，小龍神賀信雄喝道：「朋友是誰？來此何幹？」

那人清越地仰天一笑，指著蒙在臉上的繡帕說道：「你不認識這個嗎？」

那繡帕乃一張粉絹，上面繡著七朵鮮紅的梅花，小龍神及江裡白龍行走江湖亦有十餘年，突地同時想起一個人來。

但此人絕跡江湖已有十年，而且傳聞早已喪在四大宗派的掌門人手裡，此刻怎知又在此出現，小龍神不禁懷疑道：「難道你是……」

那人又是一陣長笑，打斷了小龍神的話，接著朗吟道：「海內尊七妙。」聲猶未了，突自身後抽出長劍，斜斜一抖，頓時只覺劍影重重，劍花點點，抖起七個梅花般的圈子，又突地收劍回身。

他拔劍，斜削，收劍，幾乎是在同一刹那裡完成，是以小龍神及江裡白龍看起來，只覺得七朵閃爍的梅花，在他們面前一掠，立時又無蹤影，此時他們心中哪裡還有懷疑之意，脫口叫道：「七妙神君。」頓時嚇得半邊身子險些軟了。

按說江裡白龍孫超遠以及小龍神賀信雄，乃是長江水路綠林的總瓢把子，在武林中亦可算得上是聲名赫赫的人物，怎會一聽到了「七妙神君」的名頭，就立刻嚇成這個樣子？但須知當年「七妙神君」在武林中的聲望、地位及武功，都可說是無與倫比的，而且出名的手辣，往往談笑中便置人於死地。

七妙神君一別江湖十年，此刻卻突然在他兩人的船上現身，也難怪他二人驚慌了。

七妙神君臉蒙繡帕，孫超遠、賀信雄只聽他冷冷一笑，卻看不到他臉上的表情，不禁生起一陣寒氣，自脊樑直上頭頂。

江裡白龍孫超遠，本素以機警見稱，他略一鎮靜，看到那方姓少女正被七妙神君扶在一旁，心知他必定為此而來，心中忖道：「久聞七妙神君『七藝』中最後一藝，便是色字，今日想必也是為此女而來，反正此女另有主人，我樂得不管此事，等到那人來時再說，他兩人，一個是江湖上久已享名的難惹人物，一個是初出江湖便驚震武林的魔頭，正好一拚。」

他一念至此，心裡遂就大定，說道：「神君久別江湖，想不到今日晚輩們卻有幸得見神君一面，晚輩斗膽猜上一猜，神君深夜來到敝船，可是為了這個女子？」

七妙神君又冷笑了一陣，說道：「閣下倒是聰明得很。」

孫超遠乾笑了一下，說道：「既是神君的意思，晚輩哪敢違背，只是此女子乃別人交托給晚輩的……」

七妙神君哼了一聲，說道：「別人交托又怎樣，難道我七妙神君都不能將人帶走嗎？」

孫超遠忙說道：「晚輩不是這個意思，只是晚輩卻不知能否請前輩留下個信物，讓晚輩也好對別人有個交代。」

孫超遠說此話時，真是捏著一把冷汗，他知道七妙神君生性怪僻，說不定這句話就惹了他的脾氣，那麼自己只怕當時便要難看，但如不說此話，另外一人也是自己絕對惹不起的人物。

哪知七妙神君沉吟了一下，將手入懷，取出一塊金牌，拋在桌上，說道：「此牌就是我的信物，若是有人對我七妙神君不服氣的話，只要說出來，不要他找我，我自會去找他。」

孫超遠、賀信雄是希望七妙神君如此，但卻料不到他會這麼輕易地答應了，他們心中不禁生出同樣一種想法，那就是這江湖上人人聞而生畏的七妙神君，似乎沒有傳說中那種乖僻和可怕。

然而他們怎知這其中又另有隱情，此七妙神君，已非十年前的七妙神君了。

他們喜悅地望著桌上的金牌，只見那上面鑄著七朵梅花。

五　江上風雲

七妙神君隨著說話，又將那少女橫抱在懷裡，舉步走出艙外。

此時七妙神君望著一片江水，心中暗暗叫苦，他此刻手中又多了一人，怎能再像方才那樣以絕頂輕功飛渡這二十餘丈的江面？

但他勢又不能叫人家備船送自己過去，那樣一來，豈非失了自己的身分。

他目注江心，卻發現自己方才用以飛渡江面的那只燈籠正漂浮在離船六丈遠近的江面上，心中又忖道：「若是我用『暗香浮影』裡的『香聞十里』身法，或可渡此一段江面，但這『香聞十里』的身法，我僅在石室中靜坐練氣，卻未曾使用過，何況手上還有一人，若一個不好，豈非更是難堪？」

須知七妙神君之「暗香浮影」雖是內功練習的要訣，但卻將輕功中絕妙的身法，寓之於內，這種內功與輕功連練的方法，也就是七妙神君的輕功能獨步武林的緣故。

這念頭在他心中極快的思索了一遍，此時那孫超遠與賀信雄也來到船頭。

小龍神躬身抱拳道：「神君來去匆匆，晚輩也未能一盡仰慕之忱，但望日後有緣，能再睹神君風采，略領教誨。」

七妙神君微一擺手，心中又忖道：「看他們對我的恭敬之色，就可以知道『七妙神君』這四個字，在武林中的地位，從今而後，這『七妙神君』四字就要我來發揚了。」

他思索至此，再不考慮，平手一推，竟將那少女身軀直接送去。

他內力本驚人，只見那少女的身軀，宛如離弦之箭，平著直飛出去。

江裡白龍以及小龍神賀信雄齊都一愣，不知他此舉何爲。

哪知他人方離手，自己也直飛出去，出勢竟比那被拋少女還急，腳尖找著那飄浮在水面上的燈籠，此時那少女的身軀也恰正飛來。

他雙手齊出，輕輕托著那少女的身軀，人也隨著去勢而飄，腳尖仍踏在燈籠上。

孫、賀二人，遠遠望去，只覺他凌空虛渡，宛如神仙，心裡更是驚佩得無以復加。

就這樣，他以絕頂的身法，在江面上滑過去十丈遠近，離岸只有六、七丈遠了。

他心中微微一喜，哪知運用這種內家的絕頂功夫，心神一絲也鬆散不得，他心中一喜，腳下便一沉，他知道真氣將散，心中又是一驚。

忽然他覺得已漸下沉的燈籠卻猛又往上一昇，原來此時正好一個浪花湧來，將下沉的燈籠往上一托，輕功練至微妙之處，就是飛蠅之力，也能將身軀托起，何況這力道強勝不知千萬倍的浪花？

他心神略動，身軀隨著這燈籠上昇之勢一浮，在那浪頭最高之時，腳尖用力一踏，身形一弓，嗖地飛越了出去。

雖然他手上托著一人，但當他飛起在空中時，身形仍然是那麼安詳而曼妙，寬大的衣袂隨著江風飄舞著，那情況是難以描摹的。

等到這次他身形落下時，已是岸邊了，他已勢竭，靜立了半晌，調勻了體內的真氣，將托著那少女的雙手，平放了下來，極快的幾個縱身，向城內飛身而去，晃眼便隱沒在黑暗中。

那少女醒來時，發覺自己處身於一間極為華麗的房間裡，那是她從未享受過的華麗，甚至連所睡的床，都那麼柔軟而溫馨。

床上掛著流蘇的帳子，舖著錦緞裝成的被褥，房間所擺設的，也絕不是一個平民所能夢想的，她舒散的舒展了一下四肢，在她醒來的一剎那裡，這一切確乎都令她迷惑了。

然後，她突然記起她本是被困在船裡，一條突來的人影，使得她昏迷了，此後她便茫然一無所知。

但現在卻怎地又會躺在這裡呢？

她更迷惑了，她想起這兩個多月所遭遇的一切，遠比她一生中其餘那麼長的時日總積還多，這不是奇異的事嗎？

她想起她的「家」，那本是一個安詳而舒適的家，父親方雲奇在當地開了個小小的教武場子，收了三、四十個學生，雖然並不十分富裕，但卻是小康了，小城的居民，也對他們都很尊敬。

但是有一天，她想起那是壞運開始的一天，一個衣著華麗的青年，闖進她的生活，使得她失去了安祥和舒適。

「但是父親卻那麼高興著那少年的回來，叫我叫他做哥哥，後來又叫我稱他歆哥，並且告訴我他叫金歆，是父親失蹤了十多年的親生兒子。」

「我開始奇怪，爲什麼父親的親生兒子姓金，而且失蹤了這麼久。」

「父親告訴我，他的歆兒這十多年來，在外面遇著了許多奇怪的事，而且有一個本事非常大的人，教給他一身武功。」

「這些事我雖聽得有趣，但卻不知怎地，對我的『歆哥』有一種說不出來的討厭，他總是那麼陰陽怪氣的，兩隻眼睛更是又兇，又狠，又冷，看起人來，像是要把別人吃下去似的。」

「但是這些還不算最壞的，更壞的是父親有一天突然要我嫁給我的歆哥，我嚇死了，妹妹怎能嫁給哥哥呢？父親這才告訴我，我不是他的親生女兒，又說歆哥本事怎麼大，在外面有怎麼大的地位。」

「我不肯，我怎麼都不肯，父親氣了，說：『不嫁也要嫁。』他好像變了一個人似的，對我又兇又狠，我急得哭了。」

「我也不知道哭了多久，那歆哥突然站在我的身側，我也不知他怎麼進來的，他問我爲什麼不肯嫁給他，又說他十分喜歡我。」

「這時候我恨透了，恨父親爲什麼一定要我嫁給他，他仍不說，我就氣著說，只要他將他的父親、母親全殺死，我就嫁給他。」

「他站了一會兒，就出去了，我本來是說一時氣話，哪知過了一會，他一手抱著父親，一手抱著母親，走到房裡來，往地上一丟，我連忙爬起一看，呀，父親、母親真的都被他殺死了。」

「這時我簡直嚇得說不出話來，我再沒有想到他居然這麼沒有人性，我又哭，又鬧，又罵，他只是冷冷地站在那裡，話也不講一句。」

「我更怕了，我知道除了一死之外，再也沒有別的辦法來逃過他，於是我拿起刀就要自刎，哪知他手一動，我的刀就跑到他手上去了。」

「就這樣，我死也死不成，但我更立定決心不嫁給他，有天他說：『你不要以爲我真拿你沒辦法，其實我手一點，要你怎樣便怎樣，只是我實在太喜歡你，不願意強迫你。』」

「他日日夜夜地看著我，一天夜裡我聽到一種奇怪的聲音，像是鳥叫，又像是猿啼，他也聽到了，而且面色馬上變成那麼難看。」

「這一夜，他一直沒睡在思索著，第二天絕早便帶著我要走，這時我已經知道他確實有著不可思議的功夫，怕他一用強，我更沒有辦法，就只好跟著他走，走了半天，到了長江的岸邊，他找來找去，找著一條小船，說了幾句我不懂的話。」

「過了一會兒，岸邊就駛來了兩條大船，他不等船靠岸，就挾著我跳了上去，船上的人看是他來了，都像是又驚又怕，都那麼恭敬的問他有什麼事，於是他就將我留在船上，叫那些人看守著我，而且要好好待我，自己就走了。」

「我在船上耽了兩天，才知道那是強盜船，有一個頭子叫小龍神，還有一個姓孫的，對我和氣得很，只是卻叫一個滿臉鬍子的強盜日夜看著我，不准我這樣，不准我那樣。」

「有天晚上，那鬍子喝了很多酒，突然撲到我的身上，摸我、親我要污辱我，我的嘴又被他捣住了，想叫又叫不出來。」

「正在這個時候，那姓孫的來了，一把將那鬍子扯了起來，還說要殺死他，那鬍子急了，就和他打了起來，我一看，就乘此機會逃出船。」

「哪知後來還是被他們抓回去，我在路上碰著的兩個人，看樣子倒像是個英雄，想不到卻一點用都沒有，尤其是那一個。」

「我再被抓到船上之後，他們竟將船駛到江心了，我知道更沒有辦法逃走，何況這次是那姓孫的親自看著我，可是怎麼現在卻會來到這個地方呢？難道這裡是他們的強盜窩嗎？」

她伏在床上，往事如夢，一幕幕地自她心頭閃過，這個飄泊無依的少女，此時柔腸百結，伏在床上，嗚咽了起來。

突然她聽到身後有人咳嗽了一聲，她驚得跳了起來，坐在床上一看，卻是她在車裡遇到的，她認爲最沒有用的那個少年。

辛捷正笑吟吟地望著她，說道：「姑娘，醒來了嗎？」

她更是奇怪得無以復加，怎地這少年會突然而來，難道這是他的家？竟是他將自己救出來的嗎？一時她怔住了，說不出話來。

辛捷又笑說道：「姑娘不必疑心，在下雖是無能，卻有一個能爲很大的朋友，從船上將姑娘救了下來，姑娘最好還是就在這裡靜心待一段日子，這裡是在下的靜室，絕對不會有人來騷擾姑娘。」

辛捷說完話，也不等她同意，轉身走了出來。穿過幾個房間，走到大廳，卻見于一飛正坐在那裡啜著茶，見他來了，就站了起來，笑道：「辛兄怎地起得如此晚？小弟已到前面去溜了一轉，而且還聽到店伙說起一件奇事。」

辛捷笑道：「小弟怎比得上于兄，今日起來得還算早的了。」又問道：「于兄所聽到的奇事，又是何事？」

于一飛說道：「昨夜江岸的幾個漁夫，都說見到江心龍王顯聖，在水面上來來去去的走，今天一早，就傳遍了武漢呢！」

辛捷哦了一聲，心中暗笑，知道是自己昨夜在江面施展輕功，卻被那些漁夫認成龍王顯聖了。

于一飛又道：「依小弟看來，那不過只是有個輕功絕妙的人，在江面施展輕功罷了。」他眉心一皺，又說道：「只是不知武漢城中傳出的此人物，又爲何深夜在江面施展輕功？」

辛捷故意說道：「若能在江面隨意行走，這人的輕功豈非真到了馭氣飛行地步了嗎？」

于一飛笑道：「辛兄還真個以為那人是『隨意行走』嗎？小弟卻看大半是漁夫們的故玄其話罷了，不過總而言之，此人一定是個好手，但突在武漢出現，難道是衝著我于一飛而來的嗎？」

辛捷忍住笑，說道：「于兄太過多慮了，那李治華就是請幫手，也不會有這麼快呀！」

于一飛臉一紅，忙道：「我倒不是怕他請幫手，只是有點奇怪罷了。」

辛捷怕他發窘，忙轉話題支了開去，說道：「小弟初到武漢，但于兄久走江湖，想必來得多了，不知可否陪小弟到處走走？」

于一飛道：「這個自然。」

兩人走出店來，也未乘車，隨意在街上走著，武漢乃鄂中重鎮，又是長江的貨物運送集散之地，街道市面的繁華熱鬧，自是不凡，辛捷坐居石室十年，此番見到這花花世界，再是修為高深，也高興得很。

兩人隨意在酒樓中用了些酒菜，便回轉店裡，店伙見到店東回來了，巴結地迎了上來，說道：「老爺回來了。」辛捷微微點了點頭。

那店伙說道：「剛才有兩位客人來訪老爺，一位姓孟，一位姓范，小的認得是城裡有名的大鏢頭，便招待兩位進去了，此刻還在裡面呢。」

辛捷笑了笑，扭頭向于一飛說道：「想不到范鏢頭和孟鏢頭今日就來回拜了。」

說著與于一飛走了進去。

金弓神彈范治成一見他兩人走了進來，哈哈笑著說：「兩位倒真是好雅興，這麼一大早就跑出去逛街，可是到鳳林班去了？」

辛捷道：「范兄休得取笑，倒是令兩位久等了，小弟實是不安得很。」

四人又笑著取笑了一陣，銀槍孟伯起突對于一飛說道：「今日我等前來，除了回拜辛兄之外，還有一件大事要說與于兄知道……」

孟伯起道：「那十年前江湖上的奇人『七妙神君』，昨晚又突然在武漢現身了。」

于一飛聽了，臉色一變，說道：「這恐怕不可能吧！據家師曾向小弟言及，十年前在五華山裡，七妙神君中了家師一掌，又被點蒼的掌門人以七絕手法點了兩處穴道，焉能活到今日？」

孟伯起道：「此話是千真萬確，小弟有個至友，叫江裡白龍孫超遠，于兄想必也知此人，昨夜就曾親眼看到七妙神君的。」

于一飛臉色變得更是難看，辛捷卻坐在一旁，作出留意傾聽的樣子。

孟伯起又接著說道：「孫兄超遠今日清晨便來到小弟處，告訴小弟此事，並叫小弟這幾日要特別留神，說是眼看江湖中就要生出風波呢！」

金弓神彈在旁接口道：「其實孟兄弟也是太多慮了，再大的風波，也惹不到你、我的頭上，就讓他倆拚個勝負，又關你、我甚事？」

辛捷此時作出茫然之態，說道：「小弟也曾聽說過武林中有個奇人『七妙神君』，武功冠絕天下，卻又有何人能與他一拚勝負呢？」

范治成道：「說起此人來，近日江湖上真是談虎色變，大家只知曉他姓金名欹，有『天魔』之稱，卻無人知他師承來歷，他出道江湖才只數年，便已做出幾件驚人之事，據說非但武功之高，不可思議，而且手段之毒辣，更是匪夷所思，兩河中武林的盟主『八卦遊身掌胡大之』不知怎地得罪了他，竟被他單人匹馬，一夜之間將滿門殺得乾乾淨淨，當時還有北方知名的劍客『八步趕蟬古爾剛』、『五虎斷門刀彭天琪』在場，但這三位赫赫有名的武師，竟未能敵過他一人，全遭了毒手，這次七妙神君奪了他的女子，他豈肯罷休。」

于一飛哦了一聲，向辛捷說道：「想不到昨夜那女子，竟落得七妙神君也動了手。」

他沉吟了半晌，又說道：「此次七妙神君重入江湖，倒的確是件大事，小弟待此間事了，便立刻要返回崆峒，稟報家師，天魔金欹和七妙神君的熱鬧再好看，小弟也無心看了。」

辛捷心中暗罵了一聲，忖道：「你要看我的熱鬧，豈不知你自己的熱鬧更好看呢！」

銀槍孟伯起長嘆了一聲，說道：「武林中平靜了將近十年，我就知道必是一場大風暴的前奏，果不其然，乍看江湖中又將是一番腥風血雨，中原五大武林宗派，自身就有了糾紛，現在七妙神君重入江湖，再加上天魔金欹，唉！」

金弓神彈也愁容滿面地說道：「江湖上的混亂尚不止此呢，昔年關中九豪之首，『海天雙煞』天殘、天廢兄弟，據說也靜極思動，想重振聲威，我們鏢局這行飯本已是在刀口上舐血吃，這樣一來，這行飯眼看是吃不下去了。」

辛捷聽到「海天雙煞」四字，渾身一震，幸好他三人正在各自想著心事，並沒有注意到他的舉動。

他說道：「那海天雙煞真也要重入江湖嗎？」

金弓神彈奇怪地望了他一眼說道：「辛兄對武林人物，怎地知道如此清楚？不過幸好辛兄尚非武林中人，江湖上的風波再大，也不會纏到辛兄頭上。」

辛捷笑了笑，當然他們不會發覺他笑聲的異樣。

三日後，地絕劍于一飛天一入黑，就靜坐房裡，調息運功。

辛捷見了，不禁暗自點頭，忖道：「難怪這地絕劍于一飛名滿江湖，他人雖驕狂，但遇著真正強敵，卻一點也不馬虎。」

離子正還有半個時辰，于一飛收拾妥當，將長劍緊密而妥當的斜揹在身後，試了試對動手毫無妨礙，才走出房間。

辛捷正徘徊在院子裡等他，月光甚明，此時月正中天，于一飛走出院子後，見辛捷仍在徘徊，問道：「辛兄何不早些安歇？小弟此去，諒不致有何差錯，辛兄放心好了。」

辛捷暗忖道：「此人倒是個直腸漢子，還在以爲我關心他。」此念一生，日後于一飛真的得了不少好處，卻非于一飛所能料想到的。

辛捷笑道：「于兄難道不知小弟最是好武，有這等熱鬧場面，小弟焉有不去之理？」

于一飛搖手道：「辛兄可去不得，試想辛兄手無縛雞之力，到了那等兇殺之所，萬一小弟一個照料不及，教別人傷了辛兄千金之軀，這天大的擔子，小弟萬萬負不起。」

辛捷道：「就是于兄不帶小弟去，小弟也要隨後趕去的，那些人與小弟無怨無仇，又怎會對小弟如何呢？」

于一飛嘆道：「辛兄既是執意如此，小弟也無法勸止，只是到時辛兄切記不要亂動，站在一旁看看，也並非不可。」

辛捷道：「這個小弟理會得。」

兩人飛車趕到岸邊，辛捷早已備好渡船，渡至對岸時，剛好是子正之時。

黃鶴樓本在渡頭之旁，樓下一片空地，本是日間攤販群集之處，但此時已是子夜，空蕩蕩的早無人跡，于一飛奇怪道：「怎麼武當門下，還無一人前來，他們的架子，也未免太大了些吧！」

辛捷微微一笑，說道：「武當派乃居中原武林各派盟座，氣派自然不同了。」

于一飛哼了一聲，心中不禁對武當派又加深了一分芥蒂。

兩人正等得心焦，辛捷突然望見遠處慢施施走來三人，脫口說道：「來了，來了。」

于一飛隨聲望去，也已發現，他可並未細慮爲何辛捷的目光遠比他快。

那三人想是也望見他兩人，身形起處，如飛而來，他們相距原不甚遠，晃眼便來到近前，于一飛一看當先一人竟是武當派後起群劍中最傑出的一人，神鶴詹平，第二人卻是武當的掌門首徒凌風劍客。

那最後一人，自是惹禍的根由九宮劍李治華了。

于一飛心中一動，忖道：「今日卻想不到是神鶴詹平和凌風劍客齊來，他二人據說是武當第二代的最傑出高手，若是動起手來，我抵擋一人，料還不至有差，若是他兩人齊上，那就難說了。」

他哪裡知道，這凌風劍客與神鶴詹平此來，卻是立下決心要將地絕劍折辱一番的。

近年武當派雖仍執中原武林各派的牛耳，但實際上，崆峒派自掌門人劍神厲鶚在泰山絕頂連敗十一個內家名劍手而取得「天下第一劍」的名號後，聲勢在許多地方已凌駕武當之上。

是以武當、崆峒兩派，無形中造成一種互相忌恨的局勢，崆峒自是不滿武當仍處處以「內家正宗、武林各派之首」來標榜，而武當卻也對崆峒近年來在江湖上日益跋扈甚爲忌恨。

兩派的嫌隙由來已久，但卻始終礙著面子，又無導火之線，總算未曾撕破臉。

武當派裡，尤其以神鶴詹平最是桀傲不群，他天賦頗佳，人又用功，年紀雖不大，已盡得武當真傳，時時刻刻都想做一些驚天動地的事，一來替自己揚名立萬，二來也是想振一振武當派的威風。

而點蒼、峨嵋、崆峒三派，各擁秘技，何嘗不想做一個領袖武林的宗派，也時時都在伺機而動，只苦於時機未到而已。

梅山民雖十年來足未出戶，但武林中這種微妙的局勢，怎能瞞得了他？

他對這五大宗派，怨毒自深，辛捷技成後，他當然想辛捷替自己報那五華山裡暗算之仇，但他卻知道單憑辛捷一人之力，要想對付在武林中根深蒂固的「五大宗派」實不可能，他這才授計辛捷，讓五大宗派自相殘殺，然後再逐一擊破。

梅山民生性本就奇僻，散功後更變得對此事抱著偏激的看法，是以他絕不去想這樣一來，武林中要生出何等風波，有多少人將要因此而喪命，何況辛捷幼遭孤露，對人世也抱著奇僻的看法。

于一飛見凌風劍客、神鶴詹平及九宮劍來到近前，冷冷一笑，說道：「嗳吹，想不到，想不到，于一飛區區一個武林小卒，卻勞動了凌風劍客與神鶴詹大俠兩位的大駕。」

神鶴詹平不等掌門師兄發話，反唇道：「崆峒三絕劍名滿江湖，哪裡會將我等武當派放在眼下，在下聽李師弟回來一說，雖然明知憑我們這兩手三腳貓的劍法，萬萬不是崆峒劍客的敵手，但我詹某人自不量力，卻要來討教于大俠的高招。」

于一飛望了在旁陰笑著的九宮劍李治華一眼，知道他說不定又在他們面上說了什麼更難聽的話，但他心高志傲，正想找武當派的岔子，這樣一來，正中下懷，是以冷冷說道：「詹大俠真是太客氣了，在下拙於言辭，真不知說什麼好，只好在手底下討教了。」

他這番話無異說我話講不過你，但手底下可不含糊，凌風劍客、神鶴詹平，都是久走江湖精明強幹的角色，豈有聽不出來的道理？

凌風劍客冷笑道：「于大俠真是快語，這樣再好不過了。」

他側身一望辛捷，說道：「這位是……」

于一飛道：「這位是敝友辛捷，久仰武當劍法，特來瞻仰瞻仰的。」

九宮劍李治華搶著道：「這位就是我曾向師兄提及的辛老闆。」

凌風劍客哦了一聲，上下打量了辛捷幾眼，含笑朝辛捷微一抱拳。

辛捷也忙笑著答禮。

神鶴詹平一掠至前，說道：「那麼在下就先領教于大俠幾招。」

兩人表面上雖是客客氣氣，但心中各含殺機，都存心將對方毀在劍下，絕不是武林中討教過招點到為止的心理。

是以兩人不答話，神氣內斂，目注對方，都怕被對方搶了先著。

辛捷此時早已遠遠站開，好像生怕劍光會落到自己頭上似的。

正值此際，岸邊突又飛跑來幾人，腳步下也可看出功夫不弱。

神鶴詹平變色問道：「于大俠倒請了不少幫手。」說完冷笑一聲。

地絕劍于一飛也自愕然。

幾人走到近前，便停下了，站在一邊，也不過來，于一飛一看，卻是金弓神彈范治成、銀槍孟伯起，及幾個武漢的成名人物。

這幾人於雙方都是素識，卻只遠遠一抱拳，顯然是看熱鬧來了。

地絕劍于一飛得理不讓人，冷冷說道：「于某人雖不成才，卻不會找個幫手。」

他的意思就是說，我于一飛是單槍匹馬而來，你們來的卻不止一人。

神鶴詹平冷哼一聲，面色鐵青，腳步一錯，反手一握，劍已出匣，叱道：「有請了。」劍隨身走，突走輕靈，斜斜一劍，帶起一溜青光，極快地直取于一飛的肩胛之處。

武當本是內家劍法，並不以輕靈見長，但神鶴詹平這一劍，不過是虛招而已，並沒有施展出武當劍法中的精奧。

于一飛目注劍頭，等到劍尖已堪堪到了面前，才猛然一撤步，腳跟半旋，劍光一閃，不知何時已將長劍撤在手裡，順勢一劍，一出手便是崆峒的鎮山劍法，「少陽九一式」裡的第一招「飛龍初現」，劍帶風雷，顯見這于一飛內功頗有火候。

這「少陽九一式」乃是劍神厲鶚，本著崆峒原有的劍法，銳化而成，劍神厲鶚十年前就以此劍法，取得「天下第一劍」的頭銜，揚名天下，由此可想此劍法的威力，自是不凡。

「行家一出手便知有沒有」，地絕劍于一飛劍光一出，神鶴詹平就知今日確實遇到了勁敵，突地沉肘挫腕，反劍上引，去削于一飛的手腕。

這一招連削帶打，卻又不露鋒芒，正是武當的「九宮連環劍」裡的妙招。

于一飛沉聲道：「好劍法。」劍光一撤，猛又再起，匹練般的劍影便立刻在自己四周佈下一道劍圈，光芒撩亂之中，劍身突自上而下一劍削來，正是「少陽九一式」裡的「神龍現尾」。

神鶴詹平一聲清嘯，凌風劍客在旁已知他這師弟動了真怒，皆因詹平「神鶴」之號由來，即因他每在殺人之先，必然輕嘯一聲。

果然神鶴詹平劍光如虹，按著腳下踩的方位，每劍發出，必是于一飛的要害。

辛捷看在眼裡，卻正合了他的心意，他知道此兩人只要有一人受傷，就是不了之局。

兩人劍法，俱是得自名家，「少陽九一式」招式精奇，于一飛內力又厚，劍劍都帶著風雷之聲，看來煞是驚人。

但武當之「九宮連環劍」，稱尊中原武林垂數十年，招招穩練，卻又劍扣連環，招中套招，直如長江大河之水，滔滔不絕。

兩人一動手，便是數十照面，眾人但覺劍光繚繞，劍氣漫天。

便是辛捷，也自點頭暗讚著「武當」、「崆峒」能揚名江湖，確非倖致。

他暗中留心看每一招的發出，覺得兩人的劍法雖然嚴密，但卻仍有空隙露出，雖然那空隙是在常人絕難發招的部位。

他暗裡微笑，恍然了解了「虬枝劍法」裡有些看似無用的招式，正是專對著這些空隙而設，復知梅山民學究天人，當初創立這「虬枝劍法」的時候，早已將中原各門派的弱點了然於心。

又是數十招過去，兩人仍未分出勝負，突地天空一片烏雲遮來，掩住目光，大地更形黑暗，兩人的劍光也更耀目了。

片刻，竟嘩地落下雨來，夜間驟雨，雨點頗大，旁觀的人都連忙躲在黃鶴樓的廊簷下，但動手中的兩人，卻仍在雨中激戰著。

這兩人都可說是代表了「崆峒」、「武當」第二代的精華，雖然他們都不是掌門弟子，但都聲望很高，兩人也知道今日之戰的嚴重性，是以俱都心神貫注，連下雨也顧不得了。

突然，雨聲中有歌唱之聲傳來，有人在唱著：「從前有個姜太公，到了七十還沒用，擔著麵粉上街賣，卻又撞上雨和風……」

諸人俱都大奇，在此深夜之中，怎地會有人唱起蓮花落來。唱聲愈來愈近，只見雨中有人拖拖沓沓的走來，一邊唱，一邊還用手中兩塊長形的棍拍互相敲著，眾人更是又驚又奇。

那人一見有人比劍，哈哈一笑，又邊打邊唱道：「哈哈，真熱鬧，刮刮叫，兩人打得真熱鬧，刮刮叫，刮刮叫，揚州有個雪裡廟，鎮江有個連環套……」邊唱邊走，也走到廊簷下，往辛捷身邊一坐，又唱道：「從前有個好地方，名字叫做什麼鳳陽，鳳陽出了個朱洪武，十年倒有九年荒，咚咚槍，咚咚槍……」

他又唱又敲，鬧得不可開交，像是旁若無人，金弓神彈見他衣著打扮，卻像個花子，但是頭臉皆淨，雙手潔白如玉，留著寸餘長指甲，突地想起一人，低聲對銀槍孟伯起嘀咕了幾句，自面色大變，轉臉驚異地望著此人。

辛捷見了他兩人的舉動，心裡一動，便也盤膝坐了下來。

那人一轉頭，見辛捷坐在他身邊，面色一變，仔細看了辛捷兩眼，卻又朝辛捷笑了笑。

辛捷也朝那人笑了笑，金弓神彈與銀槍孟伯起見了，對望了一眼，彷彿覺得甚是詫異。

地絕劍于一飛和神鶴詹平，雙雙被他唱得叫苦連天，須知高手動招，心神一絲也擾亂不得，此時雨勢本大，再加上此人又唱又敲，兩人苦戰不下，心裡都開始急了起來。

兩人氣力都覺得有些不濟，劍招也顯得不如以前的矯健，但兩人卻都知道在這種時候，就是分出勝負的關頭了。

凌風劍客最是關心，竟一步步地往前進，站在雨下也不自覺。

此時神鶴詹平突走險招，側身欺進，左手劃個劍訣去點于一飛的持劍手腕，右手平飛一劍，去削于一飛的太陽穴。

此招實是極險，高手過招，稍沾即走，哪裡有他這樣全身欺入的，凌風劍客在旁看了，不禁失聲叫了出來，就知要糟，腳尖一點，便往兩人比鬥之處飛去，哪知卻已遲了一步。

地絕劍于一飛雙足牢牢釘在地面上，身形突地後仰，右手一放，竟將長劍鬆了，在劍落下之際，突又反手抄著，劍把在外，疾地一點，點向神鶴詹平的「將台」重穴。

他這一手的確是奇詭得很，手中之劍，一鬆一放，躲開了神鶴詹平點來的手指，卻又劍把在外，向詹平點去，這種招式，任何一家劍譜都沒有，不過只是于一飛情急應變之下，所想出來的而已，神鶴詹平大出意外，躲無可躲，噗地倒在地上。

凌風劍客身形如風，但趕來時神鶴詹平已倒在地上，手中仍緊握著劍，面上已泛出青黃之色，雙目也閉起來了。

凌風劍客大驚之下，再也顧不得別的，忙俯身將神鶴詹平抱在懷裡，查看他的傷勢。

旁觀諸人也自一聲驚呼，淋著落下來的雨點，都跑向他兩人的身旁。

辛捷見那怪人，卻像根本沒有將這些事看在眼裡似的，仍自管唱著，於是他也坐著不走。

凌風劍客見神鶴詹平竟被點了「將台」重穴，又急又怒，說道：「好，好，崆峒劍客果然好功夫，好手法，武當派今天算是栽在你的手裡。」

地絕劍于一飛此刻衣衫盡濕，身心俱疲，知道凌風劍客若然此刻向自己動手，自己卻非敵手了，搶先說道：「閣下是否也想一試身手？」

凌風劍客怒極道：「貧道卻不會找佔便宜的架打，你姓于的身手，貧道遲早總要領教的。」

他當著武漢的這些成名英雄，話說得極爲漂亮，哪知他卻並非不願乘人之危，而是神鶴詹平此時命在須臾，非趕緊救治不可。

他橫抱起神鶴詹平的身軀，朝在旁發著怔的九宮劍李治華怒道：「還不走？」

地絕劍于一飛又道：「閣下請轉告令師，就說西崆峒的故人，問他十年前的舊物可曾遺落，請令師如約送還崆峒山上。」

凌風劍客怒道：「一月之內，家師必定親至崆峒，請閣下放心好了。」

地絕劍于一飛仰天笑道：「好，好，今秋的泰山之會，還希望閣下也來一顯身手。」

凌風劍客叱道：「當然。」

身形一晃，抱著神鶴詹平齊飛而去。

辛捷聽了兩人所說的話，知道「武當」、「崆峒」兩派，從此便成水火，他轉臉望那怪人，見他聲音愈唱愈小，此時竟似睡著了。

辛捷微微一笑，站了起來，走向于一飛笑道：「于兄果然劍法絕倫，今日小弟真開了眼界。」

他又向金弓神彈范治成等人說道：「今日小弟作東，在那鳳林班裡請各位喝酒爲于兄慶功，各位可贊成？」

于一飛忙道：「辛兄的好意，小弟心領了，小弟必須連夜回崆峒，向家師稟明此事。」他頓了頓又道：「還有那『七妙神君』重現江湖，小弟也要立刻稟明家師作個準備。」

辛捷道：「于兄如有正事，小弟自是不能相強，但今日一別，後會無期，小弟卻難過得很。」

于一飛笑道：「小弟孑然一身，來去自如，只待事了，小弟必再來此間，與各位盡十日之歡，今日就此別過了。」

說罷一拱手，也自身形動處，如飛走了，刹時便無蹤跡，消失在雨絲裡。

金弓神彈范治成突走了過來，悄聲道：「辛兄可認識那人嗎？」他用手微微指了指那仍坐在廊簷下的怪人。」

辛捷搖頭道：「不認得。」

金弓神彈正要說話，突見那人仰天打了個呵欠，忙將要說的話嚥回腹裡。

銀槍孟伯起也走了過來，說道：「雨中不是談話之處，辛兄不如與小弟們一齊坐船渡江吧。」

辛捷笑道：「小弟最是好奇，還想留在此地，范兄、孟兄先請回吧！」

金弓神彈沉吟了一會，說道：「這樣也好，說不定辛兄還有奇遇，只是小弟們卻要先走一步。」

孟伯起也好像不願在這裡再多逗留一刻似的，一拱手，拉著范治成等人匆匆走了。

六　毒君恩怨

辛捷伸手拭了拭面上的雨水，又踱回簷下，見那怪人又似在沉沉睡著，站在那裡想了一會，他又坐在那人身側。

坐了一會，雨勢漸住，天色也將亮了，那怪人仍無動靜，辛捷漸漸不耐，忖道：「萬一此時有人走來看見，豈非又是笑話？」

晨曦微明中，辛捷看見江邊果然有人來了，似還不止一人。

他目力特強，遠遠望去竟然全是女子，其中四人抬著一物，像是輕轎之類的東西，另一個女子走在前面，卻空著手。

辛捷心中又暗地叫苦，試想一個衣著華麗的少年，與一個衣衫襤褸的花子，在如此清晨，並肩坐地上，被人見了，成何體統？

他心中正自打著鼓，卻見那爲首少女用手向自己所坐之處一點，面上似有喜容。

他更是奇怪，自己和這少女素昧生平，這少女怎會指著自己，難道是在笑我這種情況的滑稽？但一個少女似也不應如此呀。

那少女穿著翠綠色的衣裙，雲鬢高挽，眉目如畫，在此微明的晨曦，望之直如畫圖中人，辛捷不覺看得癡了。

那少女愈走愈近，而且根本就是衝著辛捷所坐之處而來，後面另四個少女似是奴婢，一人一角抬著一隻軟榻。

辛捷實是如墮五里雲中，愈看愈覺奇怪，哪知更奇怪的是那少女竟走到他的面前，口角一揚，淺淺一笑，盈盈向他福了下去。

辛捷被這一笑一福，弄得不知所措，慌張地站了起來，怔在那裡了。

後面那四個奴婢狀的少女，也衝著他一福，但卻跪在那狀似丐者的怪人面前，將那怪人平平抬了起來，放在那軟榻上，那怪人微一開眼，四顧了一下，又沉沉睡去了。這一來，確是使辛捷更為迷惘，他茫然望著那少女，那少女又是盈盈一笑，辛捷連忙一揖到地，說道：「姑娘……」

但他只說了這兩個字，卻張口結舌地再也說不下去，皆因他根本不知道這少女是誰，也不知道這少女和怪人之間的關係，為何領著四個婢鬟來抬這怪人，更不知道這少女為何對自己一笑。

哪知那少女見辛捷的樣子，第三次又盈盈一笑，這時陽光初昇，辛捷原是蒼白的面龐，此刻竟隱隱泛出一絲紅色。

那四個婢鬟將那怪人放在軟榻上後，又一人抬著一角，抬著軟榻向來路走去。

少女美目一轉，突地嬌聲說道：「家父多承公子照應，賤妾感激得很，今晚賤妾略備水酒，在敝舟恭候公子大駕，聊報此情。」

說罷又深深一福，轉頭走了。

辛捷更迷惘了，他再也想不透，這個風華絕代的少女，竟是那丐者的女兒，他更想不透爲何這少女請自己到舟上飲酒，又說自己照顧了她的父親，難道這丐者真是她父親嗎？即使這丐者是她父親，自己也未照顧過這丐者呀？

何況她的船是哪一條呢？江邊上有這許多船，又怎知哪一艘是呢？自己即使有心赴約，但也總不能條條船都去問一問呀？

這許多問題在辛捷心頭打著轉，他自語道：「奇遇，奇遇，的確是奇遇，這少女美得離奇，這番倒給范治成說中了。」

說到這裡，也怪得離奇，他猛地一拍前額，忙道：「我真是糊塗，那范治成看來知道這怪丐的底細，今日回去，我一問他，不是什麼事都知道了嗎？」

於是，他暫且將這些問題拋開，整了整衣衫，向仍在江邊等著自己的渡船走去。

但船至江心，辛捷望著浩浩江水，心思仍然紊亂得很。

在石室中的十年，他習慣了單調而枯燥的生活，習慣了除卻武功之外，他不去想任何事，但是此刻他離開石室踏入江湖只寥寥四、五天，已有那麼多事需要他去考慮和思索了。

梅山民交給他的，是一件那麼困難和複雜的任務。

十年前的慘痛回憶，他也並未因時間的長久，而有所淡忘。

再加上他自己最近才感覺到的那一種「甜蜜的煩惱」，他曾用了許多力氣救回來的方姓少女那哀怨而美麗的眼睛，黃鶴樓下翠綠少女的甜甜的笑，在在都使他心湖中起著漣漪。

就算是鳳林班的那個妓女稚鳳吧，雖然他鄙視她的職業，但那種成熟女子的柔情風韻，也是他從未經歷過的，也使得他深深地被刺激著，雖然他分不清那是屬於心靈的，還是屬於肉體的。

船靠了岸。

那車伕正坐在車上，縮在衣領裡疲倦而失神地等著他，他不禁開始對世界上一些貧苦而卑微的人們，起了一種憐憫同情。

車伕見他來了，欣喜地跳下車來，打開車門，恭敬地問道：「老爺回家去吧？」

辛捷點了點頭，他開始想：「人們的慾望有著多大的不同呀！這車伕看到我來了，就覺得很滿足和欣喜，因為他也可以回到他那並不安適的床上，不再需要在清晨的風裡等我，而我的慾望呢？到現在我還不知道我的慾望究竟是什麼，只知道那是一種強烈的慾望、希望，我所得到的都是無上的完美。」

「但是我能得到嗎？」他長長的嘆了口氣，走到車子上。

車廂裡寂寞而小，他望著角落，此刻他多麼希望那曾在角落裡驚惶的蜷伏著的女孩，現在正伴著他坐在車子裡呢。

於是他催著車伕，快些趕車，其實他本知道，從江邊回家，只是一段很短的路而已。

山梅珠寶號剛啓下門，店伙們惺忪著睡眼在做著雜事。

辛捷漠然對向他慇懃地招呼著的店伙們點了點頭，筆直地走向那少女的房裡。

他並未敲門，多年來石室的獨居，使他根本對世俗的一些禮儀無法遵守，雖然他讀過許多書，但每當做起來，他總是常常遺忘了，而只是憑著自己心中好惡，隨意地去做著。

那少女正無聊地斜倚在床上，見得他進來了，張口想叫他，但瞬即又發覺自己的失儀，紅著臉靠了回去。

辛捷只覺得心裡甜甜的，含著笑，溫柔的說：「姑娘在這裡可安適嗎？」

那少女睫毛一抬，明亮眼睛裡的哀怨、鬱憂之色，都減少了大半，而換上一種錯綜複雜的光芒。

她含著羞說道：「我姓方……」

辛捷忙應聲道：「方姑娘。」

他心中覺得突然有了一種寧靜的感覺，見了這少女，他彷彿在感情上有了一種可以依靠的地方，再不要去擔心自己的孤零。

那少女已羞得又低下了頭，須知一個未嫁女子，向一個陌生男子說出自己的姓氏，那其中的含義非常深遠的，那表示在這女子心目中，至少已對這男子有了一份很深的情意。

她自小所見的男子，不是村夫，便是竊盜，和那陰陽怪氣的金欹，辛捷爽朗的英姿，和藹的笑容，使得她少女神聖而嚴密的心扉，緩緩開了。

雖然她並不了解辛捷，甚至根本不認得他，但人類的情感卻是最奇怪的，往往你對一個初見面的人所有的情感，遠比一個你朝夕相處很久的爲深，尤其是男女之間的情感，更每多如此。

辛捷當然並不知道她心中所想的，他對人類的心理，了解得遠不如他自己想像得多。房間裡兩人都沒有再說話，但空氣中卻充滿了一種異常的和藹，只要兩情相悅，又豈是任何言語所能代表的。

辛捷茫然找著話題，又問了句：「姑娘在這裡可安適嗎？」

那少女竟搖了搖頭，低聲說道：「我寂寞得很，沒有事做，又不敢出去。」

她與辛捷之間，此時竟像有了一份深深的了解，是以她毫不隱瞞地說出自己心中所想的話。

辛捷點了點頭，也毫未覺得她說的話對一個相識數面的人來說，是太率直了些，他想了一會，懇切地說：「姑娘一定有許多心事，我不知道姑娘可不可以告訴我一些？」

他微吁一聲，感動的又說道：「而且我知道姑娘一定有著許多傷心的事，其實我和姑娘一樣，往事每每都令我難受得很。」

那少女低聲啜泣了起來，這許多日子裡她所受的委屈，所不能向人訴說的委屈，此時都像有了訴說的對象，她哽咽著說出自己的遭遇，說到她的「父親」方老武師，說到她的「欹哥」，說到她自己的伶仃和孤苦，以及自己所受的欺凌。

辛捷顯然是被深深地感動了，他極爲留心的聽著，當他聽到「金欹」這個名字時，他立刻的覺得心中昇起一種莫名的憤怒，甚至可以說得上是一種「不能兩立」的憤怒。

他溫柔的勸著她，握著她的手，她也順從的讓他握著，彼此心中，都覺得這是那麼自然的事，一絲也沒有勉強，沒有生澀。

辛捷離開她房間的時候，心裡已覺得不再空虛，他的心裡，已有了一個少女的純真的情感在充實著，兩個寂寞的人，彼此解除了對方的寂寞，這是多麼美好而奇妙的事呀！

他低聲唸著：「方少堃，方少堃！」他笑了。這三個字，對他而言，不僅僅是三個字而已，其中所包含的意思，是難以言喻的。

這種溫馨的感覺，在他心裡盤據著，但是別的問題終於來了。

有許多事都要他去解決，最迫切的一樁，就是黃鶴樓下的怪丐和綠衣少女所訂的約會。

他的確被這件事所吸引了，好奇之外，還有種想得到些什麼的慾望，是以他決定必須去赴約，他想起方少堃，於是他自己安慰著自己：「我赴約的原因只是爲了好奇罷了，那少女的美貌和笑，對我已不重要了，因爲我的情感，已充實得不再需要別人了。」

這是每一個初墮情網的人全有的感覺，問題是在他這種感覺能持續多久就是了。

於是他叫人準備好車子，他要去找金弓神彈范治成，去問問那怪丐和少女的來歷，當然，他也是去問他們所坐的船，是不是有什麼特別的標記？

辛捷一腳邁出大門，卻見一匹健馬倏地在門前停下，馬背上跳下來的正是他要去探訪的金弓神彈范治成。

范治成見辛捷步履從容像是根本沒有任何事發生，喜道：「辛兄已回來了?好極了。」

辛捷微微一愣道：「我當然回來了，你這話問得豈非奇怪?」

范治成一把拉著辛捷，走進店面，邊走邊問道：「那金一鵬可曾對辛兄說過什麼話?」

辛捷又是一愣，忖道：「金一鵬又是什麼人?」但他隨即會意：「想來必定就是那奇怪的丐者了。」於是說道：「沒什麼，不過……」

那連辛捷都不知道來歷的侯二，此時正坐在櫃台裡，聽得金弓神彈說了「金一鵬」三字，面色一變，似乎這「金一鵬」三字，使他感到莫大的錯愕和驚異，甚至還帶著些許恐懼的意味。

他站了起來，想走出櫃台，想了想，看了范治成一眼，又坐了回去。

范治成當然不會注意到這些，他聽到辛捷說：「沒什麼。」臉上一鬆，像是高興，又像是失望，但辛捷隨即說：「不過……」

他立刻截住話頭，問道：「不過怎地?」

辛捷笑了一笑，接著道：「不過他有個女兒，卻邀我今晚去她舟中一晤。」

范治成頓現異容，問道：「真的?」

辛捷拂然道：「小弟怎敢欺騙兄台。」

范治成忙道：「小弟不是此意，只是此事來得太過詭異，辛兄不知此人之來歷，心中是坦然，只是小弟卻有些替辛兄著急呢！」

他們邊走邊說，范治成不等辛捷說話，又搶道：「這三天來武漢三鎮奇事頓出，真把小弟給弄糊塗了。」

辛捷本就揣測那金一鵬父女必非常人，他找金弓神彈，也就是想打聽此二人的來歷，此刻聽范治成如此一說，更證實了心中的揣測。

他入世雖淺，心智卻是機變百出，看到范治成如此，心知便是自己不問，范治成也會將此人的來歷說出，於是反而作出淡然之態。

果然，一走進後廳，范治成就忍不住說道：「辛兄，你可知道你遇見的是何等人物嗎？」

辛捷一笑，搖頭道：「小弟自是不知。」

范治成嘆道：「辛兄若是知道，此刻想也不會如此心安理得了。」

他朝廳上的檀木靠椅裡一坐，又說道：「先前我還不相信此人真是金一鵬，後來一想，除了他外，還有誰呢，辛兄不是武林中人，年紀又較輕，自是不會識得此人，但小弟在江湖中混了二、三十年，聽到有關此人之傳說，不知多少回了，是以小弟一見此人，便能認出此人的來歷。」

辛捷見他仍未轉入正題，說到此人來歷，忍不住問道：「此人究竟是誰呀？」

范治成又嘆道：「二十多年前，江湖上有句俗諺，道：『遇見兩君，雞犬不寧。』雞犬尚且不寧，何況人呢？江湖中人甚至以此賭咒，誰都不願遇到這『兩君』，這兩個人一個是七妙神君梅山民，一個就是這毒君金一鵬了，他們一個以『七藝』名傳海內，一個卻以『毒』震驚天下，這金一鵬渾身上下，無一不是毒物，沾著些，十二個時辰內必死，而且普天之下，無藥可解，江湖上提起毒君來，真是聞而變色。」

辛捷「哦」了一聲，他搜索著記憶，但梅山民卻絕未向他提起過此人，不禁也露出詫異之色來。

范治成望了他一眼，又說道：「此人和七妙神君，一南一北，本是互不侵犯，哪知七妙神君不知怎地，卻巴巴地跑到大河以北，找著此人，要和他一分強弱，詳細的情形，江湖上人言人殊，誰也不知真相究竟，但從那時之後，毒君卻從此絕跡江湖，沒有再現過蹤影。」

「這件事在江湖上瞬即傳遍，人人拊掌稱快，甚至有些人還傳誦：『七妙除毒君，江湖得太平』。」他苦笑了笑對辛捷說道：「那七妙神君本是江湖上人人見了都頭痛的角色，可是大家卻情願七妙神君除了這毒君，辛兄由此可以想見這毒君的『毒』了。」

辛捷大感興趣，問道：「後來呢？」

范治成道：「後來『七妙神君』在五華山一會中，傳聞身死，關中九豪也消聲滅跡，江湖中更是個個稱慶，只道從此真個是『太平』了，其實江湖上也確實太平了幾年，哪知道現在這些久已絕跡江湖，甚至也傳云不在人世的魔頭，居然一個個都在武漢現了蹤跡。」

說著，他雙眉緊緊皺在一起，又道：「小弟唯一不解的是這魔頭爲何看來竟對辛兄甚爲青睞，而且這魔頭雖是奇行怪僻，也從未聽說過以乞丐的面目出現的，我若不是看到他的一雙手，和他那異於常人的皮膚，也萬萬不會想到是他，今晚辛兄若然要去赴約，倒要三思而行呢！」

辛捷沉吟了半晌，突然問道：「那毒君的女兒看來甚爲年輕，不知道是否真是他的女兒？」

范治成一聽辛捷問及那女子，暗道：「此人真是個不知天多高地多厚的紈絝公子，一遇到這種事，還在打人家女兒的念頭。」遂又轉念忖道：「以前我也從未聽說過這魔頭有個女兒，呀……哦，想來那時那女兒年紀尚幼，江湖上自然不會有人知道他有個女兒了。」

他抬頭望見辛捷仍靜靜等著他的答覆，遂說道：「這個小弟倒不清楚。」

「不過，依小弟之見，辛兄今晚還是不要赴約的好。」范治成勸說著。

辛捷笑了笑，說道：「那毒君既是如此人物，所乘之船，必定有些特殊標記，范兄可知道嗎？」

范治成當然知道他這一問，無異是說一定要去了，忖道：「我與此人反正無甚深交，他一定要去尋找麻煩，我又何苦作梗，這種公子哥兒，不是真吃了苦頭，任何人說都是無用的。」

范治成閱歷雖豐，可是再也沒有想到這位家資鉅萬的風流闊少，竟是身懷絕技的蓋代奇人。

於是他不再顧忌地說道：「他船上有什麼特殊標記我倒不知道，不過據江湖傳言，凡是毒君所在之處，所用物品全是綠色的，想來他所乘之船，必定也是綠色的了，辛兄不難找到。」

辛捷見自己所問的話，都得到了答案，便亂以他語，不再提到有關這毒君金一鵬的話。

兩人心中各有心事，話遂漸不投機，金弓神彈坐了一會，自覺無趣，便起身告辭要走了。

辛捷顧忌著自己目前的地位，也不願得罪他，挽留了兩句，親自送到門口。

他落寞地望著街上熙來攘往的人們，心想此中又有幾人不是爲名利奔波，不禁長嘆了一口氣，轉身走了進去。

坐在櫃台裡的侯二，迎了出來，躬身向辛捷說道：「少爺，我有幾句話要跟少爺說。」

辛捷回顧那些恭謹地侍立在旁的店伙，說道：「有什麼話，跟我進去說吧！」

侯二忙道：「是。」跟著辛捷走進後進的屋裡，隨手把門關上，顯得有些慌張的樣子。

辛捷知道這位侯二叔必也是非常人，閱歷之豐與臨事的鎭靜，都不是自己可以望其項背的，此刻如此，必定是有事發生，遂問道：「侯二叔，敢情是有什麼重要的事要跟小侄說嗎？」

侯二雙目一張，緊緊盯在辛捷臉上，說道：「你見到金一鵬了嗎？」

辛捷點頭，侯二又問道：「那金一鵬的女兒你可曾見到？」

辛捷大奇，怎地這「侯二叔」足未出戶，卻對此事洞若觀火，連終日在江湖中打滾的金弓神彈都不知道這金一鵬有個女兒，他卻知道了。

辛捷目光一抬，望見侯二那一向冷冰冰的面孔，此刻卻像因心中情感的激動，而顯得那麼熱烈而奇怪，心中不禁更是詫異，他自與侯二相處以來，從未見他有過這樣的神色。

他開始覺得這侯二的一切，都成了個極大的謎，他本就知道侯二必定大有來歷，此刻深深一推究，更確定他必有極大的隱情，受過絕深的刺激，以至如今變得這樣子，連姓名也不願示人，這「侯二」兩字，只不過是個假名罷了，但是他究竟是誰呢？而且從他此刻的表情看來，莫非他與毒君金一鵬之間，又有什麼關連嗎？

這一切，使得辛捷迷惑了，他竟沒有回答侯二的問話。

侯二目光一變，又問了一句：「你可曾見到他的女兒？」

辛捷一驚，忙答道：「小侄見過了，那少女還邀小侄今晚去她舟上一晤，小侄想來想去，也不知道是何理。」

侯二臉上的肌肉，頓時起了一陣奇怪的痙攣，不知是高興還是憤恨。

他雙拳緊握，似笑非笑地說道：「天可憐我，終於讓我在此處得到了他們的下落。」

辛捷看到他的表情，聽到他的話，心中更是不解，忍不住想問：「侯二叔……」

哪知侯二叔長長嘆了口氣，手一擺，說道：「你別說，先坐下來，我講個故事給你聽。」

辛捷知道這故事必定大有文章，遂不再多說，坐在靠窗的椅上。

侯二目光遠遠投向窗外的白雲蒼穹，悠然說道：「很久很久以前，河北有個非常快樂的人，他出生世家，家財鉅萬，交遊普遍天下，自幼練得一身絕佳武功，江湖上無論黑白兩道，聽得他的名頭，都會伸起大姆指說一聲『好』，而且他家有嬌妻，嬌美如花，自己人又年輕。」

他收回目光，望著辛捷說道：「這樣的人，豈非是最快樂的人嗎？」

「後來，他有了一個小女兒，他便覺得萬事俱足，只是他久居河北，從未出去過，想起古人『行萬里路，讀萬卷書』的話，聽到別人說起海內的名山大川，總是悠然神往。」

他緩慢而清晰地敘說著，像是這些事，在他心頭已不知翻轉過千百遍。

「終於，他摒擋一切，出來遊歷，一年多以來，他的確增廣了不少見識，開了不少眼界，他正覺此生已不復有憾，哪知道，他回到家中時，家中卻完全改變了呢。」說到這裡，他目光又是一凜，那目中蘊育著的怨毒，使得辛捷不禁打了個冷戰。

他接著道：「他看到家裡所有的東西，都換上了綠色，就連他的妻子和他的才一歲多的女兒，都穿的是綠色的衣服，下人們也都是生面孔，都以一種奇異的目光望著他，他奇怪，就去問他的妻子，哪知道他的妻子也對他冷淡淡的，像是很生疏。他又驚、又奇、又怒，可是卻不知道這一切到底是什麼緣故。」他略一停頓，眼中的怨毒之色更重了。

「等他看到一個全身穿著火一樣紅的衣服的人從後面出來時，他才知道他離家一年，他的家和他的妻子已經被別人霸佔了，而且霸佔的人，竟是那時江湖上最厲害的人物之一，毒君金一鵬。」

辛捷開始感覺到，這故事中的主人，就是「侯二」，也開始了解，當他提到「毒君金一鵬」時，他眼中的怨毒之色的由來。

辛捷覺得這一切簡直是不可思議的歹毒，不禁同情而了解的望了「侯二」一眼，試想一個離家遊歷的人，回家時發現本屬於他的一切，突然都不再屬於他，他該有什麼感覺呢？

侯二苦笑了笑，說道：「他雖然知道那毒君的名頭，可是他自己也是身懷絕技，氣憤之下，就要去和金一鵬拚命，哪知金一鵬卻笑嘻嘻地衝他說：『你不要和我拚命，是你的老婆自己喜歡我，要我住在這裡，你自己管不了你的老婆，來找我拚命幹什麼？』他一聽這話，頓時覺得好像在萬丈江心中失足，心中茫然一片，渾身的力量卻失去了，他再也想不到他所愛的妻子，竟是這樣的一個人。」

「他去看他的妻子，只見他的妻子正衝著他冷笑，他本是頂天立地的男子漢，突然遭到這種事，只覺往昔的英雄壯志，都化做飛灰，哪裡還再有找別人拚命的勇氣？」

侯二說到這裡也頹然倒在椅上，辛捷一拍桌子，心中也在暗罵他的妻子的無恥，已經到了毫無人性的地步了。

侯二又道：「這時他突然看到，他的小女兒正衝著他笑，他心中一酸，忍住淚，伸手抱他的小女兒，哪知他的手一觸著他女兒的衣服，全身好像被電殛一樣，變得虛脫脫的，兩條手臂更好像在被千萬個蟲蟻所咬著，痛極、癢極，原來那『毒君』之毒，的確是匪夷所思，竟在他女兒的衣服上，施上了絕毒之物，只要他手一觸著，便是無藥可救了。」

辛捷只覺一股冷氣，自背脊透起，這種毒物，的確是令人覺得太恐怖了。

「他當時癱軟在椅上，那毒君卻笑嘻嘻地在他面前摟著他的妻子親嘴，只把他看得眼裡冒出火來，但四肢無力，一點辦法也沒有。」侯二將嘴裡的牙咬得吱吱作響，像是那時的情形，此刻仍使他無比的憤怒。

辛捷想到他自己的遭遇，當他的母親被「天殘」、「天廢」兩個怪物辱弄時，他的父親不是也在旁看著嗎？但那時他父親並非四肢無力，而是爲了他才忍著這侮辱，辛捷的眼睛，不覺也濕了。

侯二咬牙又說道：「他正在恨不得立時死去的時候，屋中不知爲何的，突然多了一人，穿著文士的衣衫，指著金一鵬笑罵著：『你這個毒物，真是毒得可以，佔了別人的老婆，還要弄死別人，我梅山民可有點看不過去了。』他一聽這文士竟是七妙神君梅山民，不覺睜大了眼睛去看這事的發展。」

辛捷恍然知道了七妙神君除去毒君的原因，不禁對「梅叔叔」更是欽佩起來，對「梅叔叔」要他去做的事，也更有了信心。

侯二又道：「果然，七妙神君和那金一鵬動起手來，他一看這兩人動手，才知道自己的武功差得太遠，那毒君的功夫已是不可思議，但七妙神君卻更厲害，他只覺滿屋都是他兩人的掌影，風聲虎虎，將屋裡的桌椅、擺設，全擊得片片飛舞，他那個小女兒，更嚇得放聲大哭起來，連他自己，都被掌風擊得倒在地上，但他卻睜眼看他們兩人比鬥。」

「打了一會，他看到金一鵬掌式一緩，右肩露出一塊空門，梅山民斜斜一掌，拍了上去，他突然想起他中的毒，那毒君能將毒附在他女兒身上，自是也能附在自己身上，梅山民掌出如風，就在這千鈞一髮之間，他盡力大吼道：『有毒。』梅山民掌一緩，突地化掌爲指，凌空一點，點在金一鵬的『肩井』穴上，原來梅山民的內功，已到了隔空打穴的地步。」

「他見金一鵬被點中穴道也倒在地上，梅山民回頭向他一笑，感激地點了點頭，說道：『你不要動，我去替你找解藥。』說著，梅山民就跑到後面去了，他心中一寬，望著金一鵬，忖道：『只要我解了毒，一定要親手殺死你。』」

「哪知道毒君的內功絕佳，雖然被點中穴道，但卻能自解，看見梅山民一跑到後面去，飛快地跳了起來，一手抱著他的妻子，一手抱著他的女兒，從窗戶飛身而出，他眼睜睜地看著，也無辦法。」

「等到梅山民找著解藥回來，金一鵬已經走了，梅山民替他解了毒，但是他兩臂中毒過久，梅山民又不知道毒性，雖然他生命已是無礙，但是兩條手臂卻從此不能用力了。」

侯二茫然望著自己的手臂，辛捷此時已經完全了解了一切，對金一鵬的毒，和那婦人的無恥，自也是憤恨不已，同時，他也了解了所謂金一鵬的女兒，其實卻是侯二生的，難怪方才侯二提到她時，有那麼奇怪的表情了。

侯二喟然道：「從此，他不再提起自己的姓名，那毒君金一鵬，也如石沉大海，全然沒有一些消息，一晃十餘年快二十年了，他卻永遠無法忘記這仇恨，也無法忘記他的女兒。」

他語氣中的悲傷和哀恨，使得辛捷深深地感動了，一時他不知該說什麼。

侯二伸手拭去眼簾上的淚珠，強笑道：「故事講完了。」

暮色已降，窗外的光線也暗淡了。

辛捷望著他面上深邃的皺紋，一種憐憫的同情，使得這兩個身懷絕技的俠士，停留在沉默裡。

夜幕既垂，漢口市街仍像往常一樣地繁華而熱鬧，山梅珠寶號裡，正有幾個衣著郁麗的公子貴婦，在選購著珠寶。

從裡面匆匆走出的辛捷，雙眉緊皺，面色凝重，望都沒有朝這些人望一眼。

七　天魔情仇

馬鞭揚起，刷地落下，馬車飛快的奔向江邊，趕車的覺得今日主人有些奇怪，顯得那麼心神不屬的樣子，不似往常的安祥。

坐在車裡的辛捷，此刻正以自己的智慧，考慮著一切。

使得他迷惘的事很多，尤其是在金弓神彈和侯二叔嘴裡，那毒君金一鵬本該是個陰遽的人物，但又何以會跌足狂歌於深夜的黃鶴樓下，看起來卻像是個遊戲風塵的狂士呢？

「也許那人不是金一鵬吧？」他暗暗忖道：「他看起來並不像那麼毒辣而無人性的人物呀！」

車子到江邊，他吩咐趕車的沿著江邊溜著，從車窗裡望出去，江邊停泊著的船隻那麼多，他又怎能分辨呢？縱然他知道那金一鵬的船必定是綠色的！

「綠色……」他喃喃低語著，突然想起那少女翠綠色的衫裙，遂即證實了自己的疑問，苦笑忖道：「現在她衣服上還有沒有附著毒呢？」

車子沿著江邊來回走了兩次，辛捷突然看到江心緩緩駛來一艘大船，泊在岸邊，船上搭起跳板，不一會，出來四個挑著綠紗燈籠的少女。

辛捷目力本異於常人，此刻藉著些許微光，更是將那四個少女看得清清楚楚。他見那四個少女俱是一身綠衣，嬝嬝娜娜自跳板上走下來，不是黃鶴樓下抬走金一鵬的那四個丫鬟是誰？

於是他趕緊喝住了車子，緩步走了上去。

那四個少女一看，想也是認得他，笑嘻嘻地迎了上來，說道：「我家的老爺和小姐，此刻正在船裡恭候公子的大駕，請公子快些上船吧！」

辛捷此來，本就是抱著決心一探究竟，聞言便道：「那麼就請姑娘們帶路吧！」那些少女掩口巧笑著，打著燈籠，引著辛捷走到船前。

辛捷抬頭一看，那船果然是漆成翠綠色，裡面的燈光也都是綠色的，在這深夜的江邊，看上去是那麼別緻而俏麗。

可是又有誰知道，在這別緻而俏麗的船上，竟住著個震驚江湖的魔頭呢？

辛捷剛走上船，那雲鬢翠服的少女已迎了出來，在這翠綠色如煙如霧的燈光裡，更顯得美秀絕倫，直如廣寒仙子。

那少女迎著辛捷嫣然一笑，說道：「辛相公真是信人，我還以為相公不來了呢！」

辛捷一驚，暗忖道：「呀，她居然已經知道了我的姓名，難道她也知道了我的底細，才邀我來此嗎？若是如此，那我倒要真個小心些了。」

他心中雖是如此嘀咕著，但神色上卻仍極為瀟灑而從容，這就是他異於常人的地方。

他朗聲笑道：「既蒙寵召，焉有不來之理，只是卻叨擾了。」

那少女抿嘴一笑，辛捷只覺得她笑得含意甚深，卻又不知她究竟是什麼意思，心中更是砰砰打鼓。

須知金弓神彈范治成及「侯二」的一番話，已在辛捷心中留下了先入之見，使得他對這「毒君」的「毒」，有了些許恐懼，是以他凡事都向最壞之處去想，恐怕「毒君」已知他的底細。

故此他心中不寧，當然，他這心中的不寧，亦非懼怕，而是略爲有些緊張罷了，這是人們在面對著「未知」時，所必有的現象。

忽地船身後舷，嗖地飄起一條人影，身法矯若游龍，迅捷已極，晃眼便隱入黑暗中。

辛捷眼角微飄，這人影像電光火石般在他眼底一掠而過。

他不禁又是一驚，暗忖：「這人好快的身法，此刻離船而去，又是誰呢？」

那少女見辛捷久未說話，又是微微一笑，說道：「相公還不請到艙裡去坐，家父還在恭候大駕呢！」

辛捷只覺這少女未語先笑，笑得如百合初放，在她臉上綻開一朵清麗的鮮花，令人見了如沐春風之中，說不出的一種滋味。

那少女見辛捷癡癡地望著自己，梨渦又現，轉身走了進去。

辛捷臉一熱，忙也跟了進去，這時縱然前面是劍林刀山，他也全不顧忌了。

裡。

裡面是一層翠綠色的厚絨門簾，辛捷一掀簾子，但覺眼前一涼，宛如進了桂殿的翡翠宮裡。

艙內雖不甚大，但四面嵌著無數翠玉石板，浮光掠目，將這小小一間船艙，映影得宛如十百間。

艙內無人，那少女想是又轉入裡面去了，辛捷見艙內器皿，都是翠玉所製，一杯一瓶，少說都是價值巨萬的珍物，最怪的是就連桌、几、椅、凳，也全是翠玉所製，辛捷覺得彷彿自己也全變成綠色的了。

他隨意在一張椅上坐下，只覺觸股之處，寒氣入骨，竟似自己十年來所居的地底石室，暗暗忖道：「看來這金一鵬的確迥異常人，就拿這間船艙來說，就不知他怎麼建造的。」

忽地裡面傳來笑聲，似乎聽得那少女嬌嗔道：「嗯，我不來了。」接著一陣大笑之聲，一個全身火紅的老者走了出來。

這就像在青蔥林木之中，捲來一團烈焰，那艙裡嵌著的翠玉石板上，也陡然出現了十數個火紅的影子，這情象是那麼詭異，此中的人物，又是那麼的懾人耳目，辛捷不覺更提高了警惕。

他一眼朝那老者望去，只見他膚如青玉，眼角上帶著一絲寒意，嘴角上卻又掛著一絲笑意，雖然裝束與氣度不同了，但不是黃鶴樓下，踏雨高歌的狂丐是誰？此情此景，這狂丐不是「毒君」是誰？

「但是這金一鵬的氣度和形態，怎地在這一日之間，會變得迥然而異呢？」這問題在辛捷的腦海中，久久盤據著。

他站了起來，朝金一鵬深深一揖，說道：「承蒙老丈寵召，小子如何之幸。」

金一鵬目光如鷹，上上下下將辛捷打量了一遍，回頭向俏立在門口的翠衫少女哈哈笑道：「想不到你的眼光倒真厲害，這位辛公子不但滿腹珠璣，才高八斗，而且還是個內家的絕頂高手呢！」

辛捷聽了，這一驚更是非同小可，他極力裝作，但卻想不到這「毒君」一眼就看出自己的行藏，但奇怪的是又似絕無惡意。

他揣測不透這位以「毒」震驚天下的金一鵬，對自己究竟是何心意，更揣測不透這位毒君一日來身分和氣度的變化，究竟是何原因，但是與生俱來的一種超於常人的鎮靜性格，使得他面上絲毫沒有露出疑懼之色。

他詐裝不解，詫聲說道：「小子庸庸碌碌，老丈如此說，真教小子汗顏無地了。」

金一鵬目光一轉，哈哈笑道：「這叫真人不露相，露相不真人，辛公子虛懷若谷，的確不是常人所能看破的。」

他笑聲一停，臉上頓時又現出一種冷凜之色，說道：「只是閣下兩眼神光內蘊，氣定神足，不說別的，就說我這寒玉椅吧，又豈是尋常人能夠坐得的，閣下若非內功深湛，此刻怕已早就凍若寒蟬了。」

辛捷知道已瞞不過去了，反坦然說道：「老丈的確是高手，小子雖然自幼練得一些功夫，但若說是內家高手，那的確不是小子夢想得到的。」

金一鵬這才又露出笑容，說道：「倒不是我目光獨到，而是小女梅齡，一眼便看出閣下必非常人，閣下也不必隱瞞了。」

辛捷抬眼，見那翠衫少女正望著自己抿嘴而笑，四目相對，辛捷急忙將目光轉開，忖道：「這毒君對我似無惡意，而且甚有好感，但是他卻想不到，我卻要取他的性命呢。」

他眼角又飄向那少女，忖道：「這少女的名字，想來就是梅齡了，只是她卻不該叫『金梅齡』而該叫『侯梅齡』才是，等一下我替她報了仇，再告訴她事情的始末，她不知要怎樣感謝我呢。」

想到這裡，辛捷臉帶微笑，雖然他也知道這「毒君」金一鵬並非易與之輩，但是他成竹在胸，對一切就有了通盤的打算。

他的心智靈敏，此刻已經知道，這金一鵬所知道的僅是自己叫辛捷，是個略有內功的富家公子而已，以自己這幾日在武漢三鎮的聲名，金一鵬自是不難打聽得到，他暗中冷笑道：「可是你怎麼知道我就是你的大對頭『七妙神君』呢？」此刻他心念之間，自己不但繼承了「七妙神君」的衣鉢，而且已是「七妙神君」的化身了，這正是梅山民所希望，也是梅山民所造成的。

他心頭之念，金一鵬哪會知道，此刻他見辛捷在這四周的翠綠光華掩映中，更顯得人如玉，卓秀不凡，暗道：「梅兒的眼光果然不錯，她年紀這麼大了，也該有個歸宿，這姓辛的雖有武功，但卻又不是武林中人，正是最好的對象。」

他回頭一看金梅齡，見她正含眸凝睇著辛捷，遂哈哈笑道：「老夫脾氣雖怪，卻最喜歡年輕有爲的後生，辛老弟，不是老夫託大，總比你癡長幾歲，你我一見投緣，以後定要多聚聚。」

他又微一拍掌，說道：「快送些酒菜上來。」

辛捷心中更奇，忖道：「這金一鵬在江湖上有名的『毒』，今日一見，卻對我如此，又是何故呢？」

他若知道此刻金一鵬已將他視如東床快婿，心中不知要怎生想了。

這船艙的三個人，各人都有一番心意，而且這三人相互之間，恩怨盤結，錯縱複雜，絕不是片言所能解釋得清的。

尤其是辛捷，此刻疑念百生，縱然他心智超人，也無法一一解釋。

酒菜瞬即送來，杯盤也俱是翠玉所製。

金一鵬肅客入坐，金梅齡就坐在側首相陪，金一鵬舉杯笑道：「勸君共飲一杯酒，與君同消萬古愁，來，來，來，乾一杯。」

仰首一飲而盡，又笑道：「辛老弟，你是珠寶世家，看看我這套杯皿，還能入得了眼嗎？」

辛捷心中暗笑，這金一鵬果真將自己當做珠寶世家，其實他對珠寶卻是一竅不通，但不得不假意觀摩了一會，極力讚好。

金一鵬又是一聲大笑，得意地說道：「不是老夫賣狂，就是這套器皿，恐怕連皇宮大內都沒有呢！」

辛捷隨口應付著，金一鵬卻似興致頂好，拉著他談天說地，滔滔不絕，辛捷隨意聽來，覺得這「毒君」胸中的確是包羅甚多，不在「梅叔叔」之下。

那金梅齡亦是笑語風生，辛捷覺得她和方少堃的嬌羞相比，另有一番醉人之處。

雖他表面上亦是言笑晏晏，但心中卻在時時待機而動，準備一出手便制住金一鵬，然後再當著金梅齡之面，將十數年前那一段舊事揭發出來。

但是金一鵬目光炯然，他又不敢隨便出手，須知他年紀雖輕，但做事卻極謹慎，恐怕一擊不中，自己萬一不是名揚武林的毒君之對手，反而誤了大事，是以他遲遲未動手。

此刻那毒君金一鵬，已然有了幾分醉意，突地一拍桌子，雙目緊緊注視著辛捷。

辛捷一驚，金一鵬突地長嘆一聲，目光垂落到桌上，說道：「相識遍天下，知心得幾人，我金一鵬名揚天下，又有誰知我心中的苦悶？」說著舉起酒杯，仰首一飲而盡。

那金梅齡忙去拿起壺來，爲他斟滿一杯，目光中似乎對她的「爹爹」甚爲敬愛。

辛捷暗暗奇怪：「這魔頭心中又有什麼苦悶？」

金一鵬又長長嘆了一口氣，眼中竟似意興蕭索，拊案道：「華髮已斑，一事未成，只落得個千秋罵名，唉，辛老弟……」

突地船舷側微微一響，雖然那是極爲輕微的，但辛捷已感覺到那是夜行人的足音。

金一鵬雙眉一立，厲聲喝道：「是誰？」

窗外答道：「師傅，是我。」

隨著門簾一掀，走進一個面色煞白的少年，穿著甚是考究，一進門來，目光如刀，就掠在辛捷臉上。

金一鵬見了，微微一笑，臉上竟顯出十分和藹的樣子，說道：「你怎麼回來了？你要找的人找到了沒有？」

那少年大刺刺地，也朝椅上坐下，金梅齡遞過去一杯酒，他仰首喝了，辛捷見金梅齡與這少年彷彿甚爲熱絡，心中竟覺得滿不是滋味，辛捷見他面闊腮削，滿臉俱是兇狡之色，更對此人起了惡感。

那少年喝完了酒，朝金一鵬說道：「本來我以爲人海茫茫，何處找她去，哪知道，鬼使神差，她居然坐在一家店舖裡，被我碰上了，我也不動聲色，等到天方兩鼓，我就進去把她請出來了。」

金一鵬面帶微笑，像是對這少年甚是疼愛，聞言說道：「那好極了，帶她進來讓我看看。」

那少年側目又盯了辛捷一眼，金一鵬笑道：「哦，你們還不相識，這位就是山梅珠寶號的辛公子，這個是我的大徒弟。」

那少年哦了一聲，臉上毫無表情，不知是喜、是怒，辛捷鼻孔裡暗哼一聲，只淡淡地微一拱手。

那少年轉身走出艙去，接著船身一盪，竟似緩緩開走了。

辛捷心中又是一驚，心想好生生地將船開走作甚？哪知門外突然一聲嬌啼，砰然一聲，接著一個少女跌跌撞撞的走了進來。

辛捷一看這少女，饒他再是鎮靜，也不由驚得站了起來。

那少女眼波四轉，一眼看到辛捷，也是一聲驚呼，走了兩步，想跑到辛捷面前，突又站住。

那少年已冷冷跟了進來，陰惻惻地說道：「你們認識吧？」

這突生之變，非但使得辛捷手足失措，金一鵬與金梅齡也大為驚奇。

金一鵬厲聲問道：「這是怎麼回事？」

那少年陰惻惻一笑，說道：「這女子就是我跟師傅說起的方少堃，我因聽師傅突然南來，所以就將她寄放在長江水寨裡，哪知我見了師傅稟明此事，再問長江水寨的江裡白龍孫超遠要人時，他卻說人已被『七妙神君』劫走了。」

金一鵬哼了一聲，面如凝霜，說道：「這個我已經知道了。」

那少年朝辛捷凜然一視，辛捷未動聲色，但已暗暗調運真氣，他忖道：「想這個少年就是他們口中的天魔金欹了，卻想不到他竟是毒君金一鵬的弟子，看來今日說不得要有一番惡鬥了。」

那少年果然就是近日江湖中聞而色變的天鷹金欹，他冷冷又道：「我一聽是七妙神君動的手，就趕緊回來稟明師傅，再又出去找人，哪知我走到街上，卻看到這賤人坐在山梅珠寶號裡。」

辛捷暗暗叫苦，望了方少堃一眼，見她正垂著頭，滿臉俱是驚愕之色，暗道：「我叫你守在房裡不要出來，你又跑出來做什麼？」

毒君金一鵬目光一凜，望著辛捷道：「梅山民是你的什麼人？他現在在哪？」

辛捷未答話，在考慮著該怎樣應付這當前的局面，他知道此刻面對著的都是武林中的絕頂高手，而且金一鵬以毒聞名，只要稍一不慎，便是身中劇毒，連救都不會有人來救。

金梅齡眼波一轉，輕輕一踢辛捷，說道：「你倒是快說呀！」

此刻船身波動很大，像是船已駛到江心，辛捷暗算：「這天魔金欹比他師傅還毒，生怕我逃走，竟將船駛到江心來了。」

須知即使武功再高，在一無憑藉之下，也絕難飛渡這數十丈江面。

這與他自江裡白龍船中救走方少堃時，情況大是不同，一來那時船距江岸沒有這時遠，二來那時身側沒有高手環伺，他可從從容容地飛身而渡。

但是辛捷生性獨特，雖然事已至此，但卻絲毫也不慌亂，他年紀那麼小的時候，面對著

「天廢」、「天殘」兩個魔頭，尚且不懼，何況這十年來，他更學得一身驚人的藝業呢？

他微微一笑，心裡也有了打算，心想：「無論結果如何，好歹我也要先將金梅齡的來歷，抖露出來，讓你們也不得安穩。」

金一鵬見他此刻仍在微笑，而且依舊瀟瀟灑灑，一點兒也不露慌張之色，心中不禁也暗讚他的勇氣。

辛捷環目四顧，朗聲說道：「老丈問起梅山民，難道老丈與那梅山民有什麼過節不成？」他以問話來回答問話，倒問得金一鵬一愣。

那天魔金欹卻怒喝道：「他管得著嗎？」

辛捷仰天打了個哈哈，說道：「就是老丈不說，在下也略知一二。」

金一鵬面色一變，望了側立在旁的金梅齡一眼，辛捷更是得意，說道：「諸位先莫動手，待小生說個故事與諸位聽聽。」

於是他指手劃腳，將「侯二」說給他聽的故事，又說了出來。

說了一半，那天魔金欹一聲怒喝，飛掠過來，並指如劍，右手疾點他喉下「鎖喉穴」，左掌橫切，帶起一陣勁風，直取小腹。

這一招兩式，出手如電，勁力內蘊，無一不是殺手，果真不同凡響。

辛捷哈哈一笑，身形滴溜溜一轉，堪堪避開，卻並不還手，仍然滔滔地說著。

天魔金欹又是一聲怒喝，揚掌三式，「勾魂索命」、「鬼筆點睛」、「遊魂四飄」，漫天掌影，籠罩在辛捷四側。

辛捷腳踩迷蹤，身形亂轉，一面躲，嘴裡仍不閒著，還是在講。

金梅齡眼含痛淚，凝神在聽，那方少堃驟見辛捷如此身手，不知是驚是喜，眼睛瞬也不瞬地隨著他的身形打轉。

金一鵬的神色更是難看已極，卻仍端坐並未出手，突地喝道：「歆兒住手，讓他說下去。」

辛捷暗暗稱怪：「怎地這金一鵬卻讓自己說下去？」

那天魔金歆聞聲而止，氣憤地站到旁邊，辛捷更是老實不客氣，坐到椅上將這故事源源本本地講完，望著金梅齡：「你說這故事好聽不好聽？」

金梅齡垂頭不語。

金一鵬面上忽陰忽晴，突地說道：「我也講個故事給你聽。」

辛捷更是奇怪：「這毒君不但毒，而且『怪』得可以，怎地卻要講起故事來，莫非他這故事裡，又有什麼文章嗎？」

他心中思索，嘴中卻道：「小生洗耳恭聽，老丈請說吧！」

金一鵬神色甚異，說道：「很久很久以前，河北有個非常快樂的少女……」

方才聽到這裡，辛捷心中就是一動，暗忖道：「他所說的也在河北，也是個快樂的人，卻是個少女，這其中必定大有文章。」

於是他凝神聽那金一鵬講道：「那少女非但艷不可方物，而且父母俱在，家道小康，對她又是俱極愛護，你說這樣的少女快樂不快樂？」

辛捷茫然點了頭。

金一鵬又道：「哪知她所住的地方，有個有財有勢的年輕人，又自命為古之孟嘗，結交了不少雞鳴狗盜之徒，整日張牙舞爪，不可一世，那少女的父親是個小商人，終日為著些許蠅頭之利而忙碌，有一天那個有財有勢的年輕人，派了個人去他店中買東西，那少女的父親為了賺錢，大約是將價錢抬高了些，這本是人之常情，罪總不致死吧？」

他眼中帶著一種逼人的光芒，望著辛捷，辛捷又茫然點了點頭。

金一鵬冷笑一聲，說道：「哪知那個年輕人，自命俠義，硬說她的父親是奸商，又說自古以來，貧官奸商，為惡最烈，不問青紅皂白，派了幾個人到那店中，打得落花流水，她的父親連傷、帶急、帶氣，竟然一命嗚呼了。」

「這事在那年輕人說來，自說是一樁義舉，過了不久，就忘懷了，那少女一家，卻因此而跌入愁城，父親一死，母親跟著也死了，只剩下那少女孤苦伶仃一人，想報仇，但卻怎敵得過那有錢有勢的人呢？」

金一鵬冷笑一聲，接著又道：「但是那少女心中怨毒已深，勢欲復仇而甘心，托了媒人，去跟那年輕人說親，那年輕人居然就答應了，那少女名雖是嫁給他，但卻恨不得食他之肉，寢他之皮。」

說到這裡，辛捷已隱隱約約揣測到了幾分，他眼角飄向金梅齡，見她雙眼紅腫，淚珠一串串落了下來。

金一鵬用手撫著她的手，又說道：「但是那青年不但有錢有勢，還有一身武功，那少女時時伺機而動，總沒有機會，她一個弱不禁風的少女，要暗算一個武功深湛的人談何容易？有時她等他睡熟了，想刺死他，哪知只要她一動，那年輕人便自驚覺，何況她根本連一絲力氣都沒有，兩隻纖纖玉手，繡花還可以，想拿著刀殺人，卻根本辦不到。」

「她想下毒，又沒有一個親近的人爲她買毒藥，何況即使下手了，也難免不被那年輕人發覺，這樣過了幾年，她竟替她的仇人生了個女兒，心中的愁、恨、悲，真是別人想都不敢想的。」

金一鵬娓娓道來，金梅齡已是哭得如帶雨梨花，就連方少埅聽了，也忍不住潸然淚下。

「後來，那年輕人遊興大發，居然跑出去遊山玩水去了，那少女心中仇恨未消，悲怨無法自遣，跑到廟去自悲身世，哪知卻被一個人聽到了，這個人自幼也是被世上一般欺世盜名之徒所害，長成後學了一身絕技，就專和世間的那些小人作對，無意聽了這少女的身世，生氣得很，就自告奮勇地出來，爲這少女復仇，你能說這是錯嗎？」金一鵬冷然問道。

辛捷一愕，此刻他已知道這事的究竟，但是這事的是非曲直，又有誰能下一公論呢？

金一鵬悽然一聲長笑，說道：「哪知道命不由人，那女人含羞忍辱，還是報不了仇，半路上又殺出一個『七妙神君』來，不分青紅皂白，也不問個清楚，就將這事弄得亂七八糟，那插手打抱不平的人，那時自問不是梅山民的對手，就帶著那少女和她的女兒走了。」

金梅齡哭聲更是悲切，辛捷心中也不禁黯然，忖道：「唉！她身世之慘，更是不可思議，她的『仇人』竟是她的父親，但她的父親，真是她的『仇人』嗎？若她的父親不是她的『仇人』，那這仗義援助她母親的『毒君』金一鵬，又怎能說是她的『仇人』呢？」

天魔金欹卻仍然全無表情，說道：「師傅，和這種人囉嗦些什麼……」

金一鵬瞪了他一眼，說道：「誰知走到路上，那少女竟拋下她親生的女兒，投河自盡了。」

辛捷聽了，更是覺得對這位「毒君」有些歉意，他本以爲這「毒君」的毒，和那「淫婦」的淫，都是萬惡不赦的，哪知道這「毒君」並不毒，那「淫婦」更是不淫，而且還死得這麼悽慘。

金一鵬愕然笑道：「從此，那伸手管閒事的人，就帶著那幼女遠走天涯，他知道芸芸眾生，又有幾個人不是在罵他的，但是他雖然手段毒辣，卻自問沒有做過虧心之事，問心也就無愧了。」

說完，他臉上又換成肅殺之氣，瞪著辛捷說道：「不管你是梅山民的什麼人，你可以回去告訴他這件事的始末，哈哈，我一想到他聽了這件真相之後的難受，我就快樂了。」

他笑聲愈來愈厲，突然雙手一抓一撕，將身上穿的紅袍又撕成幾片，雙腳一頓，電也似的竄到門外，只聽得砰然一聲響，便沒了聲息。

他這舉動快如閃電，辛捷直驚得站了起來，不知出了何事。

面上始終沒有表情的金欹，嘆道：「師傅的病，怎地愈來愈厲害了。」雙眉也緊緊皺到一處。

辛捷奇怪：「怎地這身懷絕技的人，又有什麼病？」他頓然想起黃鶴樓下他的狂態，突然悟道：「難道他屢受刺激，竟然瘋了？」

金梅齡哭聲未住，往事新愁，使得這少女淚珠更簌簌而落，艙中眾人精神受了這些激盪，居然在這片刻間都靜了下來。

但是這沉靜，卻令人更覺得有一種難言的窒息，癡立著的方少堃，思潮紊亂，也忍不住放聲哭了起來。

辛捷走上兩步，輕輕撫著她的秀髮，一時也找不出適當的話來說，方少堃只覺撫在她頭上的手，是那麼多情而溫柔，止住了哭，抬頭望著他，兩人都覺得溫馨無比，竟忘了此時身在何地。

金梅齡見了，眼中又現幽怨之色，低低又抽泣了起來。

八　浮雲蔽日

天魔金歆妒火中燒，驀地一聲大喝：「都是你。」劈面一掌，向辛捷打去。

辛捷一驚，本能地一錯步，金歆側身欺上，右手橫打，左掌斜削，右足一踢，正是毒君「陰掌七十二式」的殺手「立地勾魄」。

他非但招式狠辣，掌力更是陰毒，只要沾上一點，便中劇毒，辛捷只覺掌風之中，竟有些熱力，心頭一凜，一招「凌寒初放」，身向左轉，右手橫切他的左掌，堪堪想避過他的右肘和左腿。

這一招守中帶攻，而且含勁未放，果自不同凡響，金歆嗯了一聲，雙掌一錯，施展開「陰掌七十二式」，掌掌拍至辛捷致命之處。

辛捷初遇強敵，打點起精神應付著，這小小一間船艙，怎禁得起這兩人的劇鬥，頓時桌翻椅倒，價值不菲的翠玉器具，碎得一地都是。

金梅齡見了兩人捨生忘死的鬥著，幽幽忖道：「這兩人這樣的打法，還不是爲了一個女子，只有我孤苦伶仃，又有誰來疼我？」

方少堃嚇得躲在艙角，睜大了眼睛，恨不得辛捷一掌就將金歆劈死，她武功太弱，根本無法看清這兩個絕頂高手的招式。

兩人瞬即拆了五、六十招，七妙神君輕功獨步海內，但在這小小一間船艙之中，辛捷卻無從發揮真威力，而且他初度出手，便碰著了這樣強敵，打了許久，心中不禁暗暗著起急來。

他心中著急，卻不知天魔金欹不僅比他更著急，而且還大為奇怪，他受「毒君金一鵬」多年薰陶，不說暗器與兵刃之毒，就拿這套掌法，已不知有多少江湖上赫赫有名的武師，喪在他的掌下。

此番他見辛捷只是個年輕書生，而且名不見經傳，在武林中連個「萬兒」都沒有，但自己卻僅僅勉強打個平手，豈非異事？

是以他心神急躁，掌招更見狠辣。

須知辛捷武功雖已盡得梅山民的真傳，但除了功力尚差之外，最主要的還是臨敵經歷太少，往往有許多稍縱即逝的制敵機先的機會，他卻未能把握住，是以僅能和金欹戰個平手。

但雖是如此，他這身武功，不但普通武林中人見了定會目定口呆，就連金梅齡見了也是稱奇不已，她也沒有想到這一個看似文弱，最多內功稍有火候的少年書生，竟有如此武功。

掌風激動，砰地將窗戶也震開了，金梅齡側首窗外，暗暗吸了口涼氣，原來船順激流，已不知漂到什麼所在了。

忽地，她感覺到兩岸的地平線逐漸上昇，再一發現，竟是船身逐漸下降，慢慢向水裡沉下。

再一探首外望，水面竟已到了船舷，而且操船的船伕，也不見一個了。

她顧不得艙中兩人的拚鬥，縱身掠出窗外，只見船上倒著幾具死屍，連忙縱身過去，竟是操船的船夫，無聲無息地被人全刺死了。

試想船放中流，船中的人又俱是絕頂高手，縱然是各人都有心事，但被人在艙外將船夫全都制死，豈非不可思議之事？

金梅齡驚疑萬狀，俯下身去，只見每個船夫頸上卻橫貫了一枝小箭，被箭射中的肌肉四周，泛出烏黑之色，而且還有黑色濃汁流出。

她隨著「毒君」多年，天下各毒，再也沒有毒過「毒君」的，她一看便知道這些船夫全是中絕毒暗器！伸手入懷，取出一隻鹿皮手套，戴在手上，拔出那小箭一看，臉上不禁倏然色變。

那小箭之上，刻著一個篆書「唐」字。

金梅齡一聲低喚，忖道：「四川的唐家怎地會到此地，在船上做了手腳，卻又不見人影呢？」

她一抬頭，見那船首的橫木上，迎風飄舞著一張字條，她身如飛燕，將那字條拿到手上。此刻天已微微見白，她藉著些許晨曦一看，只見那字條上端端正正寫著：

「冤魄索命，廿年不散，今日一船，送君入江，見了閻王，休怨老唐。」

她再側目一望，船愈沉愈深，眼看就要完全入水了，四顧江面，煙波浩瀚，正是江心之處。

她驚懼交集，身形如飛，掠進艙內，只見艙內掌風已息，天魔金欹正站在那兒冷笑。

再一看，辛捷臉色蒼白，右手捧著左手，背牆而立，方少堃焦急地擋在辛捷身前，兩隻眼睛狠狠地盯著天魔金欹。

她一看辛捷的面色，便知辛捷已中了劇毒，無藥可解，除了金一鵬本身之外，誰也沒有解藥，就算親如他自己的弟子金欹和金梅齡，他也只傳毒方，不傳解方，這自是金一鵬生性奇特之地，他自從知道梅山民找得解藥，救了「侯二」的性命之後，誰也不知道他將解藥放在哪裡，此刻辛捷中的毒雖還不太多，但也僅僅只見活個三兩天而已。

她對辛捷芳心已暗暗心許，見了他身受劇毒，自是大駭，但隨即想到自己身在江心沉船上，又何嘗能保得了性命？

她一念至此，反覺坦然，朝天魔金欹笑道：「師哥，你看看窗外。」

原來辛捷與金欹拆了百餘招後，已漸漸悟出了制敵的道理，搶手數掌，將金欹逼在下風。金欹心裡又慌又急，突然看到窗櫺上擺著的七隻花瓶，已震在地上，只有一隻，還斜在角落裡。

他心中一動，知道這七隻花瓶都附有奇毒，是毒君金一鵬平日練掌所用，金欹自己也在這七隻瓶上，下過不少功夫，但若非先服下解藥，體膚一沾此瓶，便中劇毒，天魔金欹久練毒掌，自是不怕，若辛捷的手掌沾了此瓶一點，卻是大禍。

他心念一轉，腳步向花瓶所在之地移去，極快地伸手取得這瓶子，右掌盡力一劈，身形後縱。

辛捷微一側身，避過此掌，身形前撲，一招「梅佔春先」，正要向金欹拍去，卻見一隻花瓶，迎面打來，他想也不想，一掌向那花瓶拍去。

但是他手掌一沾那瓶子，就覺得有一種異樣的感覺，他猛然想起「侯二」的話，在這一剎那，「死」的感覺像幽靈之翼，悄然向他襲來，他腳跟猛旋，將向前縱的力量頓住，縱身退到壁前。

金欹陰惻惻的笑著，說道：「姓辛的，明年今天，就是閣下的忌辰。」

方少堃聞言大驚，奔到辛捷跟前，金欹也不阻攔，只是陰陰的笑著。他除去強仇，又除去情敵，心中自是得意已極。

此刻突然發現自窗外縱身而入的金梅齡，面帶異色，又叫他看看窗外，他一掠而至窗外，得意之情，立刻走得乾乾淨淨。

原來水勢上湧，竟已快到窗子了。

辛捷也自發現，但他身受奇毒，自知已無活命，反而泰然，一把摟過方少堃，哈哈笑道：「我死也和心愛的人死在一塊，總比你強得多，人算不如天算，想不到明年今日，也是閣下的忌辰呢。」

方少堃被他摟在懷裡，心覺得甜甜地，生死也看得淡了，閉上眼睛，享受著這片刻溫馨。

金梅齡心中一酸，掉過頭去，不再看他們兩人親熱的樣子。

天魔金欹見了，嫉妒的火燄，使得他也忘了生死，縱身撲去。

嘩地一聲，窗子裡已湧進水來，晃眼便淹沒足踝。

金欹斜劈右掌，左掌伸手去拉方少堃。

辛捷但覺全身已有些發軟，勉強拆了一掌，但懷中的方少堃已被金欹搶去，摟在懷裡，格格怪笑道：「她死也要和我死在一起。」

辛捷雙掌並出，全力擊向金欹，但他身受天下之劇毒，功力已大大打了個折扣，金欹右掌一揮，又將他逼了回去。

辛捷蓄勢正想再撲，哪知方少堃一口咬在金欹的右臂上，金欹痛極一鬆手，方少堃又撲進辛捷的懷裡。

此時水勢已快浸到腰部了。

但金欹仍不死心，又撲了上去，辛捷先發制人，一掌拍向他的左肩，哪知他不避不閃，硬生生接了辛捷一掌，雙手抓著方少堃，又將她搶在懷裡，水勢洶湧，已漫過腰部了。

金梅齡眼含痛淚，人在臨死之際，最需要情的安慰，但是她至死仍是伶仃一人，身側的兩人，爲著另一個女人，爭得瀕死還要爭，她心中既落寞又難受，一種空虛而寂寞的感覺，甚至比死還強烈，緊緊迫向這個少女，她嬌啼一聲，再也顧不得羞恥，縱身撲向辛捷，緊緊摟著辛捷的脖子。

「情」之一字，力量就是這麼偉大，古往今來，唯一能使人含笑死去的，也只有「情」之一字而已。

轟地一聲，這「毒君金一鵬」花了無數人力、物力，所造而成的船，連同滿船的珍寶，幾個船夫的死屍，和困死後艙的四個少女，以及前艙的兩對為「情」顛倒，身懷絕技的男女，齊都沉入水中了。

江面起了一個漩渦，但旋即回復平靜。

江水東流，這艘船的沉沒與否，絲毫不能影響到它。

金梅齡雙手緊緊摟著辛捷，辛捷心中不知是驚疑？是溫馨？還是迷惘？就在這難以解釋的情感中，他也伸手環抱著金梅齡的腰。

水勢淹過兩人的頭頂，金梅齡卻覺得她一生之中，再也沒有比此刻更幸福的時候了。

一個浪頭打過來，一塊甚為厚重的木板，碰到她身上，但在水裡，她並不覺得沉重。

求生的本能，使得她勻出一隻手來，抓住那木板，她內力頗深，再加上是在這種生死之間的關頭，五指竟都深深嵌入木板裡。

水波翻轉，浪花如雪，初昇旭日，將長江流水，映影成一條金黃的帶子。

金梅齡一隻手緊摟著辛捷，一隻手緊緊抓著木板，漸漸她神智已失，惘然沒有了知覺。

無情最是長江水，但這浪花卻是有情，竟將這兩個緊緊摟抱著的人兒，送到了岸上。

呀。

旭日東昇，陽光逐漸強烈。

金梅齡睜開眼睛時，強烈的陽光正照在她眼前，但是這感覺對她來說，是多麼欣然和狂喜

她想伸手揉一揉眼睛，來證實自己的感覺，哪知一塊長而大的木板卻附在她手上。

望著那木板，她感謝地笑了，若不是這塊木板，她只怕永遠也見不到陽光了。

她將手指拔了出來，春蔥般的手指，已變得有些紅腫了，她撫摸著那塊木板，發覺竟是毒君金一鵬所睡的木板，她想起自己屢次勸「爹爹」不要睡在這硬梆梆的木板上，「爹爹」總是不聽，想不到今天卻靠這塊木板逃得性命。

她右臂麻木得很，原來辛捷正枕在她的手臂上，仍然昏迷著，她笑了，那麼幸福地笑了。從死之中逃了出來的人，身側又有自己所鍾情的人兒陪著，世上其他任何一件事，都不足爲慮了。

她伸出左手撫摸辛捷的臉，哪知觸手卻像火一樣的燙，她驀地想起辛捷身上的毒，不禁又黯然了。

金梅齡躺在地上，忽愁忽喜，柔腸百轉，不知怎生是好。

她漸覺手臂上的辛捷在微微轉動著身體，她知道他正在甦醒著。

陽光初露，照在他的臉上，金梅齡只覺得他那麼蒼白，那麼文弱，若不是方才看到他那一番捨生忘死的狠鬥，真以爲他是個文弱的書生。

她微嘆了口氣，纖纖玉指順著他微聳的顴骨滑了下去，停留在他的下顎上。

「若然他剛才的那一番捨生忘死的拚鬥，有一分是爲了我，我死也甘心。」她幽怨地想著，隨又展顏一笑：「我想到死幹什麼，現在我們不是好好地活在一起嗎？長江的巨浪，也沒有能夠分開我們，拆散我們，其他的我更不怕了。」

想著，想著，她臉上露出春花般的笑容，望著辛捷，蜜意柔情，難描難述，恨不得天長地久永遠這樣廝守才對心意：「天長地久……」她幸福地呻吟著，微一側身，讓四肢更舒服地臥在地上。

辛捷眼簾一抬，又闔了下去。

她的手，在他的下顎上轉動著，她本是個矜持的少女，可是剛從死亡的邊緣回到人世，這對患難中相依的人兒，不免有了澎湃的情意，何況此刻四野無人，晨風輕送，天地中彷彿只剩下他們兩人了。

「都濕透了。」她悄聲埋怨著，整理著零亂的衣襟，眼光動處，驀地一聲驚喚，指尖也立時冰涼了起來。

原來辛捷的右手，此刻已經腫得海碗般粗細，而且掌指之間，也泛著一種暗黑之色，她突然記起辛捷所中之毒，「那是無藥可救的毒呀！除了爹爹的解藥之外，還有什麼東西能治好他呢？」

她無言的悲哀了。

辛捷轉側了一下，微弱的睜開眼來，這由混沌回復到清明的一剎那裡，他覺得有一種說不出的感覺。

這是他第二次有這種感覺了，在五華山的梅谷裡，他曾經有過這種喜悅而迷惘的感覺。

漸漸地，他動盪的神經平靜了，他開始憶起每一件事，回憶永遠是奇怪的，有時人們在十年中，所能回憶的僅是一件事，而另外的一些時候，卻會在一剎那間回憶起一生的遭遇。

他仰視著蒼穹白雲，思潮如湧。

突然，他聽到身側有啜泣之聲，一轉臉，眼前的赫然竟是一張美麗而悲怨的面孔，明媚雙眸中，正在流著眼淚。

「金梅齡」，他輕輕地低呼了一聲，瞬即了解了一切，此時此地，此情此景，對這美麗而又多情的女子，他也有一種難言的情感，但是，他所不能了解的是：「為什麼她哭了起來，難道她以為我死了嗎？」

於是他溫柔地說：「金姑娘，你別哭了，我們都好好的活著呢。」他想抬起手來替她拭去頰上的淚珠，但是他覺得手臂竟全然失去知覺，像是已不屬於自己身體的一部份了。

金梅齡抽噎著說：「你……你……」

辛捷笑道：「我沒有怎樣，不是……」

驀地，他也想起方才艙中那一番劇鬥，想起掌上所中的毒，掙扎著支起身子，朝自己右掌一看。

他這一看，不禁身上冷汗涔涔而落，忖道：「我只手掌接觸了一下，卻已中毒如此之深，若然皮破血流，此刻哪裡還有命在？這『毒君』之毒，真的是名不虛傳。」

一驚之下，他再也顧不得身旁啜泣得越發厲害的金梅齡，試著一運氣，覺得真氣仍能運行，心中大喜，左掌支地，盤膝坐了起來，他想以自己本身的功力，將毒氣排出體外。

金梅齡見他如此，心中更難受，她知道他這不過是多此一舉而已，莫說他中毒如此之久，中毒之後又曾跳動過，就是剛剛中毒之時就運氣行功，也無法將這天下的至毒排出體外。

但是她不願破滅辛捷這最後的一線希望，她想：「反正你就要死了，讓你多高興一會吧，唉！你死了，我又……」她不敢再往下想，雖然她情願跟著辛捷一齊死掉，但在她心底深處卻似另有一種力量在阻止著她，她心中紊然，連她自己也無法知道她此刻的情感，雖然，她深愛著辛捷，但她知道她的愛只是單方面的，因此，她似乎覺得爲他而死，對自己是一種委屈。

她望著正在運氣的辛捷雙眉正緊緊皺著，嘴唇閉成一條兩端下垂的弧線，臉上的表情痛苦得很，絕不是一個內家高手在運氣行功時所應有的表情，她知道毒已在他體內發散了。

「最多再過六、七個時辰……」她喃喃低語著，淚珠如同斷了線的珍珠，一粒一粒地落在她本已濕透的衣裳上，眼看著自己所愛的人將要死去，這是一種多麼深切的痛苦呀，縱然這人不愛自己，但這只有更加深自己的痛苦而已。

辛捷仰天一陣長嘆，放棄了這對自己的生命所作的最後的努力，望著對面正在爲自己悲傷的人兒，他情感的複雜，更遠勝金梅齡多倍。

此地距離江面不遠，長江流水嗚咽之聲，隱隱可聞，再加上金梅齡的啜泣之聲，辛捷心亂如麻。

自責、自憐、自怨、自恨，這種種情感，在他心中交擊著，在他極小的時候，就遭受到那麼大的不幸，五華山梅谷的奇遇，使得他變成一個不平凡的人，他正要去做一些他久已期望著去做的事。

但是，現在這一切都對他不再重要，他甚至忘卻了方少堃，忘記了方少堃脈脈的情意，因爲他自己非常清楚，他已活不久了。

隨即，他拋開了腦海中一切紊亂的思潮。

他引吭向天，清嘯了一聲，朗聲笑道：「自古英雄，難逃一死，辛捷呀！辛捷！你又何必太難受呢？」

他舉起左手，指著驚愕而悲哀的金梅齡，笑道：「哈哈，你比我更癡，死，又有什麼可怕的，不過是一次較長的睡眠罷了！來，來，笑一笑，能得美人一笑，死復何憾？」

辛捷的聲音，有一種令金梅齡戰慄的語調，她茫然止住了淚，望著她面前的人，這人撞開了她少女的心扉，然而，她對這人卻又了解得這麼少，直到現在，她才發現他有一種異於常人的性格。

辛捷左掌朝地上一按，身軀平平飛了起來，貼著地面，打了個轉，坐到金梅齡的身側，他雖然身受劇毒，但多年不斷的修爲，使得他在施展這種上乘的輕功時，仍不覺困難。

他忽又嘆了口氣，道：「你也知道我只有幾個時辰的命活了，爲什麼還不讓我高興，高興。」

金梅齡望著他，勉強將臉上的肌肉擠成一個笑的形狀，但是在這種情形之下，她怎麼笑得出來？

她強忍著淚珠，無論如何她暗下了決心：「在這幾個時辰裡，我要盡我的所能，讓他快樂。」

「然後呢？」她停頓了她的思想，溫柔地伸出手去，握著辛捷的左手，將頭倚在他的肩上，輕輕地說：「隨便你怎麼說，我都聽你的。捷哥哥，我永遠……永遠是你的人。」

辛捷幸福地笑了，這少女純真的情感，使他有更多的勇氣來面對著死亡。

同時，他也深深地爲自己能佔據這少女的心而驕傲著，他甚至覺得自己的生命雖然短促，但卻是充實的。

當他知道他生命的期限，幾乎已沒有任何希望來延長的時候，他就決定要好好享受這幾個時辰，這就是他的性格，永遠不作無益的悲傷，永遠不作無法做到的事，這性格是與生俱來的。

雖然，他對金梅齡並沒有深摯的情感，但是他卻希望她對自己有強烈的愛，那麼，在他死去的時候，他就不會感到寂寞了。

他粗獷地將金梅齡摟在自己懷裡，喃喃地訴說著，溫柔的言語像甜蜜的月光，使金梅齡浸浴在快樂裡，她以爲自己是真的幸運了，因爲至少她已得到了一份她所冀求的愛。

仍然是清晨，陽光從東方照過來並不強烈，辛捷感到貼在他懷裡的是一個火熱的胴體。他們的衣裳都極薄，濕透了，更是緊緊地貼在身上，第一次看到少女身體上美妙線條的辛捷，心房劇烈的跳動著，從肩頭望下去，她的胸膛是一個奇妙的高弧，然後收束，再擴散，再收束於兩條渾圓的腿，收束於那一對奇妙渾圓的腳踝。

一切都是柔和的，但柔和中卻蘊育著一種令人心跳的狂熱，辛捷渴望著能接觸到這柔和的曲線。

這渴望是那麼地強烈，於是他抽出摟著在腰上的手，當他炙熱的手掌接觸到她時，他們兩人的心跳都幾乎停止了。

她閉著眼承受著他的撫摸，這感覺對她說來，也是奇異而陌生的，她聽到他的呼吸愈來愈粗重。

終於，她發覺他更進了步，雖然她沒有這種需要，但是她願意順從著他，願意做一切事。

良久，四野又恢復了寧靜。

烏雲掩來，竟淅瀝著飄起小雨來，她深深地依偎在他的胸膛裡，她已將自己的一切，完全交給他了。

他們甚至連避雨的地方都沒有，但是他們也根本沒有避雨的念頭。

時間一刻刻地溜走，辛捷感覺到他離死亡更近了，方才他雖然忘記了右臂的麻木與痛苦，但是現在他又感覺到了，再加上那種滿足後的疲勞，他似乎已嗅到了「死」的氣息。

望著蜷伏在懷裡的人，他深深地歉疚著，他暗罵自己爲什麼要臨死的時候，佔據一個少女的身心。

然而，同時他卻又是驕傲、滿足和愉快的。

這就是生命的矛盾，非但他無法解釋，又有誰能解釋呢？

雨停了，他突然感覺異常的寒冷，他身上的顫抖，使得金梅齡也感覺到了，抬起頭來，問道：「你冷嗎？」聲音裡有更多的溫柔，辛捷點了點頭，於是她站了起來，說：「我替你生個火好嗎？」

辛捷茫然搖了搖頭，說：「不用了，反正我……」他不忍說完這句話，因爲這對自己和她，都是太殘酷了，但是金梅齡當然能了解他話中的含意。悲哀，又深深的佔取了她的心。

這美麗的少女悄然回過頭去，用手背拭去臉上的淚珠，她真恨不得能放聲一哭，但是她強制止著自己，不願讓自己的哭聲更使臨死的辛捷難受，她要他死在安祥和快樂裡，因爲他們兩人已融爲一體了。

在這江岸幾乎沒有可以生火的東西，她記起她腰帶上繫著的小荷包裡有兩塊火石，那是爲她「爹爹」抽煙袋時用的，她伸手一摸，居然還在，拿出來一看，雖然濕了卻還勉強可以用。

但是柴呢？她目光搜索著，江岸邊都是泥沙和石塊。

突然，她發現剛剛救過他們一次的床板，還放在江岸上，她暗忖：「這一定可以生火的。」

於是她走過去，將那床板搬了過來。

辛捷感動的望著她步履艱難的爲他做這些事，但是死亡的陰影，愈來愈重，他說：「齡妹妹，不要生火了，我只要你靠著我，我……我已經沒有多長的時候能和你在一起了，希望你以後好好的自己保重。」

金梅齡嚶嚀一聲，撲到他的懷裡，雙肩急遽地聳動著，哭得如帶雨梨花，辛捷也不覺至情流露，眼中掉下淚來。

不知多久，辛捷只覺渾身愈來愈冷，手臂也愈來愈腫，金梅齡哽咽著爬了起來，解開辛捷的上衣一看，那暗黑之色已經擴展到肩頭了。

辛捷慘笑道：「還有多久？」金梅齡一咬牙，突地張口咬住辛捷的肩頭，替他吮著血，一口一口地，但是暗黑之色一點也沒有退。

辛捷更感動。上衣一除，他冷得更厲害，牙齒也打起顫來，他在石室十年，本已不避寒暑，此刻毒性發作，才會這樣覺得奇寒徹骨。

他打著抖說道：「齡妹妹，你生個火吧！我受不了。」

金梅齡點了點頭，方才她吮毒血，一點效果也沒有，知道辛捷的命最多只能再活一兩個時辰了。

但是她此刻已下了決心，只要辛捷一死，她也絕不再活下去，剛才她感覺到的那種阻止她這樣做的力量，此刻已沒有了，因此她反覺泰然。

她走過去拿起那塊床板，雖然沒有刀斧，但她心思一動，立掌一劈，那床板就劈成兩半，她已將其中一半劈成許多小塊，用火石點起火來，將辛捷擱在火旁，兩人依偎地坐著。

此刻，他們時刻的寶貴，遠非其他任何事物所能比擬的，但是他們反而說不出話來，雖然距死已近，但只覺得柔情蜜意，充滿心胸。

那床板乃檀木所製，燒得很快，片刻，便快燒完了，金梅齡站了起來，去劈另一半床板。

辛捷默默地計算著時間，此刻，那種痲痺的感覺，幾已遍及全身，「快了，快了。」他低語著。

另一半床板又一劈為二，金梅齡滿心憂悶，右掌滿蓄功力，「拍」地一掌，將床板拍得粉碎。

突地，床板的邊緣上，滾出幾個瓶子來，金梅齡心中一動，跑過去拿起來一看，喜極高呼：「解藥。」

辛捷已漸昏迷，聽到這兩字，精神一振，看到金梅齡高興得又叫又跳，嘴角也泛起一陣笑意，迷迷糊糊的暈了過去。

等到他再醒來的時候，天已經黑了。

金梅齡焦急地守候在他旁邊，看到他睜開眼來，喜道：「捷哥哥，不要動，你已經沒事了。」

原來這床板正是「毒君金一鵬」放置解藥的所在，金梅齡亦知道解藥的用法，辛捷又一次靠著這塊床板，死裡逃生。

金一鵬毒藥雖極霸道，但解藥也極奇妙，辛捷此刻雖覺身力俱倦，但已沒有那種麻痺的感覺。

金梅齡一看他醒來，高興得又哭又笑，她內功已有根基，忙以本身的功力，替辛捷推拿了一會，但她自己亦是又累又餓，從清晨到此刻，她一直守候在辛捷身旁，未飲未食，此刻精神一鬆懈，靠在辛捷旁邊，不覺沉沉睡去了。辛捷也知道自己生命無礙，他對金梅齡的感覺和愛，亦是刻骨銘心，呆呆地望著她，長長的睫毛覆蓋在眼簾上，自己也不覺又睡了。

這一覺，直又睡了一夜，金梅齡睜開眼睛，看到辛捷已醒了，正癡癡地望著自己，嬌笑道：「你看，我睡得好沉呀。」

辛捷湊過頭來，在她的額上親了親，笑道：「你睡得這麼沉，有人把你拐走，你都不知道。」

金梅齡笑道：「你壞死了。」想到昨日的那一番情景，紅生雙頰，羞得滿面像是朵桃花似的，辛捷情不自禁，又在她鼻子上親了親，她嬌笑著爬了起來，道：「喂！你也該起來啦。」

忽地，她又彎下身去，看到辛捷臂上的暗黑之色全退盡了，巧笑道：「捷哥哥，你試試看站不站得起來，我們總不能再留在這鬼地方呀，而且我肚子已餓得呱呱叫了。」

辛捷笑著點了點頭，微一用力，便站了起來，毒傷竟已痊癒了。

他笑道：「你爹爹的解藥真好。」

「毒藥也不錯。」他笑著又補了句。

金梅齡臉一紅，嘟起了嘴，背過身子去，忽然看到遠遠像是有一本書，微一縱身，掠過去撿了回來，辛捷湊上去一看，那是本黃綾訂成的冊子，封面上是兩個篆書「毒笈」兩字。

兩人邊走邊看，簡直忘記了飢餓，只因那上面記載著的都是天下毒物的性能，和各種毒藥的配製方法，辛捷見所未見，聞所未聞，只見上面有些毒藥，簡直毒到不可思議，不禁欽佩的朝金梅齡說道：「齡妹妹，說良心話，你爹爹真是位奇人，天下所有的毒物，他都弄得清清楚楚，不說別的，單是絕對無色無味的毒藥，就有好幾種，真不曉得他是怎麼製成的。」

金梅齡幽幽地嘆了口氣，說道：「他老人家一輩子都在毒藥裡打滾，現在連他老人自己都被藥害了，有時人會變得瘋瘋顛顛的，有時卻又好好的，現在他老人家不知又跑到哪裡去了。」

辛捷忙勸慰道：「他老人家武功超凡入聖，還會有什麼意外嗎？」

金梅齡一隻手掛著辛捷的胳膀，說道：「我們得趕快找個有人家的地方，現在我們到底是在哪都不知道，你看，我身上又髒又臭，那長江裡的水呀，我看什麼東西都有。」

辛捷笑了笑，身形動處，施展開身法，速度立刻增加了好多倍，雖然他中毒初癒，體力稍弱，但掛在他臂上的金梅齡，已在暗贊他輕身功夫的佳妙，問道：「你的功夫到底哪學的呀？」

辛捷笑道：「我慢慢再告訴你。」

突地，他倆聽到一個女子的驚呼之聲，兩人腳步一頓，不約而同地朝那個方向撲去，這一下，辛捷腳下速度更快，轉眼便看到有兩個人影在滾動著，女子的驚呼聲想必是其中一人發出。

他心中一動，說道：「我先去看看。」擺開金梅齡的手，一長身，身如飛燕，三兩個縱身，已竄了上去，目光閃處，怒喝道：「是你！」

滾動著的兩人，一聽人聲，停了下來，卻正是天魔金欹與方少堃兩人。

原來天魔金欹略知水性，船沉時緊緊抱著方少堃，順著江水飄流了一陣，也抓到一塊木板，飄到岸上。

那時他們二人，也自失去知覺，等方少堃甦醒的時候，發覺有一張嘴在自己臉上亂聞，嚇得大叫了一聲，睜眼一看，金欹正爬在身上親自己的面孔，又急又氣，猛地將他一推。

天魔金欹全身武功，比她武功再強十倍的人，也推他不開。

但他此時正暈暈糊糊，全身沒有力氣，被方少堃一推，竟倒在地上。方少堃兩手撐地，坐了起來，摸到地上一塊尖石塊，說道：「你要是再過來，我就拿這東西劃破我的臉。」

天魔金欹愛極了她，聞言果然不敢過去，但方少堃看著四周空盪盪的，毫無人跡，嚇得動也不敢動。

兩人就這樣，居然耗了一晚，到後來方少堃又疲又餓，實在支持不住了，稍爲打了個盹。

哪知天魔金欹卻乘機撲了上去，先一把抱住她，搶去她手上的石塊，一張嘴湊了上去，另一隻手也在亂動。

方少堃嚇得大叫，一面拚命的掙扎。

兩人翻翻滾滾，天魔金欹想乘危索愛，造成事實，卻不知剛好被辛捷聽到叫聲，走來撞上。

方少堃眼看到辛捷，喜極呼道：「捷哥哥。」

天魔金欹一見辛捷，眼裡像是要噴出火來，忽然又看到金梅齡跟在他的身後，喝道：「師妹，快過來，幫我把這小子宰了。」

連爬帶走，飛奔過來，一邊高呼道：「捷哥哥，快來救我，他要……他要欺負我。」

金梅齡看到金欹和方少堃，也是驚奇萬分，聽到金欹要自己幫著宰辛捷，一言不發，走到辛捷身旁，緊緊地靠著他。

此時方少堃也奔跑了來，看到這情形微微一愣，但是仍然撲到辛捷身上。

天魔金欹一聲怒吼，跟了上來，一把抓住方少堃的後心，辛捷大怒，喝道：「放開！」腳步一錯，斜劈一掌，掌風颼然。

天魔金欹看見辛捷掌風強勁，而且手掌的顏色無異，心中奇怪，忽地又看見金梅齡手上拿著的黃綾冊子，冷笑一聲，道：「好小子，你居然把我的師妹也勾引去了。」目光又盼住金梅

齡道：「你怎麼把師父的秘笈給偷出來了？」

金梅齡道：「你管不著。」

側目看見方少堃仍掛在辛捷的脖子上，縱身過去，拍了拍她的肩膀，說道：「你倒是下來呀。」

哪知道方少堃抱得更緊，也說道：「你管不著。」

辛捷暗暗叫苦，他勢不能將方少堃丟下，但望著滿面嬌嗔的金梅齡，又不能任憑方少堃抱著自己，他左右爲難，再加上還要應付強敵天魔金欹，一時愣在那裡，不知如何是好。

九　蜀中唐門

金梅齡也是又氣又妒，她到底面嫩，不好意思去拉方少堃，現在反倒希望金欹能將方少堃搶去。

天魔金欹和辛捷在艙中早交過了手，知道自己的武功比辛捷還略差一籌，他爲人陰險，腹中暗暗盤算，該怎麼樣來應付辛捷。

四人關係複雜，各有心事，竟都愣住了。

忽地金梅齡腹中「咕」地一聲響，原來她已餓極了，方少堃噗哧笑了出來，金梅齡喝道：「你笑什麼？好不要臉，我從來也沒有看過比你再不要臉的人，緊緊抱著人家做什麼？」

方少堃反唇道：「你才不要臉呢，我喜歡抱捷哥哥，捷哥哥喜歡我抱，你憑什麼資格管？噢！捷哥哥，你說是不是呢？」

辛捷更是叫苦，嚇地說不出話來，天魔金欹連聲冷笑，金梅齡也氣得滿臉通紅，突然說道：「我是捷哥哥的妻子，當然可以管。」

方少堃雙手一鬆，拍手笑道：「呀，這個人好不要臉，硬說是人家的老婆，羞不羞，羞不羞。」

天魔金欹大爲奇怪，他素知這位師妹雖然艷如桃李，但卻冷若冰霜，平常男子多看她一眼都要倒楣，今日怎地改了常態，當著人面，說是人家的老婆，不禁喝道：「師妹，你怎麼回事？」

金梅齡又羞又急又氣，眼淚又一粒粒往下掉，辛捷見了，想起她對自己的一切，再想起她順從的忍受著自己瘋狂時的嫵媚，不禁心中大爲不忍，「嗖」地身形一掠，一把將金梅齡拉在身旁，高聲說道：「她是我的太太。」

天魔金欹更奇，那邊方少堃卻哇地一聲，坐倒地上哭了起來，天魔金欹暗忖：「這是我的機會來了。」走了過去，拍著方少堃的肩頭道：「不要哭，不要哭。」方少堃看見辛捷居然承認另一女人是他太太，想起自己和他的那一番山盟海誓，愈想愈覺得委屈，哭得悽慘已極。

聽得有人勸她，她也不管那人是誰，便倒到那人的懷裡痛哭起來。

天魔金欹暗地得意，口中卻罵道：「這種虛情假意的人，你理他幹什麼，走，我們到別處去。」

辛捷心中也很難受，他並非不愛方少堃，但又不能不如此做。

哪知方少堃突地跳了起來，往江邊跑去，原來此地亦離水面很近，辛捷大驚，忖道：「莫非她要自殺？」來不及再想，身形一晃，趕了過去。

他武功高出方少堃不知多少倍，眼看追上，身後突然有一道勁風襲來，他反手想抄，突地想起所中之毒，身軀一扭，一塊石子自身側飛過，接著天魔金欹已怒喝著接了過去。

辛捷雙掌一錯，十指全張，分點金欹「沉香」、「玄關」、「玄珠」、「定玉」、「將台」、「肩云」六處要穴，出手狠辣，再不容情。

天魔金欹怒喝連連，施展開「陰掌七十二式」，掌影翻飛、劈、鎮、撩、打、點，全是進攻。

兩人身形俱快，晃眼便攻了十數招，忽聽噗地一聲，方少堃已跳進長江了。

兩人顧不得再廝拚，齊都住了手，向江邊奔去，但只見江水悠悠，哪還有方少堃的人影？

兩人俱都不會水，金欹雖略識水性，但若要他下水救人，也萬萬做不到，兩人愣在江邊，誰都不敢往下跳，金梅齡也跑了過來，看見辛捷失魂落魄的樣子，心裡生氣，但想到方少堃爲情喪命，又覺惋然。

辛捷想到方少堃對自己亦是一往情深，如今卻又不明不白的死去，滿腔怒火，都發在天魔金欹身上。

哪知天魔金欹對辛捷亦是恨入骨髓，一聲：「都是你！」雙掌齊出，「硃筆點冊」、「冤魂纏腿」，上下兩招，迅如奔雷。

辛捷左掌拍出，忽地化做三個掌圈，正是「虬枝劍法」裡的「梅花三弄」，辛捷以掌作劍，連削帶打，右掌下切，橫截金欹左腕。

金欹心頭一凜，撤招變式，兩人又打做一處。此番兩人俱都胸懷怨毒，下手更不容情，掌風虎虎，將金梅齡的衣袂都震得飛舞了起來。

金梅齡見他二人又動上了手，芳心紊亂，不知該如何是好，這兩人一個是她的師兄，一個卻是她的「丈夫」，她勢不能插手相助任何一方，以她功力，又不能化解，只有眼睜睜的看著，連肚餓都忘了。

辛捷三次和天魔金欹動手，都不能取勝，心裡暗暗著急，怎地出師以來，第一次和人交手，就苦戰不下，還談什麼其他的大事？

他哪裡知道這「天魔金欹」年紀雖輕，卻已名震江湖，連「崆峒」三絕劍，那等倨傲的角色，都要懼他個三分，若然此刻有個江湖豪士見到有人能和「天魔金欹」戰個平手，怕不要嚇得跳起來。

何況天魔金欹對敵經驗遠勝辛捷，是以辛捷功力雖略勝一籌，但卻也只能打個平手。

但是兩人動手時間一長，那天魔金欹卻漸感不支，這一天多來，他不但未飲未食，而且休息都沒有休息過一下。

金欹心中有數，知道再打下去，自己必定落敗，看自己師妹的樣子，非但不會幫自己的忙，不反過來打自己就算好的了。

他知道動手之處，三面都是曠野，另一面卻是長江，連逃都無法逃，暗叫一聲：「苦也。」，招式更見凌厲，簡直是拚命了。

辛捷更是半點也不敢鬆懈，須知他一次中毒之後，對「毒君」的毒，心中深懷畏懼，這天魔金欹既是金一鵬的大弟子，說不定還有什麼毒物，是以他半點也不敢放鬆，怕金欹乘隙施毒。

他卻不知，這天魔金欹囊中的毒藥暗器如果都帶在身旁，怕不早就施展了，還會等到已動上手的時候。

原來金欹出江湖，根本沒有碰到過敵手，不免心高氣傲，將暗器都置於他處不用，此刻他心裡也後悔不已，埋怨自己沒有將毒藥、暗器放在身上。

忽地江中飛快地駛來一艘小船，乘風破浪，在這江面上飛快的行走，速度快得驚人，金梅齡眼觀四路，看到這小船竟是向自己存身之處駛來，心中一驚，她隨金一鵬遨遊多處，一眼便看出這船來勢驚人，以這樣的小船，有這樣的速度，想見船上的人也不是常人。

小船在岸邊打了轉，便停泊在岸邊，船上跳下三個人來，辛捷和金欹動手之處正在岸邊，這兩人俱是高手，雖在全神對敵，卻也發現岸上來了幾個人，但兩人卻誰也不敢先住手，予對方可乘之機。

那船上下來的是兩男一女，一個是枯瘦老者，另外一男一女卻是年輕人，衣著俱皆華麗，像是豪門世家的公子小姐。

那三人一下了船，就站在岸邊，也不出聲，但三人面上都帶著驚異之色望著辛捷與金欹二人的比鬥，那少女低聲向老者嘀咕了幾句，老者微搖了搖頭，但他們語音極低，聽不出究竟說了些什麼。

那少年兩眼卻直勾勾地盯著金梅齡，上上下下地在她身上打轉。

金梅齡見那少年容貌雖亦甚俊美，但眼角下垂，目光不正，不像個好人，心中不禁有氣，暗忖：「姑娘等會非教訓教訓你不可。」

忽地她看到這三人身上都斜揹著個鹿皮鏢囊，心中一動，忖道：「莫非就是他們？」心中疑念頓起，目光也不禁直朝那邊望，那少年微微一笑緩緩走了過來，細聲細氣說道：「金姑娘，你好。」

那少年一口道出她的姓，金梅齡嚇了一跳。

她本想問：「你怎樣知道我的姓？」但看這少年賊眉賊眼的，心裡氣更大，頭一轉，不去理他。

那少年嘻嘻笑了起來，道：「金姑娘好大的架子。」金梅齡氣往上撞，忽又念頭一轉，忍下了氣，說道：「閣下貴姓？」

那少年眼睛瞇成一條線，剛想說話，忽地一聲怒叱，接著砰然一聲大震，轉頭一看，比鬥著的兩人此刻已分勝負。

原來天魔金欹招式越發犀利，他自己卻知道已是強弩之末，不出險招，今日勢必難逃活命。

辛捷亦想早些了卻，掌法中又雜以劍法，身形飄忽圍著金欹打轉，他聰明絕頂，見到金欹的狠打，心中亦已有數，知道他真氣已經不繼。

這時金欹一掌引滿，向他肩頭打來，他索性不招架，將全身真氣都滿注右肩上，拚著捱他一掌。

天魔金欹一聲怒叱，一掌方自擊中，哪知胸口砰然也著了一掌，身軀直飛了出去，哇地吐出一口鮮血，氣喘不已。

辛捷雖然得除強敵，但自己肩頭中了一掌，雖是金欹真氣已弱時擊出，而他亦早有準備，但他半身也是發麻，他暗暗嘆了口氣，雄心壯志，頓時冷卻了一半，忖道：「我連他都勝得如此艱苦，要勝那天下第一劍，豈非更難了。」

金梅齡見辛捷彷彿搖搖欲倒，驚呼著竄了過去，伸手扶著他，低聲問道：「你傷得重不重？」

那華服少年見金梅齡與他如此親熱，嘴裡泛起一絲獰笑，忖道：「索性連這小子也一齊送終。」伸手入囊，取出一隻烏油油的手套，套在左手上，走過去朝金梅齡陰笑道：「現在姑娘知道我是誰了吧！」手一揚，將那隻套著手套的手放在金梅齡眼前。

辛捷劇鬥已休，放眼一看這幾人，心中正在奇怪著這幾人的來歷，此刻見那少年冷笑著走過來，忖道：「難道這些人和她父女有什麼瓜葛？」

金梅齡一見這手套，早已面色大變，那少女與枯瘦老者也慢施施走了過來，卻不理金梅齡，四隻眼睛一齊打量著辛捷。

辛捷見這三人行跡詭異，而且雙眼神充氣足，都是內家好手，尤其是那枯瘦老者，兩太陽穴竟鼓起寸許，可想內功更是驚人，他自忖了一下自己的地位與將來的打算，不願得罪江湖中人，尤其是這些好手，何況自己現在氣力已衰，肩頭也隱隱發痛，實不能再樹強敵，遂向那老者微微一笑道：「老丈有何見教？」話剛說完，就發覺金梅齡在偷偷拉自己的衣袖。

那老者目光左顧右盼，看了辛捷一眼，又看金梅齡一眼，心中也在奇怪著：「這少年武功驚人，不知是何來路，近來武林中似還未聽說過出了個如此人物，最怪的是他和金一鵬的女兒舉止似甚親密，卻又和金一鵬的徒兒捨生忘死的劇鬥，不知到底是友是敵？」

他心中揣測，頗有拉攏辛捷之意，也將手一拱，笑道：「在下四川唐斌，此來只因和金一鵬有些小過節，朋友端的好身手，不知高姓大名？尊師是哪一位？看來像是和毒君也有些樑子，你我不妨交個朋友。」

唐斌老奸巨猾，先拿話套住，將辛捷拉到自己這邊，辛捷一笑，肚裡雪亮，暗道：「這樣最好，我也不想和你們結仇。」原來辛捷也曾聽起四川唐門之名，尤其唐家的毒藥暗器，江湖上多談之而色變，而且唐門中人氣量最仄，睚眦必報，只要惹了他們，一生一世也沒有個了局。

辛捷哦了一聲，道：「原來老丈竟是名聞天下的唐老英雄，失敬了，失敬了。」他避開唐斌的兩句問話，不提自己的姓氏，巧妙地接著說道：「在下和金一鵬雖無仇怨，亦無瓜葛，唐英雄要復仇，只管請便，只是那金一鵬此刻卻不在這裡呢。」

天魔金欹一聽是師父的仇人到了，自己此刻偏又受傷，無法應敵，這四川唐門中人，個個心狠手辣，唐斌更是有名的催命符，自己今日強仇環伺，看來是凶多吉少了，何不痛痛快快的充個好漢，一念至此，他本極驃悍，忍著胸前之疼，一個箭步竄了過來，喝道：「要找我師父的，只管衝著我金欹來好了，大爺雖受了傷，可也不含糊你們這批小輩。」

唐斌陰惻惻一聲長笑，說道：「正是，正是，那金一鵬雖然不在，拿他的徒弟、女兒來抵也是一樣，靈兒、曼兒，你們平日總說暗器靶子不好，這兩人豈非是你們最好的活靶子。」

那少女哈哈笑道：「還是二叔疼我們，喂！靈哥，你打男的，我打女的，看誰打中的多。」

那少年正是唐門掌門追魂唐雷的愛子毒郎君唐靈，聞言笑嘻嘻地說：「我不和你比，你招呼這位姑娘時，可千萬別打壞了她這張嬌滴滴的臉蛋，不然，我可要對你不客氣呢。」

兩人一吹一唱，將金欹等看成囊中之物，金欹素性陰鷙，人家愈罵他，他愈不生氣，只是暗暗調息，準備出手一擊，先廢掉一個。

金梅齡卻氣得粉臉通紅，剛要縱出去，卻被辛捷一把拉住。

辛捷長笑道：「久聞唐老英雄是武林中的前輩，在下一向欽佩得很，哪知今日一見，卻不禁令在下失望。」

唐斌臉色一變，他實在看不出辛捷的來路，只覺這少年非但武功高強，而且言語鋒利應變對答，像是多年的老江湖了，心裡更奇怪。

「想來與唐老英雄結下樑子的只是金一鵬本人而已，與他的後輩何關？何況此兩人，一個是女流之輩，一個又受了傷，唐老英雄若然此時動手，日後傳將出去，豈非落個以大欺小，乘人於危之名？在下想唐老英雄不至於如此吧！」辛捷話中帶刺，卻又說得不露痕跡。

唐斌面色一變，原來他方才上岸時，見到金欹與人廝拚，就存著鷸蚌相爭，漁人得利的心理，是以只是在一旁觀看，想等到金欹戰敗，至不濟也等到金欹戰得累了時，才出手，那時只剩下金梅齡一人，憑著自己三人之力，豈非太簡單了。

他只當辛捷也是金一鵬之仇敵，哪知他們其中關係很複雜呢！此刻辛捷話中帶刺，卻正刺中他的心病，但他可不願在沒有清楚辛捷來歷之前，結下這個樑子，他不但心狠手辣，也是奸狡陰沉。

聞言不動聲色，毒郎君唐靈卻陰笑道：「朋友可不是金一鵬的女婿，我勸閣下還是少管閒事的好。」

辛捷哈哈大笑道：「若然是金一鵬的女婿呢？」

毒郎君臉一沉，探手入囊，接著手一揚，發出幾粒極小的暗器，分取辛捷的喉頭、兩肩、前胸、小腹。

他探手入囊，取出暗器，接著發出，幾乎是在同一刹那裡完成，真個快到極處，加上這暗器發出時無聲無色，端的霸道已極。

七妙神君生平不用暗器，卻把天下各門暗器的來歷、破法，都弄得清清楚楚，他自也傾囊傳授給辛捷。

辛捷石室十年，暗中能辨秋毫，何況在這光天化日之下，他知道這準就是「唐門三暗器」，毒針、毒砂、毒蒺藜了，一聲冷笑，寬大的衣袖一展，他左肩雖已微感不便，但右手仍然無礙，袍袖展處，帶起一陣勁風，將這六粒毒蒺藜都揮落在遠遠的地上，身影竟未移動半步。

他這一出手，非但唐門老少三人大吃一驚，天魔金欹也罕然色變，忖道：「這廝這一手功力之高，真是我生平僅見，但是他方才和我動手的時候，卻像並沒有這麼深的功力呀。」

他怎會知道辛捷臨敵的經驗，簡直可以說沒有，普通初出江湖的後起之秀，雖然臨敵經驗亦少，但在師門時，多少都有因師父或同門師兄弟迨手餵招，而辛捷卻根本連這些經驗都沒有，是以他和金欹動手時，十成功力最多只使出六成。

但是他此刻接暗器時，卻是氣定神足，因爲他根本將那些別人肉眼很難看得清楚的暗器看得清楚已極。

須知唐門三暗器之所以能揚名天下，無聲無色也是其中絕大的原因，因暗器發而能無聲無色，教人怎麼去躲？

辛捷能將別人看得最困難之處看得輕描淡寫，是以他覺得唐門的暗器根本毫無可怕，甚至還有點怪「梅叔叔」將它們講得過甚其詞，他卻不知道別人此刻對他的感覺。

唐斌一掠而到辛捷的面前，說道：「朋友的確要得，想來必是名師之徒，只是現在江湖夠資格當閣下師傅的人還不多，如果我唐斌老眼不花，尊師大概就是當今天下第一人物，劍神厲大俠了。」

辛捷心中暗暗好笑：「你的老眼花透了。」

唐斌見他不說話，以爲他已默認，又道：「老朽和厲大俠本是素識，和閣下幾位師兄弟也有數面之緣，就是不曾見過閣下，但講起來也可算一家人，閣下何必來趟這渾水？」

他滿以爲這番話講得已可算面面俱到，皆因他非但不願惹崆峒派，也不願此事多一高手插入，所以希望辛捷最好撒手不管。

哪知辛捷哈哈一笑，道：「唐老英雄說的話，在下一點也不懂，什麼劍神厲大俠，在下更是連認都不認得，唐老英雄的事，在下更不敢管，想在下一個無名小卒，哪有什麼名師，不過……」

他笑容一斂，說道：「只是一宗事，在下卻要向唐老英雄求個方便。」

唐斌忙道：「只管說。」

辛捷道：「唐老英雄今天賣區區在下一個面子，放過此事，天長地久，在下日後必有補報之處，江湖上人聞得此事，必定會說唐老英雄寬宏大量，不和這後生小輩一般見識。」

唐斌連聲冷笑，雙目一張，說道：「若是我不賣閣下的面子呢？」

辛捷笑道：「那麼在下只有撒手不管，讓唐老英雄對付金一鵬的後人了。」

他此話一出，在場五人都感到大出意外，再也想不到他會說出這話來。

尤其是金梅齡，心一冷，幾乎氣得暈了過去，暗忖：「想不到我對他情深似海，卻換得他這樣一句話，罷，罷，我也就死在他面前。」反而不說話了。

唐斌也是一愣，隨即忖道：「此人倒是個聰明人物，見機收蓬，真是不吃眼前虧的光棍。」

隨著笑道：「閣下即是如此，那好極了，我唐某人感激不盡。」

「不過，」辛捷仍笑嘻嘻地說道：「唐老英雄只是要對付金一鵬的親人，若非金一鵬的親人，唐老英雄想必也不會動手的。」

「那個自然。」唐斌在奇怪著辛捷的話。

辛捷道：「好，好，那麼現在此處，除了這位天魔金欹之外，就再沒有金一鵬的後人了。」

唐靈冷笑插口道：「只怕還有一個吧！」

辛捷道：「只怕沒有了吧！」

唐靈道：「我探訪這金一鵬不止一日，難道連小姐是金一鵬的女兒我都不知道，朋友若要拿我唐靈看做呆子，那朋友你就打錯算盤了。」

辛捷哈哈一笑，道：「這位姑娘正是區區在下的妻子，我難道連她不是金一鵬的後人都不知道?須知閣下不是呆子，區區在下也不是呆子呢。」

金梅齡這才恍然了解了辛捷的用意。

須知辛捷生性奇特，從不願做無法做到之事，他略一思忖，對方三個看來俱是能手，而自己卻已半身運轉不靈，金梅齡亦是餓疲交集，何況經過昨天那一番事後，她身體只怕更弱。

至於天魔金欹呢，在這種情況下，自然也會和自己聯手爲敵，但辛捷當然知道自己的掌力，他中了自己一掌怕已重傷，拿這三人和對方一比，勝算絕少，想來想去，辛捷決定了計劃。

於是他才有如此之說。

唐門聽了辛捷此話，又都一愣，唐靈怒喝道：「你騙誰？二叔，我們不要聽他的鬼話。」

唐斌正低頭沉思著，忽地抬頭問道：「你此話當真？」

「誰個騙你不成！」辛捷昂然道：「在下雖是江湖上的無名小卒，可卻不是亂說誑話的騙子。」

唐斌眉頭一皺，雙目如刀，緊緊盯在辛捷面上，忽地說道：「靈兒、曼兒，將那個姓金的拾奪下來。」

唐靈、唐曼應了一聲，各各一探手，抽出一條軟金鞭來，正也是唐門的獨門兵刃，通體純金所製，可柔可剛，招式亦另成一家。

須知四川唐門威震武林，除了「三暗器」之外，掌中軟金鞭「七煞奪命鞭法」也實有奇妙的招式，而且最厲害的是唐門中人，暗器皆爲左手發出，是以鞭法施展中，又可夾以暗器，令人躲得了鞭，躲不了暗器，唐門百餘年來站立武林，就算五大宗派，也要讓他三分，就是這個原因。

兩人長鞭一出手，身形動處，兩道燦金色的光芒，分點金欹「期門」、「立關」兩處大穴，居然將軟兵刃當做點穴器。

天魔金欹是何等人物，雖已重傷，但餘威猶在，身形一錯，從鞭光的空隙中穿了出去，刷，刷，兩掌分襲唐靈、唐曼兩人，口中大喝道：「師妹，難道你真不認師傅了？」刷，刷，又是兩掌。

唐斌朝辛捷冷笑道：「這位姑娘不是金一鵬的後人，是誰的後人？」辛捷方要答話，哪知金梅齡突然揮脫了他的手，說道：「金一鵬是我的爹爹，你們只管上來就是了，姑娘也不含糊。」

唐斌哈哈冷笑道：「好，好，這才有志氣。」話未說完，劈面一掌，他自恃身分，沒有亮出兵刃來，對付這空手的後輩。

局面急轉，辛捷知道自己今日要想置身事外已不可能，須知他雖能眼看著「海天雙煞」欺凌他的母親，殺死他的父親，但那時他只是個幼童，情況和現時大大不同，此刻他身懷絕技，怎能冷眼旁觀金梅齡和旁人的生死搏鬥？何況若然自己一拚，也並非絕無致勝可能。

他方自準備動手，眼看就是一番混戰，雙方的生死，都在未可知之數。

就在這時，卻出了一大宗驚人之事，使得這些人全都住了手。

原來此刻岸上突然出現了個身披輕紗的少女，嬝嬝行來，一面嬌聲道：「喲，你們不要打架嘛，打得人家煩死了。」

辛捷等六人俱都吃了一驚，皆因他們所在之地極為空曠，這少女居然神不知鬼不覺突然現身，須知他六人俱爲武林中一等一的角色，十丈方圓內，飛花落葉，都能驚覺，而這少女一直來到他們近前，他們方自發覺，如何不驚？

辛捷見這少女最多只有十六、七歲，身上只披著一大片純白的輕紗，將身體裹在這輕紗裡，明眸如星，膚色如玉，襯著這輕紗，這體態，美得簡直不像人類，而像是九天仙子。

除了美之外，她令人見了，有一種出塵的感覺，辛捷暗忖：「這少女真美，齡妹妹、堃妹妹我本來已經以爲很少有人再美得過她們了，可是和這少女一比，那簡直比都無法比呢。」

除了唐斌之外，他們都被這少女的美所迷惑了，金梅齡不自覺的理了理凌亂的鬢髮，暗忖道：「不知道我比起這少女來怎樣……」側臉一看辛捷的神色，暗嘆道：「看來我是比不上她的了。」

唐斌卻忖道：「這少女從哪裡來的，這幾乎是不可能的呀，她是誰呢？」

六人心思雖不同，但卻都被這突來的少女所震住了，十二隻眼睛，瞬也不瞬地盯在這少女臉上。

那少女嫣然一笑，露出一排晶瑩如玉的牙齒，巧笑道：「打架又有什麼好玩？你們要是沒有事做，捉捉迷藏也好，何必打架呢？媽媽說喜歡打架的都不是好人，哎！你們是不是好人呀？」

唐斌等聽了一個個哭笑不得。

唐斌縱橫江湖多年，素有催命符之稱，武林中見之，畏如蛇蠍，現在卻被一個小女孩當做孩童看，他暗暗發怒，但這少女不但艷若天人，而且行跡詭異，唐斌閱人多矣，卻還沒有見過這樣的人物，他念頭轉了兩轉，心知此少女必定大有來歷。

他正待說話，哪知辛捷突然說道：「好……好……我們來捉迷藏好了，這位姑娘參不參加？」

那少女拍手笑道：「這位哥哥人真好，我最喜歡捉迷藏了，可惜那些人跑得太慢，我一捉就捉住了，一點兒意思都沒有，你們一定跑得比他們快，我先來做鬼，你們誰被我捉住了，誰就替我做鬼，好不好？」

唐斌等聽了作聲不得，天魔金欹脾氣最壞，而且天性涼薄，連親生之父都忍心殺死，現在叫他來捉迷藏，眉頭一皺，就待發作，那少女卻走到他面前嬌笑道：「你來不來呀？」

金欹被她目光一照，覺得心魄皆爲所奪，訥訥地說道：「我來，我來。」

那少女又走到唐靈面前，問道：「你呢？」

唐靈本爲色中餓鬼，早就被這少女的美迷得暈暈忽忽，聞言一疊聲說道：「來……來……來……」

唐斌面上陰暗不定，他拿不定主意該怎麼做，六人中以他閱歷最豐，他先前看到辛捷，已在驚異著江湖中從哪裡鑽出來這樣一個少年，但還並非不可思議，如今見了這少女，卻真的奇怪了，知道這少女沒有超凡入聖的輕身功夫，她怎能在這六大高手面前突然現身，而且是在一片空曠之地上！

他正暗裡驚奇，那少女已走到他面前，笑道：「這位老哥哥你來不來呀？」

唐斌臉一紅，他出生到今，還沒有被人叫過老哥哥，被這位美如天仙的少女一叫，心裡覺得有些難爲情，卻又受用得很，暗忖：「這少女真是可愛。」便也說道：「好，我也參加。」

唐曼見到這位殺人不眨眼的二叔，居然也捉起迷藏來，而且臉也紅了，不禁「噗哧」一聲，笑出聲來。

唐斌瞪了她一眼，她暗裡一伸舌頭，笑道：「我也來。」

那少女臉上堆滿笑容，道：「你們都來，好極了。」她走到辛捷面前，道：「這位哥哥，你找塊手帕出來，把我眼睛蒙上。」

辛捷見這少女笑得如同百合初放，不禁看得癡了，那少女又一笑，臉上竟似泛出紅潮。

金梅齡又妒又氣，突然說道：「我不來。」

辛捷朝她使了一個眼色，她也只當沒有看見。

那少女一怔，隨又笑道：「這個姐姐不來也好，替我們做公證，誰也不許賴皮。」

唐斌身形一動，掠到金梅齡前面，冷冷的說道：「你不來也可以，可是卻不准逃走。」

那少女又拍手笑道：「這位老哥哥跑得真快，比阿花、阿狗他們快多了。」

唐斌聽了少女誇獎他，心裡正高興，卻又聽得她拿自己和「阿花」「阿狗」來比，氣得臉孔鐵青，話也說不出來。

辛捷「噗哧」一笑，唐曼回轉了臉，嘴巴鼓得圓圓的，原來她想笑，又不敢笑出聲來。

那少女妙目橫波，飄了辛捷一眼，吃吃笑道：「喂，你快替我綁一塊手帕在眼睛上呀。」

辛捷從懷中一掏，拿出一塊手帕，側眼一看金梅齡，見她兩眼正直勾勾地看著自己，臉上已氣得變了顏色，暗笑道：「她的醋勁真大。」伸手將手帕遞給那少女，道：「你自己綁吧！」

那少女嘴一嘟，拿過手帕道：「我自己綁就我自己綁，誰希罕你。」

唐靈跑了過來，笑道：「我替姑娘綁。」

那少女瞪了她一眼，道：「誰要你綁。」

唐斌彷彿回到幾十年前，自己在墳地裡和人捉迷藏的時候，見唐靈碰了個釘子，卻笑道：「馬屁拍到馬腳上去了。」

這話若是旁人說出，唐靈一定大怒，但是唐斌說的唐靈只有乾瞪著眼，臉上青一陣白一陣的，一點辦法也沒有。

那少女自己綁好手帕，道：「我說三聲『好了沒有』就開始捉了，你們要小心呀。」

金梅齡心裡生氣，站到遠遠的，暗恨辛捷提出這鬼花樣來討好那少女。

那少女高聲說道：「好了沒有？」

大家齊都施展開身法。

唐斌大喝道：「不准走得太遠。」緊跟著天魔金欹，他怕金欹乘機溜走。

金欹一瞪眼，道：「你嚷些什麼？大爺想走，早就走了。」

那少女又叫道：「好了沒有？」

辛捷暗忖道：「看你怎麼抓得著這些人，除非你有通天的本事。」他自忖輕功，若等這些人已走到那麼遠時，自己又是綁著眼睛，只怕一個人也捉不到，暗暗在替那少女擔心。

那少女再叫道：「好了沒有？」

語聲方落，身形就飄了出去，站在那裡的金梅齡嚇了一跳，暗忖道：「這少女真個邪門，她這簡直是飛，哪還是輕功！」

純白的輕紗像是一陣輕煙，裊裊飛舞著，那少女腳尖根本不曾點地，人就貼著地面飛動著，像是御風而行。

十 無極島主

她這一施展輕功，唐斌一見，暗暗以手加額，慶幸自己幸虧方才未曾魯莽，他暗忖道：「今天莫非是撞見鬼了，江湖上哪裡來的這些年輕男女，一個勝似一個，這少女的輕功，真已到了傳說中『凌空步虛』的地步，今天我真開了眼了。」

唐斌又忖道。

「但是她究竟是誰呢？芸芸武林之中，我還沒有聽說過誰的輕功已練成這種地步呢！」

他暗地猜測，突然背上已被人拍了一下，他一驚轉身，卻見那少女已站在他背後，一面解手帕一面笑道：「我捉住一個了。」解開手帕，又笑道：「原來是老哥哥，這回輪到你做鬼了。」

又叫道：「你們快回來呀！我已抓到一個了。」媚目四轉，遠遠地只看到三個人，卻少了兩個，奇道：「咦！還有人呢？」

唐斌忙也四下搜索，見唐靈、唐曼正回身跑來，天魔金欹卻直向遠處奔去，再一打量，辛捷和金梅齡卻已不見了。

他一急，高吼道：「靈兒、曼兒，快追！」顧不得面前的少女，縱身幾個起落，向金欹追去。

那少女奇怪：「這些人怎麼搞的，都這樣瘋瘋顛顛的，捉得好好的迷藏，怎麼突然不玩了。」

她雖已十六歲，但一向隨著爹媽獨居在海外荒島上，世事一點也不懂，這次她隨著爹媽坐船到中原來，一路上她媽媽又不准她下船，好不容易找了個機會溜了下來，碰到有人陪她玩，心裡正高興，尤其是那個年輕人，眼睛大大的，看著她，令她有一股說不出的滋味，哪知道突然之間，這些人都走了。

她意興蕭索，本想將那些人全追回來，又不願意強迫人家，正快快地站在那裡，突然空中有個聲音，像是從極遠之處傳來，道：「菁兒，快回到船上來，再不回來爸爸就要打手心了。」

那聲音又嬌又嫩，聽起來舒服得很，但從那麼遠的地方傳來，聲音清楚得很，就像是在你耳旁說話似的，她一聽就知道是娘的聲音，鼻子一皺，舌頭一伸，轉身向江面掠去。

到了江邊，她微微停了一下，似乎是換了一口氣，就掠到江面上，貼著江水面前進著，腳下甚至沒有一枝一葉，已能越江而過，這輕功簡直是令人難以相信的，何況片刻，她就飛到江心的一艘船上。

那船比通常在江面上行駛的，大了一倍，從外面看上去，就覺得這船上的每一塊木板，都是那麼精巧，木塊與木塊之間，又配合得那麼佳妙，就像是一件非常完美的結合體，令人有

「隨便再大的風浪，這船都能安穩行駛」的感覺。

船艙的門，是兩塊上面雕滿了花紋的木板，門裡有一層純白色的簾子。

此刻艙門半開著，門旁含笑站著一位中年美婦，身上穿著的也是純白色的輕羅長衫，神情之間，帶著一份令人不敢逼視的高貴。

那叫做「菁兒」的少女，一掠到船上，就撲到中年美婦的懷裡，嬌憨的叫道：「娘。」

那中年美婦眼裡一片慈愛的光輝，拍著「菁兒」的頭笑道：「你爹已經在罵你了，說要是再不回來，我們就要回家了。」

菁兒撒嬌道：「人家只到岸上去了一會兒嘛，爹爹發什麼脾氣。」身軀扭動著，依偎在中年美婦懷裡。

中年美婦拉著她的手，微笑著走進艙裡。

艙裡一片純白，一塵不染，任何人走到這艙裡來，都會重重透一口氣，俗慮俱消，心脾皆清。

船艙兩旁的窗戶高高支起，窗旁一個白色衣衫的中年書生，正俯著身子探首外面，聽到有人進來，回轉身子，那少女低低叫了聲：「爹爹。」

中年書生笑道：「迷藏捉得好玩吧！可惜人家全走了，沒有人跟你玩了。」他雙眉入鬢，眼角帶煞，嘴角上帶著一絲冷削之氣，但是在笑的時候，卻又令人覺得無比的和藹可親。

菁兒似乎很怕她爹爹，頑皮的神色也收了起來，低著頭嗯了一聲，玩弄著手上的手帕。

中年書生眼角一揚，道：「你這手帕哪裡來的？拿來給我看看。」

少女不敢不拿過去。

中年書生道：「這就是剛剛你蒙在眼睛上的那一塊吧！」一面將手帕展開在手上看著，突然面色一變，道：「你過來。」

菁兒見她爹爹變色，眼圈嚇得紅紅地。

那中年美婦笑道：「你發什麼脾氣？」

中年書生將那塊手帕一揮，那手帕平平飄到美婦手上，說道：「你看看。」中年美婦將手帕展開一看，也變色說道：「怎麼會是他？」

菁兒委委屈屈地走到她爹爹旁邊，中年書生指著窗外朝她說道：「你看看那是不是送你這塊手帕的人？」

菁兒探首窗外，看見一艘小船，在江面移動著，船上坐著兩人，她目力亦異於常人，仔細一看，見那兩人卻正是方才給她那塊手帕，眼睛大大的年輕人，旁邊坐的卻是那不肯捉迷藏的少女。

於是她點了點頭。

原來辛捷機靈已極，他見那少女一來，便知必非常人，後來那少女說到「捉迷藏」，他心中便已有了計較，暗忖道：「我脫身的機會來了。」便搶著提議捉迷藏，他知道唐門三人不會也不敢反對。

果然不出所料，等到唐斌、唐靈、唐曼四下一走，而且唐斌的注意力又全都放在金欹身上，辛捷更是大喜，他卻站在金梅齡身旁，動也不動，那少女眼睛被蒙，聽風辨位，向唐斌等人追去，自然不會來捉根本沒有發出行動時的聲音的辛捷。

少女一動，辛捷一把拉住金梅齡，飛快向江邊掠去，上了小船，朝岸邊的泥土上發了一掌，那小船便飛快地向江心駛去。

他以「暗香浮影」的輕功操著船，一會兒便離岸甚遠，估計唐斌絕無法追來，便停手向金梅齡笑道：「你還吃不吃醋？」

金梅齡臉一紅，用手羞他說：「你好希罕麼，人家都要吃你的醋？」暗中卻高興，忖道：「我剛剛錯怪了他。」

船上雖有槳，但兩人都不會划船，辛捷用槳撥了兩下，船反而在水中打轉，只得罷了，任船隨波而流。

他暗地得意，自己略施小計，便脫身事外，他卻不知道他那塊角上繡了七朵梅花的手帕，替他找來更大麻煩。

原來這船上的中年書生，卻正是武林中視爲仙佛的「世外三仙」裡的東海無極島島主無恨生。

東海無極島，位於杭州灣外，玉盤洋裡，是大戢山、小戢山之間的一個小島，無極島主張弋戈，本為一不第秀才，憤而妒世，跑到這荒島上，哪知卻無意中服了功能奪天造地的一枚異果，又得到南晉的一位異俠謝真人遺留下的秘笈。

張弋戈在無極島一耽十餘年，練成神鬼莫測的本領，又回到中土，做了幾件驚天動地的事。

但他如神龍，翩然來去，世人只知道有個自號「無恨生」的異俠，卻始終沒有人能一睹他的真面目。

於是武林中遂將他和大戢島的平凡上人，小戢島的慧大師，並稱為「世外三仙」。

無恨生自服異果，又具上乘內功妙諦，數十年，容顏未改，在一個偶然的機會，他又偶遊中州，遇到一個身手不凡的女子，兩人一見鍾情，便結成夫婦，那便是現在他的夫人九天玄女繆七娘了。

夫婦兩人悠遊海上，九天玄女為他生了個聰慧的女兒，取名張菁，一晃多年，無恨生將無極島經營成個海外的仙土，又在沿海諸地，找了些貧民來充做奴僕，日子過得安適愉快，無恨生也沒有爭雄武林的念頭，只是他憤世疾俗之性未改，再也不願回到中土去。

有一年，張菁才八歲，出起「疹子」來，無恨生學究天人，卻偏偏不會醫病，「疹子」一症，本是小兒常出之病，但卻無法以內功醫得，九天玄女愛女心切，便和無恨生兩人，遠赴浙江，找了個極有名的大夫到島上來，替張菁醫病。

他們在路途上，遇見個瘦骨嶙峋，又是神經失常的女子，武功卻甚高，九天玄女好奇心起，上去一看，卻是她最小的妹妹玉面仙狐繆九娘，她大驚之下，將她帶回無極島。

繆九娘整日哭笑無常，拿著一塊上面繡著七朵梅花的手帕，口中頻頻叫著「梅山民，山民……」

九天玄女一聽，知道梅山民，便是江湖上鼎鼎有名的「七妙神君」，心中不禁大怒。

總之「七妙神君」的「七藝」裡，有一樣便是「色」字，江湖上所共知，七妙神君的風韻事最多。

九天玄女由此以爲自己的妹妹受了「七妙神君」的玩弄，神經失常，等到繆九娘一死，九天玄女更對梅山民恨如切骨，她卻不知道她妹妹的瘋，是爲了梅山民的「死」，卻不是她所料想的原因呢。

原來玉面仙狐和「七妙神君」情感最深，當江湖傳云「七妙神君」已喪身五華山的時候，繆九娘便孤身上崆峒山去爲他復仇，哪知她卻不是劍神厲鶚的對手，被厲鶚連罵帶諷趕下了崆峒山。

她心高氣傲，受此奇恥大辱，再加上情人已死，便失去理智，整日瘋瘋顛顛起來，沒有多久，此絕代美人便香消玉殞了。

九天玄女又至中州，想找梅山民算賬，哪知卻聽到「七妙神君」已死之說，快快地回到無極島上，一晃又是七、八年，他夫婦倆再也沒有離開無極島一步，只是終日調教他們的女兒。

張菁自幼在她父母「無恨生」夫婦手裡調教出的一身本領，自也是超凡絕俗了。

她磨著爹娘出來一廣眼界，無恨生實在愛極他女兒，便乘著船，溯江而上，準備一遊中州風物。

哪知道張菁偶一偷上岸去，帶回來的這塊手帕，卻和昔年繆九娘終日淚眼相對的那塊一樣呢。

辛捷逃到船上時，他還在暗贊此人的機智，此刻看到張菁一點頭，轉身向他妻子說道：「原來梅山民並未死，此刻就在外面的小船上。」

九天玄女也湊到窗口一看，怒道：「這廝又騙了個少女，弋戈，這種人決不能再讓他留在世上，我們好歹要為世人除此一害。」

張菁情竇初開，方才一面之間，已對這眼睛大大的年輕人有了好感，此刻聽了這話，睜著一對明眸望著她媽媽，不知道究竟是怎麼回事，暗地奇怪爹爹媽媽為何對這年輕人這般痛恨。

無恨生冷冷一笑，道：「這個自然。」

身軀一旋，從窗中飄了出去。

辛捷棄了槳，任小舟隨著江水飄流，他斜靠在船舷，心仍不能忘卻方才那輕紗少女的影子。

金梅齡嘴一撇，指著他說：「你呀！」

辛捷乘勢拉住她的手，笑問道：「我怎的？」

子。」

「我知道你在想什麼！」金梅齡任他握著自己的手，笑說道：「你還在想剛剛那個女孩

辛捷笑道：「我是在想一個女孩子。」他將金梅齡的手放在嘴上親了親，道：「不過我不是在想剛剛那個，我是在想現在這個。」

金梅齡嬌笑道：「你最壞了。」心裡卻甜甜的。

兩人低語淺笑，將什麼事都放在遠遠的，想也不想，彼此只知道世上只有個「你」，除了「你」之外，任何事都不足道了。

至少在這一刹那裡，辛捷感到自己有這樣的感覺，這少女給了他一切，他不該這樣對她嗎？

但是辛捷自己的確明瞭，到目前爲止，他自己的情感還沒有一個固定的方向，對金梅齡的情感，也彷彿是感激比愛還多一些。

對方少堃呢？他曾經以爲他是愛她的，可是現在她死了，還是爲他而死的，但是他卻並沒有爲這個命運悲慘的少女而悲。

他感嘆了，與其說他是多情的，還不如說他是薄情更恰當些。

「然而這是我的錯嗎？」他暗忖道：「當一個少女明確地表示她是愛著我時，我能怎麼做呢？」

金梅齡忽地掙脫了他的手，從懷中掏出一本書來，交給辛捷道：「這個放在你那裡好

了。」

辛捷見那本書正是毒君金一鵬所寫的「毒笈」，淡然道：「這是你爹爹的東西，還是放在你那裡好了。」

自從聽了金一鵬所說的一個故事之後，他不自覺的忘了金梅齡的「爹爹」該是侯二。

可是當他說出口之後，又不禁暗自責備自己，覺得自己有一些對不起「侯二叔」，但是這感覺卻是那麼微弱，微弱得他自己都不大能分辨出來那是慚愧？還是抱歉？抑或僅僅是有些不安。

金梅齡將毒笈塞到他的懷裡，道：「還是放在你那裡好了，放在我身上鼓鼓地，難受死了。」

她理了理鬢邊的亂髮，臉紅著，嬌笑著道：「你這人也真是，我的還不就是等於你的一樣。」

辛捷笑了，將毒笈仔細地收到懷裡。

自從他第一眼看到這本東西的時候，他就深深被裡面所記載的東西迷倒了，他求知慾極盛，對於任何新奇的東西，都要學一學，要知道一些。這「毒笈」裡所載的，俱是些不可思議的毒物，就仗著這些，金一鵬縱橫江湖多年，使武林中人聞而生畏，由此當可想見這「毒笈」的不同凡響，而人們對於「不同凡響」的東西，總是最有興趣的。

何況辛捷這樣有著極強的求知慾，對任何事又都抱著極大的野心的人呢。

當他收起那本毒笈時，他的心房因著狂喜而怦然跳動著。

此刻夕陽將落，晚霞漫天，將本已是黃色的江水，映成一片燦爛的金色，水波流滾，又像是無數的金色小蛇在那裡蠕動著。

夕陽照在金梅齡臉上，她更顯得美了。

她側過臉，閉著眼睛避開了那由水中反射出的強光，輕輕地說：「我餓得要死，捷哥哥，找點東西給我吃好不好？」

其實辛捷何嘗不餓，苦笑道：「等一會到了岸，我們去大吃一頓……」

金梅齡搶著道：「我要吃火腿雞湯，冰糖肘子。」

辛捷嚥了口口水，笑道：「對了，冰糖肘子，還有……」突然他念頭一轉，說道：「我們先到那邊的大船上看看，問他們可不可以分一點……」突地，他又止住了話。

金梅齡順著他眼光一看，見一條淡淡的白色人影自那大船的窗口飄出，看上去就像是一縷煙。

奇怪的，那陣煙竟向自己這條小船飄了過來，她面色一變，忖道：「看這種超凡入聖的身法，可能又是那個女孩子，她又跑了來幹什麼，難道她真對……」

她念頭尚未及轉完，那道輕煙已停在他們船上，金梅齡一抬眼，卻見是一個中年的書生。

小船絕未因這人的來到而有絲毫波動。

辛捷全然被這突來震驚了，他依稀感覺到這人的來，絕不是善意的，這從他嘴角的冷削就可以看出來，辛捷自忖能力，極敏銳地感覺到一件事，那就是他絕不是此人的敵手。

這從他這種驚人的身法上就可以看出來，辛捷暗中著急：「若然他真要對我們不利，我可真沒有力量來對付他。」

這就是辛捷異於常人的地方，他能夠極快地將自己和別人作一個公平的比較，而他的判斷也往往是最正確的。這種正確的判斷，使他能有一個冷靜的頭腦來思考該怎樣去應付。

無恨生傲然佇立在小船的船頭上，平穩得像是一尊石像，只有衣袂隨著江上的風微微飄動著。

這時九天玄女正向她驚疑著的女兒，解釋爲什麼會有這件事發生。

無恨生忽然望著辛捷。

他兩道冷而銳利的目光，使辛捷微微感到有些不安，於是辛捷譏笑自己：「我怎麼突然變得這麼無用，甚至會怕別人的目光。」

爲了證明自己的勇氣，辛捷站了起來，朝這白衣怪客微一拱手，笑道：「閣下有何貴幹？」

無恨生依然冷靜的望著他，心中在考慮著「海內第一人」的「七妙神君」能不能抵得過自己三招，因爲辛捷看來委實是太年輕了，難怪無恨生會有這樣的感覺，於是他傲然道：「動手吧！」

辛捷一怔，很難了解這白衣怪客突然叫他動手的用意，「我和他素無仇怨呀。」辛捷暗忖道。

無恨生眉頭一皺，忖道：「反正他也是成名人物，他不先動手，我就先動手。」於是無恨生左掌輕飄飄地揮向辛捷。

辛捷自是識貨，他見這一掌看來雖是平淡無奇，但其中所蘊育著的變化，卻太多了，多得使他不敢隨意去招架，因爲他明確的知道，也唯有「不招架」才是最好的「招架」。

無恨生冷笑一聲，心忖：「這廝倒識貨。」右掌劃了個半圈，嗖地推出，左手變招式，改揮爲推，雙掌都注滿了真力，他不想多廝纏，因爲方才那一招，他已識出這「七妙神君」確非等閒，便想以數十年來的修爲內力，一舉取勝。

因爲在這小船上，對方根本沒有迴避的餘地，也只有盡力一拚，和他對這一掌。

但是無恨生巧服異果，又得秘笈，再加上數十年的修爲，掌力之強，天下雖大，能勝得過他的怕也是絕無僅有了，辛捷雖也是天縱奇才，但到底年輕，比起無恨生來，可實在差得遠呢。

辛捷見他掌心外露，色如瑩玉，心中驀地一驚，再無思考的餘地，真氣猛提，刷地拔了上去。

辛捷臨敵經驗雖弱，但他卻有一種精銳的判斷力，他若硬以功力來和無恨生這一掌相抗，勢必要震傷內腑，船身本小，避無可避，他只有冒險將身形拔起，暫時避過這招再說。

辛捷雙臂翼張，拔起在空中，心裡極快地考慮著該如何應付這突來的強敵，他也知道當他身軀這次落下的時候，便是自己的生死關頭了。

驚異著坐在船舷上的金梅齡，也正在奇怪這輕功高絕的怪客，無恨生掌勁發出，掌風微微帶過她。她只覺有一種難以形容的強力向她襲來，再也無法穩住身軀，整個人被這掌風帶了起來，噗的落入水中。

辛捷身軀一弓，在空中曼妙的轉折，頭下腳上，刷地落了下來，在水中將金梅齡的後領一抄，人也藉著這一提之力，又拔起丈許，兩腳向後虛空一蹴，飄飄落在小船的另一側。

他憑著一口真氣，以無比玄美的姿勢，將落在水中的金梅齡救上船來，身形確已到了驚世駭俗的地步。

無恨生暗自點頭，忖道：「此人的功夫，在武林中的確是罕見的，只可惜這樣的一個人，卻是個沒有人性的淫徒，我今日不爲世人除害，日後又不知有多少個黃花閨女要壞在他手上。」

金梅齡又是全身濕透，又驚又怒，辛捷卻全神戒備著，心中暗忖：「這廝究竟是什麼來路，掌力居然已練到歸真還樸的地步，看他掌心色如白玉，難道他已練成了武林中數百年來無人練成的『玄玉通真』了？」

他知道自己的生死就懸於這一刹那之間，他不禁憶起十年前天殘焦化的手掌停留在他頭頂的那一刻，但是此時已沒有多餘的時間容他思考，他看到那人面如凝霜，又揚掌待發。

他心頭一冷，沉聲道：「閣下爲何如此相逼，我和閣下素無仇怨……」

無恨生目光如水，隱含殺機，叱道：「少囉嗦。」進身錯步，就待再施殺手，他成心不讓這年輕人逃出掌下。

突地，又是一條白影，橫波掠來，怯生生站在小艇中央。無恨生叱道：「菁兒，走開。」

張菁嬌喚道：「爹爹，你老……」

無恨生眼一瞪，道：「怎地？」

辛捷與金梅齡俱都一驚，暗忖：「原來此人是這少女的父親。」但是此人爲何要傷自己呢？辛捷仍如墜五里霧中。

張菁甜甜一笑，朝她爹爹說：「爹爹，看他年紀這麼輕，怎麼會是九阿姨所說的那個人呢？」

敢情她已由她母親口中知道了這事始末，探首窗外，看到自己的爹爹連下殺手，她當然非常清楚她爹爹的功力，心想那「眼睛大大的年輕人」怎敵得住，一急，不再思慮，也竄上小船。

無極島主長眉一軒，怒道：「你知道什麼，那麼我……」

他突然想起自己雖然數十年來容顏未改，但當世之人還有誰能致此？連小戢島的慧大師都不行，因此氣得發誓從此不出小戢島一步。一念至此，無極島主不禁有些得意的感覺。

張菁眼睛一轉，知道爹爹心裡已自活動，又俏笑道：「至少您老人家得問問人家呀。」

無極島主哼了一聲，暗忖：「這妮子怎地今天盡幫那人說話，莫非她也對他有意了？」

「這小子要是敢動我女兒一根汗毛，我不把他連皮都揭下來才怪。」他暗自思忖著：「只是菁兒的話也有道理，這小子看來最多只有二十多歲，也許不是梅山民也說不定。」

張菁與她爹爹一問一答，辛捷心裡更糊塗，奇怪著：「這父女兩人究竟與我有什麼牽連呀？『九阿姨』又是誰呢？」

金梅齡卻鼓著嘴在一旁生氣，這少女雖是幫著辛捷，金梅齡心中卻一百廿五萬個不願意。「瞧她穿著怪模怪樣的，準不是個好人。」她妒火如焚，張菁的一舉一動，她都看不順眼。

無極島主身形微動，倏然又站在辛捷身前，張菁驚喚了一聲，哪知她爹爹並未出手，只是厲聲問道：「那手帕是誰的？」

辛捷一愕，張菁接口道：「就是你給我蒙眼睛的那塊嘛。」辛捷會意，隨口道：「是我的。」

無極島主臉一沉，叱道：「是你的就好。」雙臂微一吞吐，勢挾雷霆，呼地又是一招。

辛捷本在全神戒備，見他肩一動，真氣猛的往下沉，那小小一隻船，怎禁得住他這種內家真力？呼地，反了一個身，船底朝上。

張氏父女猝不及防，身形隨著船身一飄，江中別無落足之地，只得又落在船底上。

須知無極島主輕功再是佳妙，卻也不能將身軀停在江面上，他凌波而行，只不過藉著空氣的沖激將體中的先天之氣與之合而爲一而已，但若停在水面上不動，卻是萬萬不能。

無恨生面目變色，辛捷兩度從他掌下逃出，已使他怒氣沖天，他修爲百年，雜念俱消，就只這「嗔」之一字，仍未曾破得。

張菁怔著眼望著他，意思在說：「怎麼辦呢？」

無極島主亦是無法，他總不能不下水捉人呀，眉頭一皺，雙掌連揚，江面的水，被他的真力一擊，飛起漫天浪花，聲威端的驚人已極，張菁拍手笑道：「呀，真好看，真好看。」

無恨生雙腳率性釘在船底上，翻了身的小船動也不動地停在江面上，小船四周的江水，卻被無極島主驚人的掌力沖激成一個個水穴，浪花飛舞，一條條濁黃的水柱，昇天而起。

「看你往哪裡逃。」他一看船的四周江底並無人跡，暗忖：「這小子一定是朝岸邊游去了。」

他不知道辛捷根本不會游水。

然而，辛捷此時又怎樣了呢？

無極島主雙腿微曲，以無比的內家真氣，催動著這小船朝岸邊移動，雙掌不停地朝江面上揮動，浪花水柱，此起彼落。

遠遠有幾條漁船望見江面上突然昇起一道丈許高的水牆，嚇得望空拜倒，以爲是水神顯聖，這些水上討生活的人，神權最重，有的甚至立刻買來香燭，就在岸邊設案祝禱了。

無極島主將小船催移至近岸，仍然未見辛捷的蹤跡，張菁抿著嘴笑道：「爹爹，人家不會

朝那邊的岸游過去嗎？」

無極島主也不禁暗暗失笑，臉上卻繃得緊緊的，兩腿微曲，小船倏地變了個方向，快得如離弦之箭，朝對岸射去。

這裡江面浪花，許久才回復平靜，突地浪花又是一冒，江水中鑽出兩個頭來，卻正是辛捷與金梅齡兩人。

原來小船一翻，辛捷心中早有計較，一手拉著金梅齡，摒住呼吸，落入水中，等小船翻身之後船腹與水面之間，自然會有一塊空隙，辛捷另一手抓住船弦，頭部便伸入這塊空隙裡，是以兩人雖然身在水中，既不會沉入水裡，又不致不能呼吸，就算耽上一天，也絕無問題。

金梅齡見辛捷如此機靈，朝他甜甜一笑，頗爲贊許。

船腹黑洞洞地，辛捷知道強敵未去，連大聲呼吸都不敢，他聽到四面水聲轟然，更是心驚。

後來他感覺到小船在微微移動，半晌，他腳底似乎碰到實地，知道船必已離岸甚近了。

等到張菁在上面出聲說話，他知道這少女在暗中幫著自己，心裡受用得很，隨即想到她爹爹必會催動著這小舟至另一岸，拉著金梅齡又沉入水中，他雙腳已能踏著地底，心中自是大定。

兩人摒著呼吸在水底良久，須知他兩人俱爲內家高手，摒著呼吸自不困難，等辛捷確定強敵已離遠去，才悄悄伸出頭來。

他四望一下，見江面已無敵蹤，喘了一口氣，與金梅齡悄悄跳到岸上，暗道：「僥倖。」

兩人見了那「中年書生」的功力，哪裡還敢多作停留，腳一踏地，便施展輕功，落荒而去。

辛捷這一全力施展，金梅齡暗喜道：「他的輕功好俊。」伸手挽住辛捷的臂膀，要不她怎能趕得上他？

此刻她身心都已交托給她身旁的人了。

他倆濕透了的衣服，被行動時的風聲帶動得「窣」「窣」地響。

「討厭。」金梅齡俏罵著，一面將貼在身上的衣裳拉了拉，辛捷則笑臉望著她，他腳尖微一點地，人便掠出數丈開外。

當他倆都已感到這兩日來的驚險已成過去時……

突地，她倆人身後多了一條白色人影，手朝毫無所覺的辛捷的背上「玄關穴」點了一下。

金梅齡驀然覺得身旁的辛捷停頓了，她停不住腳，身形仍往前掠了丈許，手腕一空，她驚忖：「怎地了？」回頭一望，一條淡白的影子一晃，辛捷也不知所蹤，接著，她聽到一個極甜美的聲音自空中傳來：「姑娘，你的人我帶走了，不過，記著，我是爲你好。」

金梅齡但覺一陣暈眩，四野寂然，根本沒有人跡，但這聲音從哪來的呢？

「難道是『傳音入密』？」她又是一陣暈眩。

微風吹處，大地上似乎只剩下她一個人，孤獨、寂寞和驚懼，「捷哥哥，你到底怎麼樣了呀？」她發狂地朝那白影消失的方向奔去。

晃眼到了岸邊，江水東流，江心正有一艘大船揚帆東去，風吹著，一塊燒焦的木片滾到她腳下。

她俯身拾了起來，柔腸百結。

「這就是昨天我替捷哥哥生火時的木頭吧，捷哥哥，你到哪去了呀？」晶瑩的淚珠，流過她嫣紅的面頰。

這兩日來的生死搏鬥，似水柔情，都夢境般地永留在她心頭，但夢中的人卻已不知去向了。

她兩日來未進水米，再加上這精神上如此重的刺激，她再也支持不住，虛軟地倒在地上。

她暈迷了。

十一 崆峒三劍

暈迷中，她彷彿聽到有人說話的聲音，她覺得嘴中苦苦的，像是被人灌了些藥。

又半晌，說話的聲音她可以聽得清楚些了，剛想睜開眼來，突然感覺到有隻手在她身上一碰，接著「啪」的一下，是兩掌相拍的聲音，一個粗啞的口音說道：「老王，你可不能不講交情，這小妞兒是我發現的，至少得讓我佔個頭籌，你亂動什麼？」

另一人粗聲粗氣的笑了起來，道：「你怎麼恁地小氣，摸一把有什麼關係？」

「不准你摸。」先前一人道。

「好好，不摸就是不摸。」另一人笑道：「喂，你也得快一點呀，等先完事了，我還想輒進一腿呢，不然等會孫老二來了，大家都沒份。」

金梅齡將這些話聽得清清楚楚，暗罵道：「好個不長眼睛的殺胚，你是找死。」越發將眼睛閉得緊緊地。

先前那人哈哈笑了起來道：「也沒看見你這樣性急的人，這小妞還沒有醒，弄起來沒有味道。」

停了一會，好像他自己也忍不住，道：「好好，依你，我就馬馬虎虎先弄一下吧！可是咱們得先講好了，這小妞是我的，你要輒一腳也可以，可得先拿點銀子來孝敬孝敬我。」

另一人怪笑道：「趙老大的話，還有什麼問題，這小妞比首善里的窯姐兒好多了，一兩銀子一次都值。」

金梅齡暗暗咬牙，她恐怕自己的氣力未復，是以遲遲沒有發難，將眼睛瞇開一線，看到自己仍是躺在露天裡，只是現在天已黑了，迷迷濛濛的看到有兩條粗長漢子正站在自己身前。

趙老大淫笑著脫掉上衣，俯下身來想去解金梅齡的衣服，一面說：「老王，你站遠點。」

老王又怪笑著，眼睛滴溜溜的在躺著的金梅齡身上打轉，說：「好，我站遠點就站遠點。」腳下卻未移動半分。

他笑聲未了，已是一聲驚呼，原來趙老大龐大的身軀直飛了出去，「啪」地落在地上，聲音俱無，像是已經死了。

老王蹬蹬後退了幾步，四下打量，見那被自己在岸邊發現的女子，還是好好的躺在地上，動也不動，他又驚又怕，以為撞見鬼了，撲的跪到地上，叩頭如搗蒜，嘴裡嘟嘟咕咕的，像在求告。

金梅齡暗地好笑，方才那趙老大剛伏下來了，她就疾伸右手，一掌拍在趙老大胸前。她雖然氣力尚未回復，但像趙老大這樣的角色，怎禁得了她一下，當場心脈震斷而死。

老王怎知道這女子身懷絕技，正自疑神疑鬼，閉著眼睛叩頭，忽地當胸著了一跳，滾出好幾步去。

他又一聲驚叫，爬起來就跑，卻聽到一人厲吼道：「站住。」老王兩條腿一軟，又跪了下去，回過頭去一看，自己的二頭領，也是自己平日最怕的「浪裡白龍」孫超遠正站在身後。

原來這老王和趙老大都是長江上的水寇，這晚他們兩艘船正停泊在鄰近黃岡的一個江灣旁，老王和趙老大到岸邊巡邏，看到有個絕美女子倒臥在岸邊，他們不是什麼好人，壞主意一打，就給她灌了些成藥下去。

等到趙老大身死，老王狂叫，江裡白龍孫超遠正在附近巡查，聽見聲音便跑了過來。他看到地上躺著一個女人，隔了幾步卻是一具死屍，老王跪在地上不知搗什麼鬼，心裡一氣，走過去一腳將他踢了個滾溜。

老王一看他來了，嚇得比見了鬼還厲害。

金梅齡一看見此人，心裡卻暗自高興，忖道：「原來是你們這批東西呀。」皆因這孫超遠與天魔金欹相處甚好，遠在數年前金欹初出江湖時，便已識得此人，並且帶他見過金一鵬。

所以金梅齡也識得他，心中大定。

孫超遠冷哼一聲，走過去俯身一看，趙老大竟是被人用重手法打死的，暗自奇怪何來此內家高手？

「想必是這兩個蠢才在此欺凌弱女子，被一路經此處的高手所見……」他轉身去看那弱女子，「咦」了一聲馬上將這推想打翻了。

繁星滿天，半弦月明，他依稀仍可看到這女子翠綠色的衣裙，黛眉垂鼻，桃眼櫻唇。

「原來是她。」孫超遠在驚異中還夾有恐懼，暗忖：「她怎地會跑到此地來，卻又衣裙零亂，鬢髮蓬鬆，模樣恁地狼狽。」轉念又忖：「這兩個該死的混蛋不知作了何事被她一掌擊亂。」

他驚疑交集，走上前去朝金梅齡躬身道：「金姑娘好……」

金梅齡冷笑一下，卻不理他。

「老王」見自己的頭領對這女子這般恭敬，嚇得魂飛魄散，冷汗涔涔落下，全身抖個不住。

孫超遠亦是心頭打鼓，不知道這位「毒君」的千金在作何打算，他實在惹不起「天魔金欹」，更惹不起「毒君」，唯恐金梅齡遷怒於他，謙卑地說道：「在下不知道金姑娘大駕光臨，有失遠迎，務請移玉敝舟，容在下略表寸心。」

他身爲長江水路的副總瓢把子，手下的弟兄何止千人，此時卻對金梅齡如此恭敬，可見「毒君」和「天魔金欹」在江湖中的地位。

金梅齡冷笑著飄身站了起來，腳下仍是虛飄飄的，她倒沒有受傷，只是兩天來沒有用過食物，腹中空空而已。

她指著老王道：「這廝是你的手下嗎？我看早該將他……」

孫超遠沒等她說完，已連聲答道：「是，是。」一轉身，竄到老王身前，單掌下劈，竟是

「鐵砂掌」，將老王的天靈蓋劈得粉碎。

金梅齡反一驚，她本只是想叫孫超遠略爲懲戒他而已，哪知孫超遠卻突下辣手，她不禁覺得此人有些可憐，暗忖道：「他只不過講了兩句粗話而已……」隨轉念道：「我可憐他，有誰可憐我呢？」

她心一無所覺，茫茫然地跟著孫超遠移動著步子，孫超遠謙卑恭順的語調，亦不能令她覺得一絲喜悅或得意。

小龍神訝然看到孫超遠帶著一個憔悴而潦倒的女子走上船來，他素知孫超遠做事謹慎，此刻卻不免詫異。

孫超遠當然看得出他的神色，笑道：「好教大哥得知，今日小弟卻請來一位貴賓呢。」

小神龍賀信雄漫應著，上上下下地打量著金梅齡，卻見她目光一片茫然，像是什麼都未見到。

「怎地此人像個癡子？」小龍神暗忖。

孫超遠道：「這位姑娘就是金欹金大俠的師妹，『北君』的掌珠，金姑娘。」他避諱著「毒」字，是以說是北君。

小龍神賀信雄驚異地又「哦」了一聲，趕緊收回那停留在金梅齡美妙的胴體上的眼光，笑道：「今天是哪陣風把姑娘吹來的，快坐快坐。」他胸無點墨，生性粗豪，自認爲這兩句話已說得非常客氣了，孫超遠不禁皺了皺眉，唯恐這位姑娘因此生氣、不快。

金梅齡卻無動於衷，她腦海中想著的俱是辛捷的影子。瞬息，擺上豐富的酒飯，金梅齡飢腸轆轆，生理的需要，使她暫時拋開了一切的心事，動箸大吃起來。

孫超遠暗笑：「這位姑娘吃相倒驚人得很，像是三天沒有吃飯了呢。」

小龍神見了，卻大合脾胃，一面哈哈笑著，一面也大塊肉大碗酒的吃喝著，「這位姑娘倒豪爽得緊。」他不禁高興。

哪知金梅齡只吃了些許東西，便緩緩放下筷子，眼睛怔怔地看著窗外的一片漆黑，心頭也不知在想著什麼，只見她黛眉深顰，春山愁鎖，小龍神賀信雄是個沒奢遮的漢子，見狀暗忖道：「兀那這婆娘，怎地突然變得恁地愁眉苦臉，像是死了漢子似的。」但他終究畏懼著「毒君金一鵬」和「天鷹金欹」的名頭，這些話只是在心中想想而已，卻不敢說出來。

他哪裡知道方才金梅齡確實是餓得難捱，見了食物，便本能地想去吃一些，但些許東西下肚，略為緩過氣，滿腔心事，忍不住又在心頭翻滾著，桌上擺的就算是龍肝鳳髓，她再也吃不下半口。

孫超遠心裡卻暗自納悶：「這位金姑娘像是滿腔心事的樣子，而且衣衫不整，形狀頗為狼狽，難道這位身懷絕技，又是當代第一魔頭金欹師妹的大姑娘，還會吃了別人的虧不成？」

江裡白龍精明幹練，心想還是早將這位姑娘送走的好，暗忖：「能夠讓這姑娘吃虧的人，我可更惹不起。」

於是他笑道：「金姑娘要到什麼地方去，可要我弟兄送一程？」他雖然滿腹狐疑，但口頭上卻不提一字。

他哪知道這一問，卻將金梅齡問得怔住了，幽幽地嘆了一口氣，柔腸寸斷，這兩天來所發生的事，一件件宛如利刃，將她的心一寸寸地宰割著，不自覺地，在這兩個陌生人面前，她流出淚來。

「天地雖大，但何處是我的容身之所呢？」金梅齡星眸黯然，幽怨地想著：「唉！其實有沒有容身之所，對我已沒有什麼重要了，我已將我整個的人，交給他……他現在到底怎麼樣呢？」

這個被愛情淹沒了的少女，此刻但覺天地之間，沒有任何事對她是重要的了，再大的光明，此時她也會覺得是黑暗的，再大的快樂，此時她也會覺得是痛苦的，沒有任何虛榮，再可以眩惑她，沒有任何言詞，再可以感動她，這原因只有一個，她已失去了她所愛的人，這感覺對於已將情感和身體完全交給辛捷的金梅齡來說，甚至比她失去了自己還難以忍受。

小龍神賀信雄和江裡白龍孫超遠兩人，怎會知道這位身懷絕技的俠女，此刻心情比一個弱不禁風的閨女還要脆弱。

他們望著她，都怔住了，孫超遠是不敢問，也不願問，他明哲保身，心想這種事還是不知為妙。

小龍神賀信雄卻在心裡暗暗咒罵：「兀那這婆娘，又哭起來了，老子一肚子高興，被她這一哭，還有個什麼勁。」重重地將手裡的酒杯一放，打了個哈欠，臉上露出不悅之色。

孫超遠朝他做了個眼色，他也沒有看見，粗聲粗氣的說道：「姑娘心裡有什麼事，只管告訴兄弟好了，兄弟雖然無用，大小也還能幫姑娘個忙。」孫超遠一聽，暗暗叫苦：「我的大哥呀，你平白又招攬這些事幹什麼，人家辦不了的事，憑你、我還能幫得了什麼忙？」

金梅齡聞言，將一顆遠遠拋開的心，又收了回來，悄悄的拭了眼角的淚珠，暗自怪著自己，怎地會在這種場合就流下淚來，聽了賀信雄的話，心裡一動，說道：「我正有事要找賀大哥幫忙。」

她這一聲賀大哥，把小龍神叫得全身輕飄飄地，張開一張大嘴，笑道：「姑娘有事只管說，我小龍神賀信雄，不是在姑娘面前誇口，南七省地面上大大小小的事，都還能提得起來。」

他這話倒並非虛言，想他本是長江水路上的瓢把子，南七省無論黑白兩道，自然得賣他個交情，江裡白龍卻急得暗頓足，「可是我的大哥呀，像這位姑娘的事，你再加兩個也管不得呀。」

金梅齡微微一笑，但就連笑，也是那麼地憂惱。

她說道：「那麼就請賀大哥送我到武漢去。」

孫超遠一愣，接口問道：「然後呢？」

他實在被金梅齡這麼簡單的要求愕住了，賀信雄卻哈哈笑道：「這個太容易了。」他兩人俱都沒有想到這聲名赫赫的俠女，所鄭重提出的要求，竟是如此簡單而輕易的事。

金梅齡低下了頭，卻接著孫超遠方才的話說道：「然後還請二位替我準備一隻船，以及幾個水手。」

孫超遠不禁疑雲大起：「她父親的那艘船，我生長水面，也從未看見到比那艘船更好的，此刻她怎地卻要我等爲她準備一艘船，難道這位姑娘是和她父親鬧翻，負氣出走？」江裡白龍饒是機智，卻也想不到金一鵬那艘冠絕天下的船，是沉沒了。

於是他詫異地問道：「姑娘要備船，敢情是要到什麼地方去遊歷嗎？」小龍神賀信雄直腸直肚，脫口問道：「我聽孫二弟說，姑娘的老太爺有一隻天下少見的好船，怎地姑娘卻不用呢？」

金梅齡微一顰眉，避開了賀信雄的問話，道：「我想出海，所以二位必須要替我找幾個熟悉水性的船伕。」

她自幼頤指氣使，此刻是在要求著別人的時候，卻仍在語氣中露出命令的口吻，小龍神道：「這個也容易，我手下有許多人，原本就是在沿海討生活的。」他毫無心機，將金梅齡的沒有回答他的問話，並未放在心上，孫超遠低頭沉思：「這其中必另有隱情。」

「但是這內情我不知也罷，她既不願回答大哥的話，可見得她一定不願意我們知道這件事，那麼我們又何苦再問呢？只是這位姑娘巴巴地要到海外去，又是爲著什麼？卻令我百思不得其解。」孫超遠心中暗忖著，口中卻極爲開朗的說道：「既然姑娘要到武漢去，必定有著急事，那麼我們也不必再在此停泊了，今夜連夜就開始吧。」他實在不願意金梅齡停留船上。

金梅齡喜道：「這樣再好沒有了。」

於是孫超遠下令啓船，溯江而上，第二天還不到午時就到了武漢。

金梅齡心中的打算是：先到武漢來看一看辛捷的家，她知道辛捷是山梅珠寶號的東主，是以她想打聽一下辛捷的底細，她雖和辛捷關係已到了最密切的地步，可是她對辛捷仍是一無所知。

她想問清辛捷底細的緣由，是想查出他爲何會和那「穿著白衫武功高到不可思議的人」結仇。

然後她便要乘帆東去，採查辛捷的下落，因爲她暗地思量，那天她在岸上所看到江心揚帆東去的船，必定就是那神秘的白衣書生和後來那白衣美婦所乘的船，那麼辛捷必定也是被擄到那船上。

船到了武漢，孫超遠便道：「姑娘有事，就請到岸上去辦，至遲今夜明晨，我等就可以將姑娘要的船和水手準備好。」須知江裡白龍孫超遠在長江一帶勢力極大，要準備一艘船，自然是立刻就能辦到的。

金梅齡點頭謝了。

她匆匆走上岸去，人們看到這帶著一臉惶急的絕艷少女，都不禁用詫異的目光望著她。

她被這種目光看得有些生氣，但也無法，她想僱輛車，又苦於身邊沒有銀子，若是不僱車，她又不知道山梅珠寶號的途徑，又不願向那些以討厭的目光望著她的人們去問路。

她自幼嬌生慣養，對世事根本一竅不通，這一件小小的事，竟把她難住了，又氣、又急，失魂落魄地在街上亂闖，希望能在無意中走到山梅珠寶號的門口，她腳步不停，想到一事，卻不禁一驚。

她暗忖：「我這副樣子，跑到山梅珠寶號去打聽他們的老闆，那些店伙不把我當瘋子才怪，怎會把實情告訴我？」

望著街上熙來攘往的人群，她獨自彷徨著。

走著走著，她望著前面有一棟極大的房子，黑漆的大門敞開著，門口的馬石上，繫著幾匹馬，有兩個精壯的漢子蹲在門邊，她暗忖：「這是什麼所在？」走近去一看，只見那門楣上橫寫著武威鏢局四個金色大字。

她第一次看到鏢局，好奇的望了幾眼，突然看到裡面有兩個人像是在爭論著什麼，走了出來。

其中有一人卻正是江裡白龍孫超遠，金梅齡見了一喜：「我叫他帶我到山梅珠寶號去不就行了嗎？」

哪知孫超遠也發現了她，匆匆跑了過來，說道：「姑娘，快走。」金梅齡眼一瞪，道：「為什麼？」

孫超遠發急道：「等會再說。」

金梅齡見他神色不安，心想：「這又是怎麼回事，難道又出了什麼有關我的事？」遂也一聲不響，跟著他走了。

那跟孫超遠一齊走出來的人，在後面高聲叫道：「孫二哥，這事就拜託你了，千萬不要忘記。」

孫超遠也回頭道：「這件事包在我身上，不過范大哥卻再也別把這事算在我賬上了。」

原來那人正是武威鏢局的總鏢頭，金弓神彈范治成，孫超遠與他本是素識知交，一到了武漢，便去尋訪他。

哪知孫超遠一到了武威鏢局，范治成便帶著一些驚慌的樣子說道：「孫二哥，你來得正好。」

孫超遠問道：「怎地？」

范治成道：「這兩天漢口又出了許多事，第一件便是此間新起的鉅商，山梅珠寶號的東主辛捷，居然失蹤，人言紛紛，都說他一定是給綁票了……」孫超遠接著笑道：「這又算得了什麼大事？」

范治成道：「孫二哥你不知道，這個辛捷，卻不是個普通商人呢！他不但和小弟有些交情，便是和『崆峒三絕劍』的地絕劍于一飛也是好友，豈有人綁了此人的票，只怕有些不妥。」

孫超遠哈哈笑道：「范大哥莫非疑心是我？」

范治成皺眉道：「我倒無所謂，那于一飛昨天突然又折回漢口……」孫超遠插口道：「那于一飛不是日前就回轉崆峒山了嗎？」原來他消息靈通，在黃鶴樓下發生的事，他都知道了。

「本來，我也聽到他說要立刻回崆峒，將他在此間和武當派所生的糾葛，以及七妙神君的突然出現，回山去告訴劍神厲大俠。」范治成道：「哪知道昨天他又隨著『崆峒三絕劍』的天絕劍諸葛大爺和人絕劍蘇姑娘一齊回到漢口，大概他們是在路上碰到的。」

孫超遠驚異地說道：「哦，這一下『崆峒三絕劍』居然全到了鄂中，我們又有熱鬧好看了。」

范治成皺眉道：「這位地絕劍一到此間，便聽到山梅珠寶號店東辛捷失蹤的消息，生氣得不得了，找著小弟說，這事一定又是長江水路上的人幹出來的事情，想乘機索金銀……」

孫超遠作色道：「范大哥怎地說這般話，須知小弟雖是強盜，但盜亦有道，我們也有我們的規矩，吃我們水路上飯的人，就是陸地上放著成堆的金銀財寶，我們也不會望一眼。」

范治成道：「我也是這麼說，而且孫二哥，你不知道，據我看這位辛老闆的失蹤，其中還關係著另外一個人呢！」

孫超遠忙問：「是誰？」

范治成做了個手勢，道：「就是這位主兒的師父。」

江裡白龍一拍桌子，說道：「這倒真的奇怪了，想那姓辛的一個商人，怎會與他老人家生出關係來？」

金弓神彈便一五一十，將辛捷如何在黃鶴樓下遇見奇人，如何受到邀請，如何不聽自己的勸告去赴約，告訴了孫超遠，又道：「是以據我看，這位辛老闆的失蹤一定和毒君有點干係。」

孫超遠心中一動，將想說出「金梅齡也有此問」的話，忍在嘴邊，他言語謹慎，從來不多說話。

范治成又道：「可是于一飛卻一定要說是小龍神賀大哥和你孫二哥手下的人幹出來的。」

孫超遠微一冷笑。

范治成又道：「今天清晨，于一飛便和他的師兄、師妹，北上武當山了，臨行時，他還再來囑咐小弟，一定要找出那位姓辛的下落，不過老實說，姓辛的失蹤，也真有點奇怪。」

他微一停頓，像是在思索著什麼，又道：「而且他這人根本就是怪人，只是我卻想不透，毒君金一鵬若是想對付他，又何必要邀他到船上去，何況毒君根本就沒有要對付他的理由呀！」

孫超遠也在暗自思索：「難道這個姓辛的和金梅齡的出走有著什麼關連？金梅齡巴巴地要跑到這裡來，也和他有關係不成？」

他坐了一會，便告辭出來，金弓神彈再三託他打聽辛捷的下落，言下竟還有些疑心他的意思。

江裡白龍怫然不悅，走到門口，突然看到金梅齡，他怕范治成認得她是金一鵬的「女兒」，便匆匆趕了過去。

他這才要將金梅齡拉開。

轉過牆角，金梅齡問道：「到底是什麼事呀？」

此時孫超遠又不想將此事說出，便隨口支吾著，金梅齡心中所想的俱是辛捷，也並不關心此事。

走了兩步，金梅齡問：「你可知道這裡有個山梅珠寶號？」孫超遠一驚，暗忖：「果然是了。」

金梅齡又道：「我想到山梅珠寶號去有些事，又不認識該怎樣走法，你能不能夠帶我去一下？」

孫超遠佯作不知，問道：「姑娘要到珠寶號去，敢情是要買些珠寶嗎？這山梅珠寶號我倒聽說過，可是並不知道怎麼走法。」

金梅齡急道：「那怎麼辦呢？你也不認得路。」

「不要緊。」孫超遠道：「我替姑娘僱輛車好了。」他心中暗忖：「看這位姑娘著急的樣子，她必定和山梅珠寶號裡那姓辛的小子有著很深的關係，這閒事，我還是少管爲妙。」

他處處替自己著想，處處想避開麻煩，隨即喝了一個路旁的閒漢，給了他些錢，要他僱輛車來。

金梅齡紅著臉，心裡著急，她勢不能告訴孫超遠自己沒錢，更不能到了山梅號去叫別人開發車錢。

心裡正在打鼓，車已來了，孫超遠掏出一小錠銀子，交給趕車的車伕，道：「這位姑娘要到山梅珠寶號去，你可識得路嗎？」車伕見了銀子，點頭不迭地說道：「認得，認得，你家只管放心。」

金梅齡見他給了車錢，心裡一定，跳上車去叫道：「快點走，快點走。」又側頭向孫超遠打了個招呼。

到了山梅號門口，停下了車，車伕搭訕道：「這兩天山梅號的辛老闆教土匪給綁了票，連店門都關起來啦！」

金梅齡下車一看，舖子的門果然關得緊緊的，她也不管，走過去「砰！砰！」拍起門來。過了一會，從門縫裡伸出一個頭來，大約看來外面只是一個女子，將門開得更大了些。

開門的那店伙問道：「姑娘找誰？」

這一句最普通的話，又將金梅齡問得答不上話來，她實在不知道該找什麼人，囁嚅了半晌道：「我找你們這裡的管事的。」店伙的頭又朝外伸出了一些，仔細的朝她打量了幾眼。才說道：「請你家等一會。」

砰地關上了門，金梅齡無聊地站在路旁，又過了半晌，門開了一扇，那店伙的頭又伸了出來，道：「請你家進去坐。」金梅齡攏了攏頭髮，那店伙幾時看到過這麼美的少女，頭都縮不進去了。

裡面本是櫃台，櫃台前也擺著幾張紫檀木的大椅子。

金梅齡走了進去，那店伙慇懃的招呼她坐下，金梅齡第一次到這種地方來，第一次她要單獨應付她所不認識的人，心裡有些發慌，那店伙在旁邊站著，直著眼望她，她也沒有注意到。

她低下頭去想心事，忽然面前有人咳嗽了兩聲，她抬起頭來，看到一個瘦削的老人正以一種奇異的目光看著她，不知怎地，她心頭立刻也升起一種奇異的感覺，彷彿覺得這瘦削老人的目光裡，帶有一種她不能抗拒的力量，這力量又和辛捷的目光所帶給她的迴然不同。

這瘦削老人又咳嗽了兩聲，道：「姑娘有什麼事嗎？」

金梅齡低低說道：「我……我和你們的辛……辛老闆是朋友……」她結結巴巴地說到這裡。

卻不知道該怎麼樣說下去，才能將她所要說的話說出來。

瘦削老人面色微微一變，道：「辛老闆不在，姑娘找他有什麼事？」

金梅齡道：「我知道。」

瘦削老人目光一凜，道：「姑娘知道什麼？」

金梅齡一抬頭道：「我知道他不在，我是想來問問……」

瘦削老人突然問道：「姑娘貴姓？」

金梅齡道：「我姓金。」

瘦削老人神色更是大變，問道：「金一鵬是姑娘什麼人？」

金梅齡心裡奇怪：「這個人怎麼知道我『爹爹』呢？看樣子他應該只是山梅珠寶店的一夥計，可是說起話來，又一點也不像。」她雖然心裡奇怪，但這瘦削老人語氣彷彿有一股非常強大的力量，使得她無法不回答他的話，於是她只稍為躊躇了一下，便道：「是我的爹爹。」

瘦削老人的臉色更是怪異已極，臉上的肌肉，也在扭動著，站在那裡，許久沒有說話。

突然，他走前一步，指著金梅齡道：「你肚臍左邊，是不是有一粒黑痣，只有米粒般大小？」

金梅齡嚇得從椅上跳了起來，忖道：「這老頭子怎地連我身上生的痣，都弄得一清二楚的。」

「這粒痣連捷哥哥都一定不知道的呀？」她暗自將這奇怪的問話，放在心頭，不知該怎麼回答。

瘦削老人的胸膛急劇的起伏著，眼睛瞬也不瞬地望著她，期待著她的回答，但金梅齡只是怯生生的望著這奇怪而嚴肅的老人。

十二　彌天之恨

老人突然長嘆了口氣，尖銳的目光變得無比的溫柔，全身也像是突然鬆馳而癱軟了，虛弱地倒在一張椅子上。

「你的媽媽呢？她……她可好。」老人在問這話時，神色中又露出一種難以描述之態。

金梅齡猶豫著，躊躇著，在她內心，也有著一絲預感，卻深深的使她驚嚇而迷惘了。終於，她低低地說：「媽媽死了。」

老人的眼睫兩邊急劇地跳動著，誰也看不出他眼中閃爍著的是興奮抑或是悲哀的淚光。

他張口想說什麼，但是又極力忍住了，顫顫巍巍地站了起來，像是突然老了許多，衰弱了許多。

然後他走了進去，將發著愣的金梅齡孤零的留在大廳，誰也不會知道，這老人的心裡蘊含著多麼大的悲哀。

面對著他親生的女兒，他竟都不願將他心裡的隱衷說出來，爲著許多種理由，其中最大的一種，就是他不願讓他女兒受到打擊，也不願讓他的女兒對「媽媽」感到屈辱，所以，他悄悄地走了。

他當然不知道，當年他的妻子也有著極大的隱衷，他更不知道，他在年輕時無意中做出的一件事，使他終身都受著痛苦。

金梅齡愕了許久，等她從店伙們驚異的目光走出去時，她才想起這次來此的目的。她咬了咬牙，暗自下了個決心：「你們不告訴我，我也會自己查出來。」她打定主意，等到晚上，她要憑著自己的身手，夜探山梅珠寶店，查明辛捷的身世，這才是她所最關心的。

悲哀而孱弱的「侯二」被一種父女之間深厚而濃烈的情感所迷失了，當他第一眼看到這穿著綠色衣服的少女時，他心裡就像是生出很大的激動，可是等他證實了這坐在他面前的少女，真的是他親生的女兒時，他反而將這種激動壓制了下來，天下父母愛子女的心情多半如此，他們往往願意自己受著極大的痛苦，而不願自己的子女受到半分委曲。

但是金梅齡何嘗知道這些，雖然，她對這瘦削而奇怪的老人，也生出一份難言的情感。但是這份情感是暗晦而虛幻的，遠不及她對辛捷的關注確切而強烈，她逡巡著，又回到江岸。

起更，初更，二更……

她計算著更鼓，然後，她緊了緊身上的衣裳，將裙角也仔細的紮在腳上，試了試身手已極爲靈活，絕不會發生絲毫聲響來。

於是她像一隻夜行的狸貓，竄到深夜靜寂的屋面上。

她辨著白天記下的方向，不一刻，已經到了「山梅」。雖然她猜想店中的全是普通的店伙，但是白天那瘦削老人的目光，使得她極爲小心地移動著身軀，極力不發出任何聲音來。

遠處屋面上，傳來幾聲貓的嘶鳴，淒厲而帶著些盪人的叫聲，使得她記起了這是春天。

「春天……」她摒開了這誘人的名詞，目光像鷹一樣的在下面搜索著，下面的燈光全都早熄了。

她聽到自己心房急遽跳動的聲音，雖然她自恃武功，但究竟是第一次做這種勾當，心情不免緊張得很。

站在突出的屋脊邊，她幾次想往下縱，但是又都自己止住了，她不知道該如何去完成她的目的。

這種江湖上的經驗，絕非一朝一夕能學習得到的，何況她初入世，對這些事可說是一竅不通，叫她在一個黑沉沉的院落裡來探查一些事，根本無法做到，起先她打著如意算盤，此刻才知道要做起來遠非她所想像的那麼簡單。

於是她彷徨在夜的星空下，抬頭望天，嵌在翠玉般蒼穹裡的明月，都像是在眨眼嘲笑著她。

突然，她的背後有人輕輕的咳嗽了一聲。

她驚惶地一錯步，轉回身來，一張瘦削而冷峻的老者的臉，正對著她，冷冷的說道：「你又來幹什麼？」

這正是白天她所見到的那個老者，金梅齡忖道：「此人果然好深的武功，他來到我身後，

我一點也不知道。」

這瘦削的老人「侯二」暗地思量著：「她在這麼晚跑到這裡來幹什麼，難道她已經知道我是誰了嗎？」

金梅齡全神戒備著，沒有回答他的話，「侯二」目光仍然緊盯在她的臉上，問道：「你到底來幹什麼？」

侯二此刻的心情是矛盾的，一方面，他是那麼地希望這站在他面前的少女已經知道他是她的父親了。

另一方面，他卻又希望這事永遠不要讓她知道。

金梅齡沉思著，一抬頭，說道：「我希望你能告訴我辛捷到底是什麼來歷，我是……」她終於不好意思將她和辛捷的關係說出，極快的接下去說：「我是要來查明白他到底是什麼人的。」

她極困難的說出這句話，自己已認爲是要言不煩，問得恰到好處了，她卻沒有想到她黌夜中闖入，又無頭無腦地問人家這些話，怎麼能夠得到人家圓滿的答覆呢？「侯二」對她雖然滿懷著父女的親情，但是也不能將辛捷的底細說出，因爲這事關係著梅山民十年來朝夕不忘的計劃，那麼他怎能將他的「救命恩人」的計劃說出來呢？即使對方是他的女兒。

何況金梅齡說的話又是閃閃縮縮的，「侯二」不禁疑心著：「難道她是奉了『毒君』的命令來的嗎？」

他們父女兩人，心中所想的，截不相同，於是「侯二」說道：「你一個女孩子家，三更半夜跑來跑去打聽一個男人的底細，成個什麼樣子，趕快好好的回去吧！」他不自覺的，在話中流露出對女兒的關懷的語氣。

但是金梅齡當然不會聽出來，她再也沒有想到，這站在她面前的老者會是她的親生父親。造化弄人，每每如是，金梅齡一心所想的，除了辛捷，再無別人，平日的機智和聰穎，此刻也被太多的情感所淹沒了。

她竟懷恨這老人，不肯將辛捷的事告訴她，於是她憤恨的說道：「我一定要知道辛捷的底細，你要是攔阻我，我……我就要對你不客氣了。」

「侯二」道：「你敢不聽我的話？」

金梅齡哼了一聲，暗忖道：「我憑什麼要聽你的話？」

此刻她腦中混沌已極，情感也在衝動奔湃著，忖道：「你不讓我知道他的事，我就先打倒你再說。」

她的思想，已因著過多的情感，而變得偏激了，嬌叱道：「你憑什麼要來管我的事？」

雙掌一錯，右肘微曲，右掌前引，刷，刷，兩掌，畢盡了全身的功力，向「侯二」拍去。

她不知道她的對象是她的父親，「侯二」也沒有想到她會突然出擊，驚覺時，掌風已撲面而來。

「侯二」本能的舉掌相格，但是在這一刹那，他忘了他雙臂功力已失，怎敵得了這「毒君金一鵬」十年栽培的金梅齡一掌？何況金梅齡以爲他的功力高出自己甚多，這兩掌更是全力而施。

金梅齡見他舉掌相迎，心中方自一驚，恐怕自己接不住他的掌力，左掌迎卻，右掌卻從左肘下穿出，哪知道她左掌接觸到的竟是一雙絲毫沒有勁力的手掌，驚疑之間，突然兩掌，已全中了對方的前胸。

「侯二」饒是功力深厚，也禁不得她這兩掌，「哇」地噴出一口鮮血，全都濺在金梅齡翠綠色的衣裳上。

金梅齡心裡忽然有一種歉疚的感覺，她對自己能一掌擊倒這瘦削老人，百思不得其解。她暗忖：「他的功力絕對不會被我一掌擊倒呀！就以他的輕功來說，也好像遠在我之上——」

「侯二」虛弱的嘆出一口氣，抬望蒼天，眼中一片模糊，他知道自己內腑已受重傷，不禁暗暗嘆息著命運安排：「爲什麼讓我死在我女兒的手上？」於是他勉強抬起手來，說：「你過來。」

金梅齡覺得似乎有一種不可抗拒的力量，使得她依言走到這垂死的老人面前，「侯二」望著星空下他女兒的面龐，不知道是喜，是悲，是怒。

「唉，你難道現在還不知道我是誰嗎？我是——」他突然想起此刻怎能說出自己和她的關係，那豈不會使她抱恨終生，他忖道：「我該原諒她，因爲她不知道呀，若我使她終生悔恨，那我真是死不瞑目了，我絲毫沒有盡到做父親的責任，此刻卻該爲她盡最後一份心意了。」

於是他強忍著人類最難受的痛苦，在臨死的時候，還在隱藏著他心裡最不願意隱藏的事。

但是在這一刻，金梅齡的腦海突然變得異常空靈，這瘦削老人的每一句含著深意，而她當時並不明瞭的話，在此瞬息之間掠過她的腦海時，她突然全部了解了，雖然這了解是痛苦的。

「他——他難道真是我的父親？」雖然她平日對她的父親並沒有情感，甚至還有些怨仇，但此刻，骨肉的天性像山間的洪水，突然爆發了出來：「我——我殺死了我的父親。」

於是她痛哭了，像暮春啼血的杜鵑。

她撲到這垂死的老人身上，這時候，她忘卻了辛捷，忘卻了一切，一種更強大的力量，將她驅入更痛苦的深淵。

「侯二」最後的一絲微笑，滲合著血水自嘴角流露出來，然後他永遠離開了庸碌的人世。

他是含笑而死的，但他的這笑容是表示著快樂抑或是痛苦，世上永遠沒有任何人能知道。

漢陽位於漢水之南，長江西岸，北有大別山，俗稱龜山，與武昌鎮之蛇山隔江遙遙相對。

暮春三月，鶯飛草長，漢陽北岸，西月湖畔的一座小小的寺廟水月庵裡，多了個妙齡的尼姑。

晨鐘暮鼓，歲月悠悠，這妙齡尼姑眼中的淚水，永遠沒有一天是乾的，她比別的尼姑修行更苦，操勞更勤，像是想藉這些肉體上的折磨來消除精神上的苦痛似的，但是每當夜靜更深，人們如果經過這小小的水月庵的後院，就會發現這苦修的妙齡尼姑總會在院中練習著內家精深的武功，或者是在庵牆外草尾樹梢上，練習著武林中絕頂的輕身功夫。

每當月圓花好之時，良辰美景之下，她又會獨自躑躅在月光之下，幽幽嘆息，像是她對人世間，尚有許多未能拋下之事。

她就是深深懺悔著的金梅齡。

她找不出一種可以寬恕她殺父行爲的理由，縱然這行爲是在無意中造成的，但是她的良心卻不允許她寬恕她自己，於是她拋開了一切，甚至拋開了對辛捷的懷念，獨自跑到這小小庵中來潛修。

但是這寂寞中的時日是漫長的，她能忍受得住嗎？

小龍神賀信雄和江裡白龍爲她準備了船和船伕，卻等不到她的人，於是他們便揚帆東去了。

這正是孫超遠所盼望的，他不願意這一份辛苦創立的水上基業，因爲牽涉到武林中這幾個出名難惹的人物而受到影響，有時，他會暗自思索：「這山梅珠寶號的一個珠寶商人爲什麼會和這許多武林中的有名人物有著關連呢？而且看起來，金梅齡更像和他有著不尋常的關係。」

三個月之後，長江沿岸的十三處山梅珠寶號全都神秘的關了門，「辛捷」這個名字，除了在武漢三鎮之外，本未激起任何風浪，現在即使在武漢三鎮，也很少有人再會記得這個名字了。

就算是金弓神彈范治成和銀槍孟伯起這些人，現在也正被另外許多真正震動武林的事所吸引，也不再去想這個家財鉅萬的公子哥兒。

然而「辛捷」這名字真是永遠消聲滅跡了嗎？

這個問題誰也不能給他一個肯定的答覆。

崆峒三絕劍連袂北上武當，在解劍池前，被凌風劍客為首的九個赤陽道長親傳弟子，九劍連環所佈下「九宮劍陣」困了六個時辰，人絕劍蘇映雪功力較差，後背中了一掌當場吐血。

凌風劍客將「崆峒三絕劍」冷嘲熱諷了一陣，才驅逐下山，赤陽道長故作不知，他實在也想乘機將崆峒派打垮，一來是確定自己在武林中的地位，二來卻是想將當年他和劍神厲鶚兩人無意中得來的一件奇寶，獨自吞沒。

崆峒三絕劍首次被挫，狼狽的下了山，人絕劍蘇映雪氣息奄奄，雖服下許多崆峒秘製的跌打秘藥，但仍然毫無起色。

天絕劍諸葛明和地絕劍于一飛兩人，都在暗戀著這位師妹，見了她恁地模樣，急得五內無主，不知如何是好。

兩人不禁大罵武當派以多為勝，這樣一來，崆峒派才算正式和武當派結下怨仇，糾纏多年，都不能了結。

他們知道要等回到崆峒，師妹的傷恐怕就很難治得好了，天絕劍諸葛明為人外厚內薄，在江湖上人緣極好，各地都有熟人，忽然想起一人，便向于一飛道：「我們何不去找盧鏘？」

于一飛不禁拊掌道：「師兄要是不提，小弟倒真忘了，現成的放著一位妙手神醫在此，師妹這一處掌傷，只要他肯動手治，還怕不手到病除嗎？不過只怕這老頭子又犯上怪毛病就是了。」

天絕劍卻笑道：「此人脾氣雖然古怪，不合意的病人，你打死他他也不醫，可是此人對我倒頗爲青睞，我想我去求他，他絕不會不答應的，京山離此還有兩天路程，尤其我們帶著個病人，更得快走才行。」

他們兩人騎著馬，卻爲蘇映雪僱了輛大車，晝夜兼程，趕往京山，尋訪當時以醫道名震天下的妙手神醫盧鏘，替人絕劍蘇映雪醫治背上的掌傷，原來她中的這一掌已傷及內腑，不是普通醫藥可以治得好的了。

京山位於鄂省之中，但卻不甚繁榮，只是個普通的小城，妙手神醫就在京山城外結盧而居。

他脾氣極怪，不對路的人，就算死在他面前，他也絕不醫治，而且他武功雖然普通，醫道卻極高明，江湖人的成名俠士，受過他恩惠的人不少，所以有些人雖然對他的作風不滿，也奈不了他何。

天絕劍諸葛明騎著馬，走到大車的右轅。

此刻落日歸山，晚霞滿天，暮春天氣雖不甚熱，他一路鑽行，也趕得滿臉大汗，掏出塊汗巾擦了擦，眼看著前面的一片竹林，和竹林中隱隱露出的一塊牆院，不由精神大振。

地絕劍于一飛也高興地說道：「前面就是了吧？」

諸葛明點頭道：「正是。」

兩人齊齊一緊韁繩，朝趕車的說道：「快走。」一車兩馬，便以加倍的速度，朝竹林趕去。

到了竹林外面，車馬便停住了，諸葛明道：「我們步行進去好了，免得那老頭子又發怪脾氣。」

于一飛便也下了馬，自大車裡扶出蘇映雪，此時她清清秀秀的一張瓜子臉，也變得異常蒼白，往日兩頰上的紅暈，此刻也全沒有了，于一飛心裡一陣憐惜，正想將她橫抱起來。

那邊諸葛明卻也趕了出來，伸出右手扶住蘇映雪的左臂，于一飛勉強的笑了笑，兩人便一齊攙扶著蘇映雪往裡走。

竹林裡是一條石子鋪成的路，直通到妙手神醫所住的幾間草廬，林中靜寂，鳥語蟲鳴。

他們的腳步踏在碎石子路上，也刷刷的發出聲響。

牆是竹枝編成的，上面薄薄的敷著一層灰泥，灰泥上爬滿了寄生藤，看上去別緻得很。

他們輕輕的拍著門，哪知拍了三、五十下，屋內絲毫沒有聲音，于一飛道：「難道盧老先生出去了嗎？」

諸葛明搖頭道：「不會吧，近十年來，就沒有聽說他出去過。」他朝四周看了看，又道：

「你看，這大門根本沒有鎖，就算他出去了，屋裡也該有人照顧呀。」於是他又拍門。

又拍了幾下，大門竟「呀」的一聲開了，想是裡面的門並沒有關好，諸葛明便道：「老二，我們進去看看好不好？」

走到院裡，仍是悄無人聲，諸葛明高聲喊道：「盧老先生在嗎？」但除了鳥語外，別無回答。

他不禁疑雲大起，側首向于一飛道：「你扶著師妹站在這，我去看看，不要是出了什麼事才好。」

話未說完，突然屋裡一個陰惻惻的聲音說道：「快滾出去。」雖只四字，但卻帶著一絲寒意。

諸葛明一聽此人的口音，和妙手神醫的湖北土音不大相同，便道：「閣下是誰？在下『崆峒三絕劍』，特來拜訪盧老先生。」

他滿以爲憑著「崆峒三絕劍」的名頭，總可震住對方。

哪知那人仍然陰惻惻的說道：「我說滾出去，你們聽到沒有。」接著靠院子這邊的窗戶，「砰」地一聲打開了，窗口露出一張蒼白的面孔來，沒有血色的程度更還在蘇映雪之上。

看到這張面孔，于一飛、諸葛明都不由打了個寒噤，齊聲喝道：「你是誰？」那人陰悽悽一聲長笑，冷銳的目光極快的在他們身上打了個轉，然後盯在人絕劍蘇映雪臉上，嘖嘖讚道：「好漂亮。」

天絕劍、地絕劍不由大怒，哪知那人根本不將他們放在眼裡，看了蘇映雪一會兒，臉孔一板，道：「你們還耽在這幹什麼，盧老頭子現在沒有功夫替你們醫病，你們快滾。」

他一連三聲「快滾」，于一飛大怒喝道：「朋友是哪條線上的，請亮個『萬兒』出來。」

那人卻像滿不懂這一套，冷冷說道：「我數到十，你們還不滾，我就要對你們不客氣了。」

接著，他就旁若無人的，慢慢數起來：「一、二、三——」

于一飛面含殺氣，但望了頹倒在自己手臂上暈迷著的蘇映雪一眼，輕聲道：「師兄我們先退出去。」

諸葛明也顧慮著蘇映雪的安全，微一頷首，三人一起退了出去。

他們方才走出院門，那人也剛好數到十。

他數完了便哈哈大笑著，天絕劍諸葛明和地絕劍于一飛何曾受過這樣的氣，于一飛道：「小弟先進去看個究竟。」

他知道窗中之人必定是個強敵，反手將劍撤了出來，他在這柄劍上已有了十數年的浸練，崆峒的「少陽九一式」又是冠絕江湖，一劍在手，他立刻膽氣大增，微一分身，又竄回院中去。

他輕功不弱，落地時可說絕沒有發出聲音來，哪知眼前一晃，那人已由窗中掠了出來，輕功更遠在地絕劍于一飛之上。

于一飛不由大驚，那人已冷冷說道：「你可曾聽說天魔金欹手下留過一個活口的？」

「天魔金欹」這四個字可真將于一飛震住了，他暗忖：「原來此人就是天魔金欹。」臉上的神色不覺驚慌了起來。

天魔金欹又道：「看在厲鶚的面子，今天你就是我手下逃出的第一個活口，快滾吧！」

地絕劍雖然心高氣傲，此時此地，撞到這等人物，也不覺略有些氣沮，考慮了半晌，也未說話，便又竄了出去。

天魔金欹悄悄伸手一拭汗，臉上現出痛苦的神色來，掠回窗裡時，身手也顯得遲鈍得很。

屋裡放著一張長榻，榻上垂目盤膝坐著一個鬢角已經花白的清瞿老者，對外面發生的一切，像是全然無動於衷。

天魔金欹走了過去，朝那老者道：「姓盧的，你可要放聰明些，你總該知道『百會穴』是怎樣的一個穴道，而且我的點穴手法，天下再也沒有別人解得開，你要是再不答應，我姓金的還死不了，你姓盧的可活不了多少個時辰了。」

原來天魔金欹在玉女張菁捉迷藏時，乘隙逃跑，催命符唐斌帶著唐靈、唐曼在後面急追。可是唐斌等發步較晚，輕功也不如金欹，怎追得上？

天魔金欹逃了一會，胸腹之間，疼痛無比，而且真氣也有些提不上來了，原來他方才中了辛捷的那一掌，此刻方自發作，尤其在他受傷之後，又提氣狂奔了這麼久，傷勢更形嚴重。

他回頭一望，唐門中人已不再追來，便尋得一塊較爲隱僻的地方，將息了半晌，運一運氣，四肢百骸好像要散了一樣，不由驚忖道：「這姓辛的小子，掌力居然恁地厲害。」

他知道這種內家高手的掌力，若不趕快醫治，只怕永遠也沒有辦法治了，惶急之下，也給他想到妙手神醫盧鏘此人，便也兼程趕到京山求醫，哪知妙手神醫聽了金欹的名字，說什麼也不肯替他醫治。

天魔金欹自是大怒，便和妙手神醫動起手來，他雖然身受內傷，但是妙手神醫盧鏘仍不是他的對手，三五招之下，就被他點中腦門正中的要穴「百會」，被抱著坐到床上。

天魔金欹威脅利誘，盧鏘卻仍無動於衷，垂目靜坐，一句話也不響，金欹暴跳如雷，他卻視爲不見。

哪知「崆峒三絕劍」卻又闖了進來，天魔金欹暗暗叫苦，他知道此刻自己絕非崆峒三絕劍的敵手。

若是萬一動了手，自己內傷勢必又要加劇。

是以他方才三言兩語便將于一飛嚇走，心裡暗地得意。

但是看到妙手神醫說什麼也不替他醫治，又覺得惶急，若是普通內傷，他自己也可醫得，但此時他身中的一掌，威力又何止比普通的掌力深了一倍，是以絕非普通醫藥可以治得的。

地絕劍于一飛掠到牆外，對諸葛明道：「那廝是天魔金欹，師兄，你說該怎麼辦？」

天絕劍沉吟了一會，道：「這天魔金欹跑到這裡來找妙手神醫，想必是自己受了傷。」

他頓了頓，又道：「老二，我們就將師妹留在竹林裡，你我兄弟再進去看看，他也是個人，憑我們師兄弟二人還應付不來嗎？」于一飛自是贊同，便將蘇映雪側倚在一根巨竹上。

天絕劍右手微揚，做了個手勢，兩人便掠回院中，從支著的窗口向裡一看，只見天魔金欹正在倚案沉思著。

天絕劍一揚手，嗖地打出一塊飛蝗石。

崆峒山爲五大劍派之一，劍神厲鶚也不喜用暗器，是以崆峒門人，會打暗器的，可說是少之又少，所用的暗器，也大多只是飛蝗石一種，這就是名門正宗的自恃身分之處。

飛蝗石只不過是武林中最普通的暗器而已，焉能打得中這大行家天魔金欹，他微一揮手，就將這飛蝗石揮出很遠。

但是他卻並未移動身體，原來他此刻胸腹之間覺得非常難受，而且還帶著些窒息的感覺。

天絕劍諸葛明發出這塊飛蝗石，本未希望它能打中金欹，是以並不奇怪，但是他發出此石的用意，卻是想驚動金欹，讓金欹掠出窗外，此刻見他毫無行動，卻不禁覺得有些奇怪。

于一飛心中忽然一動，悄聲向諸葛明說道：「這魔頭既來尋訪妙手神醫，想必是他也受了重傷，此刻連動都不能動了，我們若想擊敗這魔頭，此時正是大好的機會，師兄你的意思如何？」

諸葛明沉吟了半晌，道：「看來我們今天非動手不可了，無論他受傷沒有都是一樣，但是……」

「還有什麼？」于一飛問道。

「但是我們若進房子動手，怕會引起妙手神醫的不快，反而不肯替師妹治傷，那豈不是更糟。」

諸葛明這樣一說，地絕劍于一飛也覺得有理，他雖然不認得這妙手神醫，但是有關他古怪脾氣的傳說，于一飛也曾聽過不少。

于一飛沉吟道：「那麼我們該怎麼辦呢？」忽然他著急地說道：「我們將師妹一人留在竹林裡面，是不是太危險了呀！」

他一心關注著蘇映雪的安危，諸葛明聽了心裡不免泛起一陣酸意，故意做出不在乎的樣子來說道：「我想沒有什麼關係吧！」又換了一種尖刻的語調道：「你要是不放心，出去看看也好。」

于一飛暗哼了一聲，忖道：「你和我裝什麼蒜。」口中卻說：「這樣也好，師兄就請在這裡待機而動好了，我出去看看師妹。」隨著，他就掠出牆去。

天絕劍諸葛明立刻又開始後悔，不該讓于一飛和蘇映雪單獨相處，他和于一飛勾心鬥角的想博取蘇映雪的歡心，哪知蘇映雪卻根本沒有將他們放在心上，甚至還有些討厭他們。

這就是女孩子們的微妙心理，你愈是露骨的向她們表示愛意，她們反會覺得你無足輕重，縱使她也是喜歡著你的。

天魔金欹此刻漸覺不妙，真氣大有反逆而上之勢，他看了坐在榻上的妙手神醫一眼，知道要想他爲自己治傷，只怕已是無望，再加上「崆峒三絕劍」對自己也在虎視眈眈。

他心毒手辣，做事只求達到目的，從來不計手段，試想他連自己的親生父親都能殺死，對別人的性命看得更是不足道了。

此刻他殺機又起，暗忖：「這廝既然不肯替我治傷，我也叫他永遠不能替別人治傷。」他嘴角泛起兇險的冷笑，想到崆峒三絕劍此來的目的也不能達到，又想到此後武林中受了重傷的人都無人醫治，心中得意已極，忖道：「我做的事，都是能影響到這麼多人的……」

於是他忍著疼痛，縱了起來，極快地掠到榻前，「啪」的一掌，擊向妙手神醫的腦門。然後他毫不停留，從另一邊窗戶中掠了出來，消失在遠方。

天絕劍在窗口中只能看到金欹一人，卻看不到坐在床上的妙手神醫，此刻他見金欹突然走了，心中大感奇怪。

於是他再也不考慮，便掠進窗去，一眼看到倒在床上的妙手神醫，縱了過去，驚慌的問道：「盧老先生，你怎麼了？」

妙手神醫衰弱地張開眼睛，眼中的神光也散了，掙扎著說道：「你將右邊架上的第三個綠色瓶子拿來，快快。」

原來金欹方才拍向他腦門的一掌，雖然使他受了致命之傷，卻恰好替他解開了穴道，是以他現在能出聲說話，四肢也能轉動。

天絕劍諸葛明連忙走到右邊的一個檀木架上，依言取過了那隻製作形式甚古的綠玉瓶子。

妙手神醫又急道：「倒出三粒來，放在我嘴裡。」

諸葛明拔開瓶蓋，倒出三粒清香的藥丸，他暗忖道：「想來這個必定就是專治內傷的靈藥『追魂丸』了。」

原來妙手神醫盧鏘的「追魂丸」，為專治內家掌傷的聖藥，武林中人多半知道，但是妙手神醫固步自封，輕易不以之示人。

於是諸葛明將倒出的三粒「追魂丸」放入妙手神醫的口中後，便悄悄的將那瓶子收進懷裡。

妙手神醫將那三粒藥丸嚥下後，神色似乎稍見好轉，掙扎著坐了起來，閉目養了一會神，長嘆一聲，睜開眼來。

諸葛明趕緊問道：「盧老先生好些了嗎？」

妙手神醫搖頭嘆道：「天魔金歆果真名不虛傳，受了重傷後，仍有如此掌力。」他喘了一口氣，又道：「我腦海命門上中了他一掌，此刻就算是大羅神仙，也救不了我的命了。」

諸葛明安慰的說道：「不會吧……」

妙手神醫突然怒道：「什麼不會，我難道沒有你知道。」他這一發怒，立刻更行不支，猛烈的咳嗽了許久，斷續地接著說道：「我不……不行了，唉！只可惜我的醫術，沒有……」

剛說到「有」字，他兩眼一翻，立時氣絕。

須知腦海天靈上如果稍加擊打，便會暈眩，何況是天魔金欹這種深厚的內家掌力，妙手神醫能支持這片刻，不過是靠了他平日對身體調理得當，內功又頗具火候，和三粒「追魂丸」的功效罷了。

他這一死，天絕劍不禁慌了手腳，暗忖：「想不到我跑來卻爲他送終了，真是倒楣。」

天絕劍諸葛明天性極薄，見了妙手神醫的死狀，沒有一絲同情或悲哀的意思，反覺得自己倒楣。

這時屋外有幾聲輕微的指甲相擊之聲，這是武林中同道傳遞消息的方法，諸葛明一聽，便知是地絕劍于一飛叫他立刻趕去的信號。

他眼一掃，右側架上還擺著幾個綠玉瓶子，便竄了出去想拿走，忽又想到：「即使拿去這些瓶子，但是我不知道用法豈不枉然。」於是他又縮住了手，腳跟微頓，掠出屋去。

他剛掠過那青竹編成的短牆，心中便是一驚，原來牆外竹林側的一小塊空地上，除了地絕劍于一飛和受了傷的人絕劍蘇映雪外，還站著三人，兩個人穿著藍布道袍，另一個靠在他們身上的，卻是俗家裝束，像是也受了傷。

於是他極快的飛躍到地絕劍于一飛的身側，抬目一看，對方卻原來是武當派的凌風道人和另一個九大弟子中的道人。

那受了傷的，就是神鶴詹平。

原來神鶴詹平所中于一飛的那一掌，傷勢亦極重，雖然在武當山上調息了許久，吃了許多丹藥，但是傷勢亦未見起色，於是他們便也想到這以醫道聞名天下的妙手神醫盧鏘，也趕來求治。

此刻雙方碰面，心中各懷怨毒，大家心照不宣，都知道對方是趕來求妙手神醫治傷的。雙方互相凝視了許久，凌風道人一言不發，攙著神鶴詹平向妙手神醫所居的草廬走去。天絕劍諸葛明忙輕聲道：「我們快走。」

于一飛見他面色凝重，知道定有事故發生，便也匆匆地扶著人絕劍蘇映雪，穿過竹林。他感到蘇映雪呼吸重濁了，上氣也漸漸接不著下氣，不禁著急地問道：「師妹的傷怎麼辦？」

諸葛明道：「不要緊。」他得意地說道：「我已將妙手神醫的『追魂丸』拿了一瓶出來。」

于一飛滿腹狐疑，暗忖：「這妙手神醫怎地突然大方起來了，將『追魂丸』給了一瓶給他。」

突地，他驚喲一聲：「師妹」，伸手一探蘇映雪的鼻息，驚道：「不好，師妹的呼吸好像停了。」

他們已穿過竹林，走到馬車旁邊，天絕劍望了望身後，從懷中掏出那隻綠玉瓶子，道：「將追魂丸給她吃三粒就不妨事了。」

話未說完，竹林中箭也似的竄出一條身影，停在他們身前，冷笑道：「好毒的『崆峒三絕劍』，居然將妙手神醫都殺死了。」

他眼角一睹諸葛明手上的瓶子，接著道：「還將人家的『追魂丸』偷了來，哼！天下第一劍果真調教得好徒弟。」

于一飛聽到妙手神醫已死，也吃了一驚。

天絕劍諸葛明也冷笑道：「武當派的道士果然厲害，不分清紅皂白，就胡亂血口噴人。」

凌風道人冷笑道：「好，好，我血口噴人。」

說完又大步入林中，諸葛明忽然望了滿面懷疑的于一飛一眼，道：「快上了車再說。」

十三 海上爭鋒

辛捷知覺雖未失，但口不能言，四肢已不能動彈，被繆七娘挾持飛行，只覺得風聲颯然。

他知道此時的速度，更遠在他自己施展「暗影浮香」到了極處時那種速度之上，於是他不禁暗嘆武功的永無止境。

他隨即想到自己的安危，暗忖：「我又在什麼地方得罪了這幾個奇人，爲何他要苦苦逼著我？」

他想嘆氣，但竟連氣都無法嘆出來，四肢也漸麻痺，感覺到非任何言語所能形容的難受。辛捷第一次嚐到被人點穴的滋味，惶急之中，還帶有氣憤，他憤恨道：「這次我若能逃出性命，日後我一定苦練武功，要此人好看。」他被人點中穴道，竟連人家是男是女都不知道。

但是他鼻端聞到一種甜美的香味，正是繆七娘身上散出的，他深深吸一口，暗忖：「這香味竟和齡妹妹身上的差不多。」又吸進一口，突然想到金梅齡：「她現在一定難受死了。」

他心思雜亂，忽然耳畔的風聲頓住，忙收攝心神，朝四周一打量，見處身之地又是一間船艙。

他心中不禁暗暗叫苦：「怎地又回到水上來了。」

繆七娘將辛捷往地上一拋，辛捷動也不能動，只得任她「噗」的丟在地上，跌得身上隱隱發痛。

原來他連運氣都不能，此刻除了尚未失去知覺之外，簡直就跟個廢人一樣，最難受的是他此刻四肢僵硬，方才他是在奔跑時被點中穴道，此刻四肢仍然彎曲著的，躺在地上，形狀極爲難看。

無恨生空自花了許多力氣，在長江江面上跑了兩轉，將江水擊得漫天飛舞，但是連人影都沒有找著一個，又氣又怒，帶著張菁回到自己的船上，卻見自己要抓的人已經躺在地上了。

繆七娘朝他笑道：「平常你總說我笨，這次總該輪到我說你了吧！」

無恨生苦笑道：「這廝倒狡猾得很。」

張菁看到「這眼睛大大的年輕人」又被母親捉了回來，心裡又驚又喜，驚的是不知自己的父母要怎麼對付他，喜的是又見著他了。

繆七娘道：「你剛才問清楚了沒有？」

無恨生道：「那手帕果然是他的，他自己也承認了。」

繆七娘恨聲道：「我想將他帶回島上，到九妹墓前，再殺了他祭九妹，讓他知道負心的結果。」

張菁急道：「怎樣我們又要回島上去呀！」她撒著嬌道：「我不來了，爹爹不是答應我到這來玩個痛快嗎?現在人家什麼都沒有玩到，怎麼就要回去了呢?島上那麼小，煩死人了。」

無根生笑道：「你說我們無極島不好玩，天下武林中想到無極島上來的人，不知有幾千幾萬個呢！」

辛捷突然一驚，暗忖：「原來此人就是無極島主，可是天曉得，我又哪點得罪了東海三仙呀。」

張菁嘟起嘴，嬌聲說道：「他們要來是他們的事，我……」

無根生眉頭一皺道：「不要多講了，你要到中原來玩，以後多的是機會，這次我們先回去。」

張菁眼圈一紅，眼淚打著轉。

繆七娘一把將她摟在懷裡，溫語道：「傻孩子，你急什麼，爹爹媽媽總不能一輩子將你留在島上呀。」笑了笑，又道：「你以後總要嫁人的，嫁了人，你就可以到處去玩了，你說是不是？」

張菁羞得紅了臉，不知怎地，她總記著這躺在地上「眼睛大大的年輕人」。她想：「要是以後他能陪著我玩，那有多好。」再一想到「回到島上，他就要被爹爹媽媽殺死了。」又不禁難受。

繆七娘輕輕撫著她的秀髮，指著辛捷道：「可是呀！你以後可千萬不能嫁給這種人，他姓梅，叫梅山民，你的阿姨就是給他氣死的，媽媽也要殺死他，給你九阿姨報仇。」

辛捷始終莫名其妙，這一下才恍然大悟：「原來是梅叔叔的事，現在都算到我賬上來了，唉！我真倒楣。」

轉念又忖道：「可是我沒有梅叔叔，又哪裡有今天呀，可能早死在五華山了，現在我就是替他死，又有什麼關係。」

「可是我這樣死得太不值得呀，梅叔叔到底對他們那個『九阿姨』怎麼樣呀，什麼『負心』，難道梅叔叔將她遺棄了嗎？」

他突然想到那天梅山民帶他自五華山回到家的第一天，在前廳裡「侯二叔」對梅山民所說的話，那時他完全不懂，此刻卻全明白了，暗忖：「這個『九阿姨』想必也是在聽了梅叔叔已經死掉的消息時走的，後來她大概不知怎的死了，而這位無極島主武功雖高，人大概很糊塗，沒問個清楚，就以爲是梅叔叔害了她的，唉！這豈不是天大的冤枉？」

他心裡在想，嘴裡卻說不出來，急得額上的汗珠直冒。

繆七娘衝著他冷笑道：「你也怕死了呀。」擊了兩下掌，艙外便走進兩個身體精壯的水手。

繆七娘吩咐道：「轉舵向東，我們要回去了。」

那兩個水手恭敬的稱是，繆七娘又道：「將這個人抬到後面堆東西的艙裡去，每天給他灌一點稀飯，不要讓他在路上餓死。」

辛捷氣得七竅生煙，他恩怨分明，無論恩、仇都看得極重，對他好的人，他一定想著方法報答，對他壞的人，他也要千方百計的來報復，此刻他對繆七娘懷了極大的怨恨，暗忖：「只要我不死，我一定要好好整整你這個婆娘。」他下了決心，要報復這個仇恨。

隨即，他覺得自己像是一塊木板，被人直挺挺地抬出艙去，臨出艙前，他看到那絕美的白衣少女的一雙明眸，也在望著自己，臉上滿是關懷、憐憫的神色，心中又不禁覺得感動已極。

但是這一眼是短暫的，他很快的被抬出艙，那兩個水手粗手笨腳，根本像是沒有把他當做人看，只當做是一件貨物。

他看到天光一閃，接著又被拋進一間漆暗的船艙，他便像一具已經發硬了的死屍，臥在船板上。

這一拋他被拋得更遠、更重，身上的骨節都痛起來了，船艙還有一股腐蝕的臭氣，燻得他頭腦發漲。

辛捷再也想不到自己會落到這種地步，氣得要吐血，試著想自己解開穴道，但無極島的獨門點穴手法，使被點的人連運氣都不能夠，這種手法，竟還遠在點蒼派的「七絕手法」之上。

他已知道自己的企圖失敗了，到了這時候，他反而平心靜氣，絕不多作無益的舉動。

也不知過了許久，有個粗漢跑了進來，用大碗盛了一大碗稀飯，拉開他的嘴就往喉嚨裡倒。

稀飯又燙，燙得他喉嚨都起了泡，他也逆來順受，因為即便他不願順受，也根本別無他法。

那灌稀飯的人似乎對這差事極感興趣，過了沒有多久，他又來灌，這樣每隔一段很短的時間，他就來替辛捷灌上一大碗稀飯。

到後來辛捷只覺得肚皮發漲，但他也沒有辦法阻止。

灌了六、七次稀飯之後，他已實在忍受不住，這比任何酷刑都厲害，尤其是當滾熱的稀飯灌進那已燙得起泡的喉嚨時，那種痛苦簡直是難以忍受的，這些，都更加深了辛捷對繆七娘的怨毒。

忽地，又有腳步聲傳來，辛捷叫苦不迭，以爲灌稀飯的又來了，只得緊緊閉起眼睛。

哪知這次撫摸到他臉上時，竟不是毛茸茸的粗手，是一雙光滑得勝過白玉的手，還帶著一種甜美的香氣。

辛捷睜開眼來，在石室中的十年苦練，他在黑暗中視物依然宛如白晝，這時在他眼前的，是一張無比嬌美的面龐。

那面龐一笑，從兩頰浮起兩朵百合，笑容像是百合的花瓣，一瓣瓣鋪滿了她嬌美的臉。

辛捷心中一甜，與生俱來的，他對於「美」，總有著極深的情感和崇拜，梅山民的薰陶，更加深了他這種傾向。

這種不是每個人都能了解的情感，使得他以後在情感上受了不少折磨，但只要能了解到，嘗試過美的真諦，這代價是值得的，他此刻見了這絕美的面龐，心中絕無邪念，但卻有親近的念頭。

風流和邪惡，原是有著極大的區別的。

問題是世人對這區別，了解得太少了。

張菁見辛捷出神地望著自己，甜甜的一笑，更堅定了自己的想法，那就是：「放他逃去。」

雖然她的心情是矛盾的，她知道只要她放了這「眼睛大大的年輕人」逃走，那麼她此後恐怕將永遠見不著他了。

可是她也不忍讓他被自己爹爹、媽媽殺死，縱然他也許犯過許多過失，她覺得那也是值得原諒的。

純潔的少女，對「愛」與「憎」的分別，遠比對「對」與「錯」的區別來得強烈，張菁也正是這樣的。

她悄悄說道：「我放你逃走，這裡離岸很近，你一定可以跳過去的，可是你要趕快。」

她右手的姆指按著辛捷鼻下的「聞香穴」，左手極快地在辛捷前胸和脅下拍了兩掌。

辛捷只覺得束縛自己身體的錮制，突然鬆開了，被禁逆著的真氣，也猛然在四肢流暢。

於是他微一作勢，站了起來，面對面地站在張菁前面，鼻端裡，甚至可以聞到張菁身上幽蘭的香氣。

此刻天地間，彷彿都被這香氣充滿了，萬物也彷彿只剩下他面前這張絕美的面龐。

他們彼此都可以聽到對方心跳的聲音，辛捷木然站著，腦海一片空洞，口中也不知該說什麼。

良久，張菁催促道：「你快走呀！被我爹爹知道了，可不得了。」其實她又何嘗願意他走呢？

辛捷一咬牙，輕輕在這張絕美的面龐上親了一下，真氣急迫地注滿四梢，身形動處，掠出艙外。

張菁緩緩伸手撫在自己的頰上，那溫暖嘴唇接觸到的一刹那，此刻仍然在她心中瀰漫著。

外面是黑夜，船是停泊著的，正如張菁所說，離岸並不甚遠，但也莫約有七、八丈遠近。

辛捷竄出艙外，身形絕未停留，這七、八丈的距離，對他來說，越過去並非十分困難。

他雙臂一抖，身形斜斜向上一掠了出去。

這一縱已有五丈遠近，他雙腿又猛，平著身子向下掠去，這曼妙的轉折，在中原武林中，的確是已到絕頂了。

四野清寒，水聲細碎，寂靜中突然有人冷冷地說了個「好」字，餘音嬝嬝，四散飄盪。

在辛捷身軀接觸到地面的那一刻，他眼光動處，面前又悄然站著一條白生生的人影。

就在這刹那時，他心中一盪：「莫非她捨不得我走，又追來了？」腳尖點到地面，定睛一看，不禁魂飛天外。

原來此刻站在他面前冷笑著的，卻是那白衣書生，無極島主，哪裡是他心中所想的人。

無恨生冷然道：「你想走？」

辛捷估量自己，知道絕對逃不過去，也難動得了人家，便道：「閣下有許多事誤會了，我……」

無根生尖銳的冷笑，打斷了他的話，他突起僥倖之心，雙掌揮出，十指箕張，右手的食指、中指、姆指，點向無根生「天宗」、「肩貞」、「玉枕」三穴，小指微回，橫劃「神封」。

左手的五指，卻點向無根生臉上的「四白」、「下關」、「地倉」、「沉香」、「井穴」五穴。膝蓋微回，撞向下陰。

他畢盡功力，這一擊正是十年來苦練的精華。

無根生冷笑未停，身形向後暴縮，辛捷如形附影，跟了上去，他此招搶盡先機，但是無根生的輕功，已到了馭氣而行的地步，他的身軀，總和辛捷保持著一段距離，辛捷永遠無法將招使滿。

瞬息之間，兩人已向後移動了十數丈，辛捷真氣已自不繼，無極島主身形微微一轉，袍袖拂處，拂中辛捷掌緣正中的「後溪」穴。

他這一拂快如閃電，用的是武林中久已失傳的「拂穴」法，轉身中袍袖已揮出，根本不用出招。

是以便也省去了出招的時間，辛捷全式未動，被定在地上，宛如一座泥塑的神像。

無根生武功雖然超凡入聖，但也不能在一招中點中辛捷的穴道，此刻卻是因爲辛捷心先已餒，力又不繼，無恨生所用之手法，也是辛捷從來沒有聽到過的，根本料不到會有此一著。

種種原因，使得辛捷一招之下，就被制住，他心中的惶急、自責，不可言喻，難以描述。

他暗忖：「想不到我自以爲已經可以走遍天下的武功，連人家輕描淡寫的一招都擋不住。」

無極島主笑聲頓住，右臂一抄，將辛捷挾在脅下。

張菁帶著悲哀的溫馨，踱到船舷旁，江水漫漫，星月滿天，遠處是一片靜寂的黑暗。

「伊人已去，情思悵悵。」張菁望著這一片朦朧煙水，有生以來，第一次覺出人生的寂寞。

突地，她望見岸邊白影微閃，比電光還快，一條純白色的人影掠了過來，望見這種驚人的身法，她不用思考，已經知道一定是她的爹爹，「爹爹上岸去幹什麼，難道他發現了他嗎？」

這念頭方自閃過，已經有事實來回答她了。

無極島主挾著辛捷，回到船上，朝站在船側發著怔的張菁望了一眼，右臂起處，又將辛捷拋在艙裡。

張菁的一顆心，幾乎跳到嗓眼了，她驚懼交集。

無極島主緩緩走到她面前，道：「你做的好事，快跟我回艙去。」面寒如冰，顯見得是已動了真怒。

辛捷像第一次一樣，被擲入暗艙裡，更慘的是他這次被點中穴道時，是兩臂前伸，五指箕張，右腿弓曲的姿勢，是以他此刻也只能保持著這個姿勢，醜惡而滑稽地仰臥在地上。

送稀飯的粗漢依然沒有限制地灌他稀飯，每天他唯一能見到陽光的機會，就是那粗漢挾他到艙外排洩的時候。

他也只能藉著這唯一的途徑，來計算時日。

這樣過了五、六天，辛捷已被折磨得不成樣子，他身體四肢雖不能動，但腦筋思想卻更活躍了。

因此，他對他所怨恨的人怨毒更深，對他所愛的人，關懷意念也更強，然而就在這個時候，他才知道「愛」的力量，更遠比「恨」強烈。

因爲在他腦海中盤旋著，他所愛的人遠比他所恨的人爲多，而他對於世事的看法，也在此時有了很大的轉變。

金梅齡，當然是他想念最深的人，他時時刻刻，腦海中都會泛起她那柔媚的影子。

每憶念及他和她在寂寞的曠野，所渡過的那一個白天和一個晚上，對於金梅齡爲他所奉獻的一切，他也更感到珍惜。

方少堃，他也不能忘懷。

然而此刻在他腦海中印象最鮮明的，卻是張菁絕美的面龐。

「她此時不知怎麼樣啦，這麼多天，我沒有看到她的影子，我想，大概她已被她那可恨的父母深深的責罵了吧。」

辛捷暗爲他所愛的人們祝福。

他甚至忘卻了自己的安危，更忘卻了仇恨的存在。

張菁的確是被無極島主夫婦痛責過了，她被她的父母軟禁在艙裡，可是，她也不能忘記這「眼睛大大的年輕人」。

船由崇明島南側岸行，擬由長江南口出海。

無極島主憑窗遠眺，前面就是水天無際、浩瀚壯觀的東海，不禁心胸暢然，笑語繆七娘道：「我們又快到家了。」

繆七娘笑了笑，無恨生突皺眉道：「這次回到島上，真該好好管教菁兒了。」繆七娘又一笑。

無極島主詫然問道：「你笑什麼？」

「我笑有些活得不太耐煩的海盜，要來搶我們的船了。」繆七娘指著窗外道：「這兩天我們也真枯燥得很，今天倒可以拿他們來解解悶。」

無極島主順著她的手指朝外看去，果然遠處有三個黑點，方才他心中有所感懷，是以沒有注意。

於是他詫異地說道：「這倒奇怪了，東海上居然還有不認識我們這艘船的海盜幫。」

「不過也許不是呢！」繆七娘笑著說。

海風強勁，那三艘船看著像是沒有移動，其實來勢極快，不到一個時辰，已可看到船的形狀了。

那三艘船成「品」字形朝他們駛了過來，無極島主笑道：「看樣子果真是有點意思了。」他武功通玄，自然沒有將這些海盜放在心上。

是以他仍然安祥地憑窗而坐，任那三艘海盜船將他所乘的船包圍著，沒有動一絲聲色。

接著，那三艘船每一艘船的船頭，走出一個全身穿著緊身水靠的大漢，每人取出一隻牛角製成的號角，放在口中吹了起來，發出一種「嗚，嗚」刺耳的聲音，在海面廣闊地吹散著。

繆七娘笑道：「這幫海盜排場倒不小，不知道是哪一幫的？」語氣中滿帶不屑和輕蔑。

吹了一陣號角，那三個大漢便退在一旁，接著艙內陸續走出許多也穿著緊身水靠的漢子。一走出艙，他們便分成兩排，雁翅似地沿著船舷站著，這麼許多人，居然連一點聲音都沒有。

此時無極島主夫婦也不免覺得奇怪，繆七娘道：「我還沒有看到有海盜這樣搶人家東西的。」

話還沒有說完，每艘船的艙中又走出十餘個穿著黃色長衫的漢子，繆七娘道：「你看，他們怎麼穿著這種衣服？」

海盜穿長衫的，的確是絕無僅有。

無極島主撫額道：「這些人莫非是黃海『沿海十沙』的海盜，可是……」他微一思索，接著道：「絕對是了，若是東海的海盜，也不會有人來打我們這艘船的主意的。」

繆七娘道：「你說他們是『金字沙』、『黃子沙』、『冷家沙』還有那些什麼『大沙』、『北沙』的一大群海盜嗎？聽說那些海盜全被『玉骨魔』收服了，不大出黃海做案的呀，怎麼會巴巴地跑到東海來呢？」

他語氣雖然還是滿不在乎，但其中已確乎沒有了輕蔑的成份。

話還沒有說完，那三艘船又傳來絲竹吹弄的聲音，一面黑底上繡著兩段白色枯骨的旗子，冉冉升上船桅。

無極島主朝繆七娘笑道：「這幫傢伙的排場倒真不小。」

繆七娘道：「這些殺人不眨眼的強盜，現在卻全都一個個規規矩矩，想來一定是被那『玉骨魔』制得服服貼貼的。」

她一回頭，望著無極島主道：「喂，你知不知道這個『玉骨魔』到底是怎樣一個人呀？」

無極島主笑道：「你還指望我知道這些妖魔小丑的來歷呀。」他又朝當中那艘船看了一眼道：「不過這個『玉骨魔』倒是像真有兩下子的。」能夠讓無極島主說「真有兩下子。」此人也差可慰了。

「喂，你這些年又沒有在外走動過，怎麼會知道他真有兩下呢？」繆七娘懷疑地問道。

「我起先也不知道，前些年我們島上管花木的老劉，到如皋去買桃花的花籽，回來時告訴我說：『黃海十沙的海盜，全都被一個叫「玉骨魔」的收服了，連當年縱橫南沙的涉海金鰲龐士湛，全都被他制得服服貼貼。』我當時聽了，雖然覺得奇怪，但實在也沒有在意，想不到今天人家卻找到我頭上來了。」

繆七娘笑道：「這麼說來，這傢伙好像真的不知道我們的底細。」她眼角亂掃，又道：「他從黃海辛苦的跑到東海來，難道是專來對付我們這條船的嗎？那我倒要看看他到底怎樣厲害。」

無極島主笑道：「他比你一定差遠了，你要是想做強盜，怕不連南海的人都收羅了來才怪。」

他們夫婦兩人，仍在說笑著，根本將海盜來襲的事，看得太平淡了。

這時那三艘船都已近，船上動靜更可清楚看見。漸漸地，三船距無極島主之船愈來愈近，相距大約還有二三十丈時，船首大漢一聲號角，立刻卸下了帆，速度愈發慢了下來。

無恨生見這海盜果真是衝著自己來的，不由冷笑一聲。那品字形三船爲首的一艘船頭，又是一聲號角鳴響，船舷兩旁的水手霍地恭身挺立，從艙中緩緩走出一人來，只見此人年約四十，面如黃蠟，一襲黃衫及地，更顯得怪異，無恨生見眾水手對他執禮極恭，心想這人必是三船中首領人物。

繆七娘卻冷笑道：「一個海盜也有這麼多臭排場。」

那黃面漢子走在船首，向無極島主這邊抱拳一揖，開口道：「黃子沙總舵主成一青奉命請候無極島主儷安。」

這時船已出江，海上風濤漸大，相距二三十丈遠，那成一青所發之聲音仍極清晰地傳到無極島主船上，足見他功力深厚。

無恨生冷哼一聲，揚聲道：「就請成舵主回上貴幫主，我東海無極島主久仰大名，只是無暇拜會。」

繆七娘卻見以成一青之功力居然臣服那「玉骨魔」手下，想來那「玉骨魔」必然甚是不凡，心中輕視之意登滅。

那海盜船上水手見無恨生仍坐原處動也不動，未曾動容，顯然甚怒，那成一青回首略一揮手，眾盜立刻安靜下來。

那成一青又道：「敝幫主曾命在下略備粗酒爲島主接風，敬請島主過來一敘。」

無恨生心中暗奇，但仍回道：「貴幫主美意，敝夫婦心領了，只是尙有要事必須回島，就請閣下代向貴幫主致意。」

以無極島主之身分，竟客客氣氣的和這海盜打交道，那玉骨魔在海上的威勢可想而知。

成一青卻道：「既是如此，還待成某敬島主夫婦一杯，略表敬意。」說罷自身後拿起三隻水晶酒杯，又拿起一隻翡翠酒壺，倒滿三杯，先一手持著一杯，雙手一揚，兩隻酒杯竟平平穩穩飛出。

那酒杯玲瓏透亮，酒更是碧綠如玉，兩道綠光穩穩飛到無極島主船上，竟然一滴未傾。

這時兩方船隻雖又近了一些，但少說仍有二十丈許，成一青一揚間，竟將兩杯酒穩穩送了過來，無論勁道，內力都臻上乘。

那無恨生卻是冷笑一聲，長袖一拂之間，一股柔和之力掃出，那兩隻酒杯竟似在空中停了片刻，才緩緩落在桌上。

這一手上乘氣功立時將群盜看得目瞪口呆。那成一青卻面不改色地端起酒杯，道聲：「請。」一飲而盡。

無恨生面雖露出不屑之色，心中著實爲難，他知那「玉骨魔」不僅武藝高強，尤其精於百毒，莫要在此酒中下了什麼奇毒。

再看那杯中酒色碧綠，分明是極佳醇酒，正沉吟間，見成一青，已一口飲下，無極島主何等身分，豈能示弱，暗忖繆七娘或許功力不足，自己內功修練已達金剛不壞之地步，任他什麼毒物必能逼出，當下揚聲道：「拙荆不善飲酒，老夫一併飲了。」仰首將兩杯飲下，雙手微揮，兩隻空酒杯如箭飛回，成一青等只覺眼前一花，兩隻水晶杯子「噗」「噗」兩聲，竟自深深陷入船板，直沒於底，卻是完整無缺。

無恨生喝道：「請讓路。」船上帆槳齊舉，加速向前開動，成一青一揮手，三隻海盜船立時向旁一轉，讓開水路。

哪知就在此時，忽然震天一聲暴響，無恨生的大船突然由中斷裂，大股水龍噴入船內，桅桿也轟然斷倒，碎木橫飛中，一股極濃的硫磺煙味瀰漫滿天，顯然船身是被炸藥所毀。

船上水手血肉橫飛，慘呼聲震天，無恨生、繆七娘坐在船首，也被震得險些跌倒，呼呼兩掌排開濃煙，瞥見那三隻海盜船已全遠去。不由大喝一聲：「鼠輩敢爾！」一把牽著繆七娘，奮身躍起，竟在海面上施展絕頂輕功趕了上去！

海風不小，三隻海盜船去勢雖速，無極島主夫婦卻憑一口真氣在波濤尖兒上疾縱，竟然漸漸趕上。

無恨生的輕功真到了爐火純青的地步，繆七娘功力雖然略遜，但在丈夫扶持下，也是速度驚人，眼看與那三艘大船間的距離愈來愈近。

繆七娘忽然想起菁兒還在船上，急忙中回首一看，只見此刻大船已經逐漸沉沒，一個少女卻似踏在一片木板上隨波起伏，正是自己愛女，心想菁兒輕功極佳，必然無事，當下放心急趕。

成一青見無極島主夫婦踏波而行居然速度驚人，不由大駭，一面命手下努力加速，一面命那一批黃衫漢子各站有利位置，打算乘無恨生夫婦上來就地打一個措手不及。

那批黃衫漢子個個都是特選武士，又久經訓練，雖見無恨生來勢駭人，但各就各位，絲毫不亂。

無恨生見大船炸毀，心中急怒立刻猛提一口氣，一拉繆七娘，藉著一個波浪打上，奮身躍起，宛如兩隻大鳥飛撲下來——

成一青剛佈置好，回首一看，無恨生夫婦已自撲下，心中大驚，見兩人撲向船尾左方，那裡三個黃衫漢子幾乎同時由三個不同方位遞出兵刃，顯然訓練有素。

哪知無恨生雙袖一捲，只見得一片模糊的影子，呼呼幾聲，三樣兵刃齊齊飛起，噗噗之聲中，三個黃衫漢子飛落海中，身體猶未沾著海面，已自死去！

成一青哪料到無極島主如此威勢，不由膽怯，卻見船尾右方五個黃衫漢子按著五行位置，互相掩護下圍擊過去，心中一動，向其他二船下命道：「繼續加速回舵！」一面抖起手中長劍躍向船尾。

「黃子沙」海盜幫在未歸服「玉骨魔」前，就素以海底功夫稱霸黃海，及歸入「玉骨魔」麾下，潛水訓練更是特別注重，那炸毀無極島主坐船必是成一青手下潛水夫的傑作，只是連無恨生這等人物都未發覺船底被做了手腳，這些潛水夫的功夫可想而知了！

且說成一青見那五個黃衫漢子乃是舵下一流好手，所結五行方位又奧妙無比，心想必能一阻無恨生氣燄，哪知無恨生哼然冷笑，雙袖拂處，兩股疾勁無比的內力將五劍一齊震開，繆七娘身形一圈，一聲慘號，一個黃衫漢子已倒斃地上，五行陣一破，兩三個照面間；近在尺處的成一青連插手都沒有機會，其餘四人都分別被無極島主夫婦掃入海中。

無恨生猛提一口真氣，忽感胸中一塞——雖然是那麼輕微，但無恨生這種不壞之身居然有此現象，他立刻知道必是那酒中之毒開始發作，同時又想到玉骨魔既用來毒自己，一定用的是最厲害的毒藥，自己坐船已毀，要想脫此茫茫大海必定要在毒發以前將對方盡數消滅，奪下此船才好，當下一拉繆七娘玉手，雙雙撲向艙內。

當前一人正是成一青，無恨生雙掌呼地推出，直襲對方胸前，繆七娘卻凌空躍起，越過成一青頭上，落入艙內。

成一青見對方掌勢太速，只好拚力擊出一掌，「砰」地一聲，成一青當場退後數步，胸中一陣血氣翻騰。

成一青在未歸伏玉骨魔之前就是「黃子沙」的首領，一身武藝馳譽黃海，後來雖爲玉骨魔收服，仍然是玉骨魔手下最得力的助手之一，此時一照面就被無恨生打得血氣翻騰，心中自然驚駭之極。

事實上，無恨生不過用了六成功力而已。此時他又是冷笑一聲，單掌微揚，一股更強勁風向成一青擊去，眼角卻飄向左面將圍上來的另外三個黃衫漢子，成一青此時勢如騎虎，只好硬起頭皮打算再硬接一招。

只見他頭髮根根直豎，黃衫像是由內被風灌滿一般，張得有如大帆，聲威端的神猛。其實他內心卻正暗懼不知自己拚力一擊能否擋得住人家輕描淡寫的一下呢！

哪知他的掌力才遞出，那無恨生單掌竟微微一縮，成一青立感自己千鈞掌力被人吸住欲收不能！

無恨生單掌向左一揮，把成一青拚命發出的掌力硬硬黏向左邊，迎向衝上來的三個黃衫人。

成一青眼睜睜看見前面是三個自己人，卻無法收回自己掌力，急得他汗如漿出，仍然無濟於事，只聽得轟然一聲，正衝上來的三人立刻被成一青拚力發出的一掌擊倒地上！

無恨生這招上乘的「移花接木」內功，真妙到極處，右面其他海盜本來準備圍將上來的，一時目瞪口呆，呆立不知所措。

船艙內形勢又自不同，繆七娘施開絕頂輕功，配合著獨門點穴手法，在群盜中如穿花蝴蝶般，左一掌，右一掌，打得群盜不亦樂乎，往往一招發出，連攻四五人，任那群黃衫海盜也都是經挑選出的好手，哪見過繆七娘這等絕頂身手，一時一連幾個漢子相繼被點倒甲板上。

且說辛捷在船身炸斷的時候，被震得摔出小房，一個大浪就將他捲入大海中。他穴道被制，始終是一個捲著身軀的尷尬姿態，不能動彈絲毫。這時眼見波濤一個接著一個，全身卻絲毫使不出力，眼看就得葬身鯨波。

他感覺到自己在逐漸下沉，雖然偶爾一個掀浪又將他舉出海面，但尤其難受的是腥鹹的海水從鼻中、耳中、口中不由控制地灌入，他似乎感覺到渾身都在腫脹——

漸漸，他愈來愈感窒息，眼前宛如死神伸出巨靈雙掌緊捏著他的咽喉，而且逐漸收縮——一霎時間，腦海中比閃電還快地浮過一些影子，父母受人凌辱而死的情形，梅叔叔慈愛的臉孔，甚至那侯二叔悲愴的表情都一一飄過。最後金梅齡的倩影佔據了眼前的一切——

「她現在在哪裡？」他這刻竟忽然閃過這樣一個念頭。

但忽然，這一切都消失了，他眼前是一片墨黑，死已在降臨了——

忽然，又是一個巨浪從底下打來，把下沉中的辛捷的頭部舉出了海面，但他連掙扎的企圖都沒有，因爲那被制住的穴道令他寸步難行。

這時一聲驚喜的呼聲穿過巨濤洶湧的聲響傳入辛捷的耳中，接著他感到脅下被一重物猛敲，痛徹心肺，但立刻他意識到穴道已經解開了，他雙臂一振，水淋淋地躍身出海，見前面一人踏板凌波而行，正是菁兒。

他再低頭一看，那被菁兒擲過來解開自己穴道的「重物」，不過是一小片木板！

菁兒渾身幾乎濕透，紅透的臉上現出無限欣喜之色，呆呆望著躍在空中的辛捷，那一頭秀髮隨風凌亂地飄拂著，卻益發增加了一種說不出的美。

這時辛捷上躍之勢已盡，開始緩緩下落，菁兒俯身撈起兩塊木板向前一扔，辛捷正好落在上面，他猛提一口真氣，也以上乘輕功立在木板上隨波而浮。

兩人都沒有說話，辛捷原就是一個極端的人，這時他胸中對菁兒的憐愛真超出方才生死掙扎所留在心靈上的負荷何止十倍。兩人隨著浪濤所沖，距離愈來愈近，周圍的一切對兩人來說，真是不睹不聞。

那邊海盜船上，無恨生對一批批湧上的群盜痛施殺手，掌風呼呼中，又是數名海賊被擊落海中，成一青也被他一掌震傷內臟。

但就在他奮力揮掌的當兒，他胸中開始一陣寒悶，他不由暗驚這毒藥好厲害，居然不受自己內功控制，抬頭看時，其他二船的群盜也不斷躍向自己所立之船，顯然是加入增援，而繆七娘那邊雖然佔盡上風，但要想將群盜盡數殲滅，亦非一時可能，而自己似乎中毒已發，當下又急又怒，力貫雙掌，狠狠擊出，當前一人被立斃掌下，屍身被帶出幾丈以外！

這一掌無恨生施出了真功夫，登時把其他兩個海盜嚇得怔了一怔，無恨生呼呼又是一掌推出，兩人連忙合力拚命一擋，咔嚓一聲，兩人手骨登時折斷，痛得昏死過去——

這時一種宛如萬馬狂奔的聲響從東方傳了過來，一大片黑雲勢若奔馬般飛壓而至，霎時天色昏暗，巨濤湧起，忽然幾滴豆大的雨滴斜落下來——

這海上暴風來得真快，那黑雲還沒有飛到頭頂上，狂風已經開始怒號，海浪被掀起數丈高，直捲上船上甲板，桅桿上的中帆更是吃得滿滿的——這不下萬斤的力量使得船速驟增而桅桿也斜傾欲折。

成一青久處海上，豈有不知這東海颶風的威力之理？他知道只要拆下帆來，就能減少一半以上的危險，當下強忍住內傷，大呼水手設法下帆。

但這被颶風漲滿的巨帆，抗力何止萬斤，豈是十幾水手所能拆下，眼看大船就要危險，那邊無恨生更是拚力施威，一連幾招，擋者不死即傷，一時慘號聲連起，夾著雷霆萬鈞的狂風聲，把這海上老手的成一青也急得手足無措。

這時嘩啦嘩啦的大雨也開始傾盆而瀉，轟然一聲巨響，船首觸了暗礁，這正急速而行的大船撞擊之力非同小可，立刻將船頭整個撞碎，接著咔嚓一聲，主桅被折斷，大船立刻傾倒，一個滔天巨浪掃過，把船上所有的人和物都捲入無情大海！

但其中只有一人——就是無極島主無恨生——沒有被捲入大海，他雙手十指深深插入甲板內，仍留在傾斜得不成樣子的甲板上。

他趁著一浪剛過，二浪未至的時候，四目一望，白茫茫的一片，連他的目力也不及十丈以外，繆七娘的影子不見，甚至其他相鄰的兩船都不見了！

任他無極島主神功蓋世，修練幾臻不壞之身，這時也不能與自然之力相抗拮，他只有憑著十指的功夫，不被捲入巨濤而已！

但那風暴卻愈來愈大，浪濤也愈打愈高；本已斜倒的船軀終於經不起巨浪的猛力衝打，又是轟然一響，被整個翻了過去，巨大的船軀再次撞在暗礁上，立刻支離破碎，幾經衝擊，木板紛散，哪消片刻就被吞入浪中。

十四 世外三仙

且說辛捷與菁兒面對面飄在波尖上，藉著波濤愈來愈近，兩人心中都充滿著柔情蜜意，但是忽然間，天色一暗，巨濤平地高升數丈，接著狂風大舉，白浪掀天，辛捷施出最上乘的「暗香浮影」輕功，仍然不能立穩，忽見菁兒一聲尖叫，一個巨浪來，將她沖倒向後——

辛捷頓覺熱血沸騰，忘記了自己的危險，也忘記了是在鯨波千丈的怒海上，雙足猛點，雖然全身盡濕，仍然讓他掀起數尺，向菁兒撲去——

驀的又是一個滔天巨浪擊來，辛捷在洶湧的浪濤上借力飛起，力量本就脆弱，哪經得起這巨浪一擊，浪花中只見菁兒也被巨浪捲去，不由大急，但此刻哪由得他思索，他只覺耳中、口中、鼻中全是鹹鹹的海水，全身不由自主的隨著波浪起伏，但他仍可覺出自己是在漸漸下沉，因爲他已漸漸聽不見那怒號狂風，他漸漸深沉入海底——

狂風暴雨依然肆虐，滔天巨浪洶湧著，大自然的怒吼聲震徹底垂的天穹……

這種颶風來得快，去得也速，曾幾何時，黑雲遠去，日光普照，海浪也平靜下來，撞毀的船軀也露出海面，只遠處一道七彩虹光彎在水平線上。

辛捷緩緩睜開了眼睛，他立刻發現自己躺在一帶黃沙灘上，浪花輕輕拍著他的腳踝，他腦海中一時空空，什麼也記不得，他把左手捏住右腕，依稀能感覺到微微的脈跳——

「對了，這就是生命的搏動——人生的鐘擺不也正是這樣悄悄地動盪著嗎？不過沒有人察覺罷了，而人的生命就完全淹沒在此遲緩的搏動中，其餘的——」

他忽然在腦海中思索著這個問題。

「其餘的只是幻夢罷了，一些不成形的幻夢，蠢動的，片斷的夢，令人可恨的可笑的影子……如隨風飄蕩的棉絮一般的喧鬧聲音，奇形怪狀的痛苦，歡笑、夢、夢……一切全是幻景——」

這時兩隻白鷗低低飛過，對地上躺著的他奇怪地看了一眼，然後互相驚奇似地對鳴一聲，凌空而去。

「但是——但是在這渾昏的夢裡卻有些值得捕捉的影子，有無窮的真，無窮的美——」

奇怪的是此刻他只能想到真與美，卻想不到「善」！

漸漸他空洞的腦海充實起來，麻木的思想也敏捷起來了，他能記得一切。

他想到可愛的菁兒葬身鯨波，還有自己所受的凌辱，「這一切都是那可恨的無恨生夫婦所引起的！」他不由咬牙切齒。

但立刻他想到無恨生超凡入聖的武藝，自己苦練十多年連人家一招也接不了，他忽然覺得七妙神君所傳的武藝真是太不中用了。

但事實上不容他永遠這樣躺著胡思亂想，終於他站了起來。他四目一望，顯然的這是一個小孤島，他相信這島小得圓週不出十里。但島中間卻是一根根石筍般的山峰，光禿禿的一草不生。

他還記得若不是自己在落海前硬提氣逼住了內穴，此刻早已被水泡死，但縱然如此他也疲累不堪。

他掙扎著往島中間走去，當他勉強翻過一根石筍峰時，忽感一片天昏地暗，四面景色，似虛還真，宛如置身海底。

而且他實在也走不動了，他只好坐下用那被認為「毫不中用」的內功來企圖恢復一些真力。

等到真氣運行一週之後，他覺得真力恢復不少，但他卻更驚異地呆立在地上，原來他發現這群石筍中仍然是一片天昏地暗——他原先還以為是自己疲累眼花的錯覺所致。回首一看，自己方才進入的路也找不到了，四周只是昏暗的一片，一切山石樹木都似真還虛，辛捷盡得七妙神君七藝真傳，端的是九流三教的功夫無所不精，此時立刻發現是陷身於一個陣圖中，由此推想，這小島上必住著世外高人。

七妙神君的棋藝在七藝中尤其是他最得意的功夫，他的棋藝與一般棋士大為不同，乃是先行研究各種陣法，窮通相剋之理以後，才用到棋盤上來，是以雖曰精於奕棋，其實更精於天下百陣。

辛捷盡得梅山民真傳，略一過目，便知此陣乃藉天生石筍所佈成，似乎類似中原所謂的「奇門五行陣」，當下略一盤算，起身從左面「金門」走入。

辛捷按著奇門五行陣的變化左右盤迴了一會，暗忖再一轉彎，便可由土門出陣，哪知一轉彎，竟回到原來的地方。

這一來令辛捷驚異不已，心中暗思不知此陣究竟是何陣？

正潛心沉思時，忽然一陣箏聲傳了過來，那箏聲音調激昂之極，似乎不是尋常弦簧所能發，辛捷不禁側耳傾聽，那箏聲鏗鏘高昂，暗暗有金戈鐵馬之聲。再聽一會，箏聲益發振人心弦，似乎彈錚人愈來愈憤怒，箏聲也愈來愈急，彷彿那彈箏人恨不得一舉毀掉整個世界一般。

辛捷從那古怪的煙霧中依稀可以辨出箏聲乃是發自石筍陣的中心，於是他憑聽覺往中心走去。

也不知白繞了多少路，但終於那箏聲愈來愈近了，最後辛捷爬過一個石峰，發現箏聲就發自石峰根下。

這全陣的中心煙霧反倒甚是稀薄，辛捷可清晰看見一個紅光滿面的老和尚坐在石上彈箏，那箏金光閃閃，竟是純銅所鑄，難怪聲音如此激昂。

那老者看來箏藝不甚精湛，必須全神貫注才不致彈錯，但起指拂袖之間，竟帶獵獵風聲，氣度威猛之極。

辛捷看那老者白變黃的鬍子，看來總該有百歲以上的年齡，但他的威猛氣度卻似五六十歲人，而且紅光滿面，健壯異常，不由大奇。

這時箏樂已奏到將完高潮，急急錚音中透出陣陣海嘯山崩之聲，令人膽顫心驚。驀的，鏘然一聲，似乎曲終音止，但那老者卻似愈更憤怒難止，拍地一掌擊下，竟將一具純鋼的大筝，打成一塊扁扁的鐵餅，接著反手一拍，立刻將身旁巨石筍擊成石粉！

辛捷看了，心中大吃一驚，心想：「這老者功力之深，端的平生未見，只怕那無根生也不能輕輕一掌將石筍拍成細粉，想不到這小島上竟有如此人物，難道——」

這時那老者忽然抬頭向自己藏身處一招手道：「小娃兒，聽夠了麼？還不與我下來。」辛捷躲在上面自以爲甚是穩妥，哪曉得人家頭都不抬，就知道自己所在。當下只好硬著頭皮，一躍而下。

那老者睜眼對辛捷望了一眼，笑笑道：「吃點東西吧。」隨著在地上拾起兩顆青色果子送過去。

辛捷見老者眼光凜然有神，但突然對自己一笑，請自己吃東西，不禁又驚又喜。

原來辛捷自海上遇難到現在仍是空著肚子，方才還不覺怎樣，這時被老者一提，立覺餓得不得了，看那青色果子晶亮可愛，不由垂涎，忙伸手接過。

咬了一口，果然味道香甜，極爲可口，但忽想到：「他怎麼知道我餓得緊？」不免抬頭看那老者一眼，那老者對他一笑，辛捷只覺得這老者慈祥之極，但方才筝聲中卻是一片憤怒之音，不知什麼事惹怒了這老人？

吃完了兩顆果子，忽聽那老者道：「我這仙果非同凡品，看你步履凝穩，倒像是有幾十年內功在身一樣，你用功運氣一番就知道這果子的好處了。」

辛捷不知怎的，覺得這老人說話中有一股令人不能抗拒的力量，雖然這兩顆果子難以果腹，但當下依言坐下，猛提一口真氣，行功打坐起來。

真氣透過二十重樓以後，辛捷只覺渾身舒泰無比，飢餓全消，真有說不出的受用。

那老者此時卻驚咦一聲，原來辛捷此時盤膝端坐，寶相莊嚴，頭頂陣陣白氣冒出，這分明是最上乘的內家功夫，而且非有四五十年功力不能達此境界，眼前這少年看來最多二十歲，卻具一身上乘內功，不由大奇。

辛捷行功完畢，一躍而起，對老人一揖到地，道：「謝謝老前輩厚賜，晚輩受益匪淺。」

老者欣然一笑道：「娃兒現在才知道好處吧！」

辛捷被他說得有點不好意思。

那老者又道：「娃兒，你的內功可真不錯啊，看你運功情形不會是無極島主的門人，更不是小戢島的路子，難道除了我們三個老不死的，天下還有其他如此精奧的功夫？」

辛捷何等聰明，立知對面這老人就是世外三仙之首的大戢島主平凡上人。忙恭身道：「晚輩辛捷拜見平凡上人。」

辛捷受梅叔叔叮囑，不可以將師承告人，只好道：「晚輩這點末學哪能與世外三仙相提並論。」

這句話倒是由衷之言，因爲他此刻對自己本門功夫實在信心盡失。

那老者臉色一沉道：「小小年紀就言不由衷，我知你心中定自以爲你師傅功夫能勝過世外三仙是不是？」

辛捷忙辯道：「晚輩確是由衷之言，方才晚輩一生所學連無恨生的一招都接不下……唉……」

辛捷想到這裡就懊喪的嘆了一口氣，但聰明的他卻不明白這平凡上人何以如此看重自己這點「微末」本事？

他原是高傲無比的人，被無恨生三番兩次擒住後，灰心得近乎有點自卑，是以見了平凡上人不禁對他份外恭敬，甚至有點害怕。

那平凡上人聽他如此說，咦了一聲道：「你和無恨生交過手？」

辛捷茫然點點頭。

平凡上人仰首想了一下，忽然左手一伸直點辛捷「乳下穴」，辛捷驚叫一聲：「前輩你——」但本能的反應使他用出「暗香浮影」的功夫，只見他雙肩微聳，身形滴溜溜一轉已閃過來勢，哪知平凡上人左手忽然轉變，從旁邊繞了過來，仍是直點辛捷乳下穴，辛捷足下用力，退後數尺才避開此招——所謂避開，不過是平凡上人坐著不再追擊而已。

辛捷呆瞪著眼，回憶方才平凡上人那招不可思議的點穴功夫，因為那馳手變招時，他看得分明，竟像是由臂上不是關節的地方彎過來的，這種點穴手法若是真正施展開來，豈不令人防不勝防？

平凡上人卻也仰首默思，似乎有什麼不解的事困惑著他。一會兒他的視線又移到辛捷臉上，忽地面露笑容，臉上疑雲盡除。

辛捷被搞得莫名其妙，那平凡上人卻笑道：「且不問你師承，我倒要問你，那無恨生點你時是否使的是『拂穴』手法？」接著只見他右手向前微抖，一片袖影中，小指已然在辛捷「曲池」穴上。

辛捷一想那無恨生一招點住自己的正是這麼一記怪招，但卻想不到這就是武林失傳已久的「拂穴」功夫，當下點了點頭。

平凡上人臉上更是露出喜色道：「以你的功力無論如何不致一招就逃不出去，想來你必是太過緊張，才被無恨生一招得手的。我原先還以為無恨生這傢伙十年不見功力竟精進如斯，原來他還是『拂穴』這手老功夫。哈哈，他這『拂穴』雖是不凡，卻也算不上什麼真正絕妙的功夫。」說時臉上神采飛揚，威猛之極。

辛捷對無恨生雖說恨之入骨，但對他的武功著實欽佩不已，這時見平凡上人輕視無恨生的拂穴絕技，雖有一股說不出的高興，但心中也著實有點不能置信。

平凡上人又看了他一眼，微微一笑，雙手忽然一錯，左手突地下沉，只見五指曲張，疾如鷹爪。

辛捷何等聰敏，見他這一招比劃出，立刻悟出這乃是解破拂穴功夫的一記絕妙招式，一時手上一面依樣比著，心中一陣大喜。

平凡上人微微點首，似乎暗讚孺子可教。

停了半晌，平凡上人又道：「娃兒你可知道老衲的年歲？」

辛捷從他那威猛氣度及黃白長髯上實在無法斷定他的年齡，又不知他何以有此一問，當下茫然搖了搖頭。

平凡上人又道：「便是老衲自己也記不清楚了，總之大約廿多年前無恨生他們曾以此箏贈我，說是祝老衲三甲子大壽——呵，這箏竟給我打毀了——倒也算得上一件上古珍品呢！」

辛捷聽他如此一說，不由大驚，聽他說竟有二百歲之高齡，難怪功力精湛如斯，想到這裡，不由恍然大悟——

原來內功要想練到駐顏不老的地步，至少要有百年的功力，否則無論內力如何苦練，也至多做到不易衰老而已——當然也有例外，譬如說無極島主無恨生，仗著曾服仙果，始終保持三四十歲中年的形態，而平凡上人雖持三甲子的功力，已臻不壞地步，然其能做到駐顏不老乃是百齡之後，是以看來儘管神采飛揚，仍比無恨生顯得蒼老得多，這也是無極島主唯一能勝過大戟島主的地方。

辛捷正在想這些時，平凡上人又道：「無恨生不過仗著一顆仙果而已，否則憑他那點功力，豈能名列世外三仙？」

要知平凡上人功力超出無恨生不下百年，是以此言絲毫不爲過。但事實上無恨生曾食仙果，人又絕頂聰明，是以年齡雖遠較其他二仙年輕，卻能與其他二位曠世異人並駕齊驅，錙銖並重！

辛捷每聽平凡上人貶低無根生，胸中就有說不出的快感，但尋即想到人家那身武功，立刻心又沉了下去，但他不明白何以平凡上人頗為注意他的本門功夫。

平凡上人像是長久不曾與人談話，又似對辛捷特別投緣，興致勃勃地又接著道：「四十多年前，咱們世外三仙在無極島上互相印證功夫，無根生仗仙果之功，駐顏不老方面自然勝過老衲，但論到真實功力，那無根生也自認欽服老衲的，卻只有這小戢島主慧大師，不肯認輸，想我老衲這麼大年紀了還會和她真正動手？哪知老尼婆著實可惡，竟擺下這古怪陣法，將老衲足足困了十年，說來這陣也著實古怪，十年來老衲仍未悟得破法，明天子時就是咱們賭賽期滿，說不定老衲只好拚了一甲子功力將這小島給毀了。」

辛捷恍然大悟，原來這平凡上人是和慧大師在鬥氣，怪不得那箏聲中滿是憤怒，心想他雖說這麼大年紀不與人拚鬥，其實卻好勝得很，以他二百年修為尚如此，可見「嗔」念是如何難以堪破了。想到他最後說拚著一甲子功力也要將此島毀掉，心想這島雖小，卻是自海底伸出，豈能以人力毀去？不禁甚是不信，忽然又想到他說「這小戢島」，難道這是小戢島而非大戢島？抬頭一看，前面那石陣中心最高的石筍上赫然「小戢島」三個大字，卻不知慧大師何以不見？

平凡上人可不管辛捷在想什麼，只像是憋了十年的話好不容易遇到可傾訴的人，不斷地談自己的英雄往事，這時見辛捷始終靜靜的在聽自己吹，不覺有點不好意思，忽然誇道：「你老弟年紀輕輕，功力卻如此之純，實在難得，想不到中原還有如此人物能調教出你這樣的人才。」

若是常人聽了世外三仙之首如此讚賞，一定振興萬分，無奈辛捷已對自己功力信心盡失，臉上仍是木然。

平凡上人對辛捷似乎十分投緣，此刻竟索性稱他「老弟」，若以輩份算來，平凡上人做他高祖也有餘，此刻竟以「老弟」相稱，豈不滑稽？

這時平凡上人見辛捷失魂落魄的樣子，立刻道：「你以爲輸給無恨生就自認功夫太差嗎？其實你忘了一件最重要的事。」

辛捷抬頭問道：「晚輩忘了什麼？」

平凡上人道：「你可忘了『功力』兩字，無恨生曾服仙果，再加上近百年修練，豈是你廿幾歲娃娃可能敵？」

辛捷本是冰雪聰明，只因輸給無恨生輸得太慘，才對本身武功信念盡失，這時被平凡上人一語道破，立刻明白自己確是忽略了「功力」兩字。

但他想到比人家差上百年以上的功力，只怕今生難以及得上了，心中不禁又是一陣失望。

平凡上人又道：「你看這石頭怎樣？」說著指著前面一塊巨石。

辛捷看那石頭乃是極硬的花崗石，正奇怪何以平凡上人問這石頭，那平凡上人忽地單掌微揚，呼的一聲拍出，那巨石立刻震成粉碎。

辛捷看他用的乃是極普通的「五行掌法」，但平凡上人打出，威力至斯，這就給了辛捷對

「功力」兩字最好的答案。

平凡上人得意地說：「這你可信得過老衲的話了吧！老實說，你別把無恨生看得那麼高，我老和尚不用傳你一招半式，只要略為成全你，以你的本門招式，與他接個百來招，保管沒有問題。」

辛捷雖然是個城府很深的人，但此時由衷地搖了搖頭，表示不信，他心中暗思：「雖說無恨生是藉仙果之力，但他掌上功夫已臻『玄玉通真』的至高境界，平凡上人功力雖高，要想片刻之內令我能與他對拆百招，而且不授我一招一式，這只怕萬萬不能。」

平凡上人見這年輕人居然搖頭不信自己的話，不禁怒道：「你膽敢不信老衲所言？」

辛捷道：「老前輩雖然功力蓋世，無奈晚輩功力與人家相差太遠，自知絕不可能。」

平凡上人似乎極易發怒，當下滿臉怒容地道：「此話當真？」

辛捷見這怒氣勃勃的老臉上，流露著一股蠻橫的神色，口上答道：「晚輩確信如此。」心中卻暗笑這平凡上人三甲子的修為，性情仍然如此，他年輕時的驕狂可想而知了。

平凡上人道：「好，咱們賭上一賭，你且過來。」

辛捷見他一臉正經，依言過去，平凡上人忽然隻掌一翻，扣住辛捷雙手脈門。

他這一招疾似閃電，辛捷全力施為亦不易躲過，何況毫無防備的情形下，立刻被他牢牢抓住，全身登時軟綿綿的，絲毫用不出力來。

但他立刻感到一股熱流從雙手脈門緩緩流入體內，那熱流專從穴道中流過，全身雖然施不出力道，但四肢百骸舒爽無比，有說不出的受用。

漸漸那熱流愈速，迫得他運起本門內功來引導那熱流進入正道，他一動起內功，立即熱流與本身內功融爲一體，極其舒爽地周轉全身。

他偷眼一看那平凡上人，此時面上一片肅穆，嘴角微帶一絲得意的笑容，剛才那股怒容一掃而空，而紅光煥發的禿頂上陣陣白氣冒出，辛捷何等慧詰，立刻知道平凡上人和自己生氣，不過藉故成全自己罷了。

過了片刻，平凡大師隻掌一鬆，笑道：「現你可再運功一週後，對這石筍發一掌試試。」

辛捷依言運功一週，猛一提氣，單掌一記「二郎開弓」拍出，只聽得轟然一聲，一方堅硬無比的花崗巨石竟隔空擊成粉碎。辛捷對自己功力精進如斯，驚得呆了。

平凡上人乃是以「醍醐灌頂」的絕頂內功將自己二十年功力打入辛捷全身穴道，以平凡上人的二十年功力，若讓辛捷自行修練，至少也要一甲子的光陰，難怪辛捷自己也要驚得目瞪口呆了。

辛捷連忙翻身拜倒，平凡上人隻袖一拂，將辛捷抬起，呵呵大笑道：「娃娃你莫謝我，就是老衲也從你運功時得到不少內功妙訣，哈哈，你那師父果是一代奇人，要知雖是以我的功力打入你穴道內，但如你本身沒有一種精妙與老衲內功相當的內力引導，也是徒然，現在你總該相信你本門內功精妙不在無恨生之下了吧！」

辛捷抬頭看著那紅光滿面的慈祥面目，胸中熱血上湧，此時叫他立刻爲平凡上人死去，他也情願。

平凡上人又道：「由你的內功上猜想，你師門的拳劍功夫必亦精奇，你且施一兩招給我老兒看看。」

辛捷暗道：「原來你也嗜武得很。」心中不禁一樂。又思自己施出師門絕技，若有缺點，平凡上人必會指正，這正是千載難逢的良機，他如何能放過，當下隨手在地上一摸，拾起一枝枯竹，猛然提氣，斜斜一劍劈出，輕脆枯竹尖上竟帶絲絲風響，正是七妙神君所傳劍術「梅花三弄」。

辛捷這招「梅花三弄」乃是七妙神君平生絕學「虬枝劍式」中的第三式，這時他又是全力施爲，劍尖所生尖銳之聲驟起，竟然隔空將地上劃開半寸深的石痕。

這一下辛捷又是大出意料，當時梅山民曾對他說：「虬枝劍式」雖然精妙，但若能練到將真力任意逼出劍尖，才能發揮最大威力，但要想練到如此地步，非有一甲子以上功力不成，任你天資絕頂，小小年紀絕不可能達此境界，這時辛捷見自己居然能夠達此，當然驚喜不已。

只見他一招「梅花三弄」還未施足，手腕一翻，枯枝呼的一聲化成一片枝影，遠看過去，卻可分辨出枝尖圈成一朵朵梅花，但突地一聲輕嘶，一片枝影中竹尖竟已遞出。

這一招劍走偏鋒，端的詭妙已極，對方若是敵人，必然正忙於應付那一片劍影時，突覺劍尖已到了喉前，躲無可躲。這正是七妙神君的得意傑作「冷梅拂面」。

七妙神君酷愛梅花，有一天發現一枝隱藏在路旁山石後面的一棵梅花，那棵梅花生怕自己生處隱蔽，不易爲人發覺，所以特長出一枝斜斜伸出路面，路人一不注意就被樹枝拂面，梅山民當時靈機一動，立刻創出這樣一招專走偏鋒的絕妙招式，也只有梅山民這種偏激而聰明絕頂的人才能創出這一招。

平凡上人對這青年甚是欣賞，這時看他面帶悅容，手上竹枝招招精奇，知他已恢復信心，不禁拈鬚微笑。

及見辛捷施出這一招「冷梅拂面」來，連他也不禁吃了一驚，要知平凡上人武學已入化境，任何劍招只要一出手，立刻能預知它的招式及利弊，但這招「冷梅拂面」卻大出他意料之外，焉能不驚？但他乃是一代宗師，何等眼光，立刻看出這招的妙處，當下大喝一聲：「若我施一招『吳剛伐桂』，你怎麼辦？」

辛捷正將這招「冷梅拂面」遞滿，忽聞平凡上人這一句話，登時枯竹垂地，呆呆怔住了。「吳剛伐桂」這招極平凡的招式，從腦海中如閃電般流過，這極普通的招式卻剛好能將自己這招封住，只是這極普通的招式在此時用來，端的神妙無比，七妙神君當初創這招式時，曾把武林中一切上乘劍法都考慮過，專門對付那些名門劍招，哪知竟被平凡上人以這一記普通招式正好封住，就是梅山民本人也必料不到的。

忽然辛捷單竹再挽，左足微跨，右手上竹枝卻由下而上斜斜撩上，正是「虬枝劍式」中的第六式「踏雪尋梅」。

平凡上人又是哈哈一笑道：「我用一招『橫飛渡江』。」

辛捷又是一怔，暗思那「橫飛渡江」正好又能化去自己這一招，不禁好勝之心登起。

「橫飛渡江」雖也十分精妙，但仍算不上最上乘的劍招，梅山民的劍法多是專爲對付各大門派而創，招式雖然神妙無方，但卻反而沒有顧及一般普通的招式，平凡上人武學已上通下達，憑深厚功力，一眼就看出辛捷招式中的特點，是以儘用一些普通招式來化解。

辛捷好勝之心一起，刷刷刷一連數劍，具是「虬枝劍式」中精奧之招，平凡上人雖然笑臉吟吟的一一化解，但心中已暗驚辛捷劍法的精奇了。

這樣兩人，一個用竹枝，一個用口舌，一招一式互拆起來，到了廿招後，辛捷已施出「虬枝劍式」中的精華，「虬枝劍式」乃是七妙神君一生劍術的精英所聚，這時平凡上人雖仍是一一化解，但已不能以普通招式相拆，雙手也開始比劃，用他畢生得意絕學「大衍神劍」和「虬枝劍式」對拆起來。

「大衍神劍」一共十式，但其中每式又暗藏五個變化，共是五十式，暗合大衍之數，是世外三仙之首畢生得意之作，自然神妙無方，任「虬枝劍式」奇招怪式層出不窮，但碰上平凡上人雙手微微一比劃，立刻威力頓失，辛捷一面盡力使爲，一面暗中體味「大衍神劍」中的妙處，他本就聰明無比，更加劍術基礎極佳，而那大衍神劍雖然變化精奧無比，招式卻是極爲簡單易記，一時雖仍有許多妙處不能理解，但招式卻一一硬記住。

這時「大衍十式」已使完一遍，平凡上人似乎有意依次一招招施出，讓辛捷便於記憶。

平凡上人愈拆愈感辛捷之師父的才華蓋世，心中已知其師父必爲中原武林盛傳的一代鬼才

「七妙神君」。

「虬枝劍式」也已到了最後十式，這十式乃是梅山民真正畢生心血所在，第一招「寒梅吐蕊」就如千劍萬影灑下，令人防不勝防。

平凡上人若要化解此招求自守當然易如反掌，但要想守中帶攻地回他一招同樣佳妙的絕招，卻一時不能，這一代宗師竟一時怔住。

辛捷也停竹不動，凝視平凡上人出何妙招。

大約兩三分鐘後，平凡上人左手一揮，右手一圈之間緩緩遞出。

這招不知名的招式，卻正好化去辛捷絕妙的「寒梅吐蕊」，而且反擊辛捷肩上穴，無論時間、空間都配合得天衣無縫，確是妙絕人寰的一式。

辛捷正一面感嘆，一面籌思化解之策，忽然一聲極為怪異的笑聲發自高處：「老和尚變相授徒，大概是怕一身功夫葬送此陣，想找衣缽傳人是不是？」

辛捷抬頭一看，依稀可見一個老尼端立在石筍頂處，對平凡上人冷笑道：「還剩一個時辰了。」

平凡上人正自得意自己這一招，一聽老尼之言，臉上笑容頓斂，立刻化為一臉怒容，仰首道：「老尼婆休得猖狂，還有一個時辰呢！」

那老尼長笑一聲，宛若老龍長吟，冷冷道：「貧尼略佈小陣就令你十年無法破解，還有你說口的份麼？」

平凡上人似乎被她激得怒火萬丈，大喝一聲，竟用的是上乘內家佛門獅子吼，震得辛捷心神俱動，端的動人心魄。只聽他狠聲道：「老尼婆且不要得意，惹得老衲性起，就拚了一甲子功力也讓你這小島陸沉。」

那老尼聞言似乎一怔，但隨即冷笑一聲道：「告訴你也不妨，這陣乃是喚著『歸元四象陣』，你若把它當『奇門五行陣』，那就大大錯了。」又是一聲冷笑，身形一晃，立失蹤影。

平凡上人心中暗道一聲慚愧，原來他十年來始終把此石筍陣當作「奇門五行陣」來研究，自然無法破解，想到這裡，不禁輕嘆一聲。

辛捷何等聰慧，當然知道那老尼正是這小戢島主慧大師。他聽慧大師第一句話，就知是慧大師與平凡上人賭鬥此陣，以十年為期，現在只有一時辰即將期滿，而平凡上人無法破陣，心中著實替平凡上人著急。

他初上此島，乍入此陣時，也以為是「奇門五行陣」而著了道兒，及聽慧大師說出此名為「歸元四象陣」，心中猛然一動。

當年七妙神君對他解釋棋理時，曾將天下各陣要訣一一告知他，但獨有這「歸元四象陣」，梅山民說乃是前秦傳下的古陣，現已失傳多年，梅山民憑一些零碎資料，仗自己蓋世奇才，竟將此陣參悟了七八分，自思與古法相去不會太遠，是以他曾傲然道：「天下除我之外，只怕再無別人識得此陣——儘管它是不全的。」

當時辛捷只大概研究了一下，因七妙神君本人也只悟得七八分，是以此時辛捷對這陣法要訣甚是模糊。

平凡上人思索著這個從未聽過的陣名，茫然不知所云，也沒有注意到旁邊的辛捷——此時也正仰首沉思，聚精會神。

一時倒靜了下來，只有海風不時將不遠處的浪濤聲有節拍地傳送過來。

時間是不停留的過去，平凡上人從沉思中覺醒時，仰首觀天，陡然發覺只剩半個時辰了。

「名」之一字，乃是人類生而具有的慾望，浩瀚人海中，有幾人真能不爲「名」所動——即使包括那些修練多年的出家人。

平凡上人雖有三甲子的修爲，但他只知在武學上研究，對於佛門一些高深道理，卻從來不曾思索過，他想到半個時辰後，在慧大師面前認輸的情形，不禁陡然躍起，這時，他才想起那個「青年人」——

辛捷仍然呆呆沉思，手上卻持著一枝小枯枝，在地上不停地畫著，一會兒又用腳把它擦去，一會兒又仰首不語。

平凡上人忽然對他道：「喂，娃兒，你趕快設法離開這島，半個時辰內，愈遠愈好，咦？」

敢情他發現辛捷對他所言宛如不聞的情形，不禁大奇。等到他想起辛捷又如何能走出這陣的時候，不禁暗笑自己糊塗了。

但他還是緩緩走到辛捷身旁，看看他到底在搞什麼玩意。

只見他正用樹枝在地上畫著一些不規則的線條，那些線條少說有數十條，是以雜亂不堪。

平凡上人茫然不知所云，但不禁好奇地彎腰下去看個仔細，長長的白髯，拂在辛捷的頸上，他居然毫無感覺。

忽然辛捷呵了一聲，用腳把那些線條全部擦去，側頭似乎在努力回憶。

平凡上人也陷於極端的矛盾中——

本來他早已決定了的，這時卻因這自己對他極有好感的青年而不斷地考慮，他知道只要拚上一甲子的功力將石筍陣中央那根最高的石筍齊根毀去，這小島就得立刻爲之毀沉——這是他認爲對慧大師不示弱的最好辦法，至於後果，他是不計的。

但如果現在開始行動，辛捷勢必要陪上一條命，平凡上人心中暗道：「雖然我是武林至尊的世外三仙之首，但我沒有權利要他白送一條命啊！但是，我豈能示弱於老尼婆？」

如果別人，一定在考慮能否將這高聳入雲的石筍齊根毀去，而他卻考慮著應不應該動手。

如果平凡上人每做一件事以前能想兩遍，那麼不但他會覺得毀沉此島之舉是多麼無聊，而且也許他根本不會和慧大師作這十年賭鬥了，說得更遠些，也許他在佛門道行方面也會和他的武學同樣的高深——以他有三甲子功力而言。

但這時他只能想到到底幹與不幹。

他的心裡似乎停頓在那裡不能決定，辛捷仰首追憶，似乎也停頓不前，但時光卻迅速地飛馳。

平凡上人再看了看天，他猛然發覺剩下的時間，正只夠他毀去石筍的了，但那矛盾仍然無法決斷，這時，忽然有如電光一閃，他心中的死結頓時被打開了——「爲什麼我一定要拚上一甲子功力去擊沉全島？我如拚著同樣的功力足夠將所有石筍全部毀去——除了中間這特高的一根，這樣老尼婆的陣法豈不毀去而島並不致擊沉？然後——然後我老和尙可顧不了什麼不好意思，非找她打一架不可。」

其實他一直就沒有顧及到什麼好不好意思。

一念及此，引吭長嘯一聲，紅光滿面的臉上更顯出龍騰虎躍的神采，黃白長髯無風自動，顯然他已將那超凡入聖的功力遍佈全身。

只見他對準左面一根石筍緩緩一掌拍出，砰的一聲，震聲響徹雲霄，石屑紛飛中，龐然一根天生石筍竟被平凡上人一掌之力緩緩推倒，落在地面時，又是一聲巨響。

他有點得意地回頭看了看辛捷，但辛捷對這聲巨響仍若未聞，手上枯枝又自開始擊動。

他忍不住又走近一看，只見地上已有不下百十餘線條，顯得更是雜亂，忽然辛捷自己似乎也看不清楚了，用那枯枝在正確的線條上重劃一遍，石地竟被枯枝劃下半分深的線條。

然後他揮袖一擦，一些不正確的線條立刻擦去，只剩下一些深入地面的線痕。

平凡上人仍看不出所以然，轉身對後面中一根較大石柱又是一掌推出——

「老前輩且慢——」辛捷陡然一躍而起，他見平凡上人一掌正要拍出，忙高聲叫止。

平凡上人轉身一看，只見辛捷面帶喜色地叫住自己，當下停住，靜待下文。

辛捷這才緩緩道：「晚輩總算將這『歸元四象陣』的要訣記了起來——」

平凡上人更是驚訝地瞪著辛捷，怎麼樣他也不信這二十歲的青年能在短短半個時辰之內參透自己十年仍摸不上門徑的陣法。

十五　大衍十式

這時月亮已正當長空，顯然平凡上人與慧大師約定的時限立刻就至，辛捷用樹枝在地上的線條上指著最外的幾根道：「從乾位進入，按左三右四之則，就能進入陣心，但出去時，卻不大相同──」

說著指著左面一些零亂的線條道：「從陣心向左轉進，兩次迴繞後，應該有一人爲的假筍──」

須知石筍陣雖然大多是借天生石峰所成，但仍有許多是人爲添加上去的。

平凡上人聽到這裡忽然躍起大呼：「正是，正是！上次我從這條路繞去，正是有一人爲的假石筍──看來你還真有一套，咱們這就走出去吧！」

敢情十年來，差不多每條路平凡上人都試著走過，雖走不出此陣，但陣中大概情形卻甚是清楚，這時聽辛捷所說果然不錯，自然甚是相信其言。

辛捷笑道：「只是晚輩對此古陣最多懂得十之六七，若是此陣佈得完整，只怕仍是走不出去呢！」

平凡上人道：「不管它，咱們且試它一試。」

辛捷站起身來，辨了辨方面，從東面第三根石筍下走了進去。

平凡上人緊跟在後面，一面隨著辛捷走，一面心中暗思何以這年紀輕輕的小伙子竟識得這遠古遺陣，而且恰巧在十年將滿前帶自己出陣，這豈非天意安排？

辛捷每走在歧道的地方，不住嗯聲點頭，似乎果然不出自己所料的樣子，於是毫不猶豫的從正確的道路走入，平凡上人見他面有喜色，知道必然有希望。

這時兩人已走出將近五里，這島也不過方圓十里，但在陣中卻似有走不完的路，盤迴重重，平凡上人以前屢次試著摸索，無不是走出不及一里，就又回到中心原處，這時居然走出了這許多路而未回至原處，心中不覺對辛捷更具信心。

辛捷從兩個石筍中間穿出，對前面一座稍小的石筍看了一會，向平凡上人道：「請前輩將此筍毀去。」

平凡上人見這較小石筍分明不是天生者，想來必是慧大師佈陣時添設的，心中雖不明何以辛捷要他毀掉它，但仍提上一口真氣，雙掌緩緩拍出。

一股純和無比的掌風推出，力量卻大得驚人，一根巨石竟應聲而毀，石屑飛出數丈，有的嵌入其他石筍中，聲勢驚人！

辛捷暗中讚道：「只怕當今世上絕無第二人有此功力。」

這時他見石筍已毀，細細在石筍根部觀察一番，果然發現一條極隱蔽的小徑，若不是將石筍毀去，實在無法發覺。

二人從小徑繼續走入，每逢人爲的石筍，就由平凡上人發掌擊毀，辛捷又繼續帶路。

平凡上人見愈走愈對勁，心中不禁大喜，但一看辛捷，只見他面色如同罩了一層凝霜，嚴重之極，不由大奇。

再繞過兩座石筍，眼前忽然開朗，走了好一會，才碰到石筍，平凡上人心想必是接近陣邊緣了，但再一看辛捷，臉色更是緊張。

繞過前面的石筍，天色似乎一亮，那月亮的光卻像是比平常明亮百倍，四面遠處白浪滔滔，顯然已出了石筍陣。

但辛捷卻咦了一聲，向後仔細看了半天，臉上緊張之色頓霽，吁了一口氣道：「看來這慧大師對此陣功夫也沒有學全，否則晚輩也無法走出了。」

平凡上人被困陣中十年，滿腔怨憤之氣，此時一旦走出石陣，不禁仰首長嘘。

天上皓月當空，明星熒熒；遠處浪聲啾啾，帶著濃厚鹹味的海風陣陣吹來，令人精神一爽。平凡上人在一霎時間，被困十年的怨憤之氣竟然隨著那一縷海風，化爲烏有，頓覺心曠神怡，寵辱皆忘！

平凡上人雖然從不修練自己道行方面，但三甲子的修爲，自然而然養成一種淡泊的性格，這時把一切看開了，笑對辛捷道：「對了，你既是七妙神君的弟子，自然懂得那什麼奇門五行的鬼門道了。」

可笑他被困十年，束手無策於陣中，此時仍稱奇門術數爲鬼門道。

辛捷道：「晚輩這點末行，實在難入行家法眼。」

平凡上人長笑一聲道：「娃兒休要假謙虛僞，倒是我老兒方才施給你看的那『大衍十式』，你可曾仔細記住？」

辛捷點頭道：「晚輩正要感謝前輩以不世絕學相授——」

辛捷這樣說倒是由衷誠懇之言，這時他又接著道：「只是晚輩一時有些地方還不能完全領會。」

平凡上人見辛捷說得極爲誠懇，笑了笑道：「老衲對這幾招劍法自認還有幾分滿意，那最後三招你須好好研究，若是發揮得宜，普天之下能接得下的，只怕寥寥無幾呢！」說到最後，臉上洋溢著一片得意之色。

辛捷正自暗忖他這句話倒不是口出狂言，那「大衍神劍」實在神妙無比，自己得此奇學，正可和本門劍法擇精融合，相得益彰。忽然一聲長笑劃破長空，那笑聲好不驚人，初聞聲時，尚在島之中心，笑聲甫落，一條人影已刷地落在眼前不及三丈處，這等輕功若是傳到武林中，只怕無人能信，就是以辛捷如此功力，亦覺心折不已，一種直覺告訴他，必是世外三仙中的另一人慧大師到了。

藉著月光看去，來人是個老尼，一襲僧衣破舊不堪，但卻一塵不染，安祥地對著平凡上人一笑，正是小戢島主慧大師。

平凡上人見困住自己十年的人站在面前，卻也哈哈一笑道：「老尼婆千方百計要佔我老兒上風，可是老天有眼，偏偏總不如你意，哈哈！」臉上神色得意之極。

慧大師壽眉一揚道：「老尼活到現在才第一次聽說打賭要靠小輩助勝的。」

慧大師以為這句話必能使好勝的平凡上人激怒，哪知平凡上人又是哈哈一笑道：「咱們當年打賭時可沒有規定不准別人自動進來帶我老兒出去吧？」

慧大師哼然冷笑一聲，轉向辛捷道：「看不出你這小娃兒居然認識我這古陣，須知你未經許可，擅入本島，已是犯了重規，復又擅入石筍陣，更是罪不可恕，我倒要看看什麼人膽敢不把老尼放在眼內。」

辛捷本就倔強之極，更兼慧大師狂態逼人，當下將那原有一點敬畏之心放開，抗聲道：「晚輩擅入貴島，本為無心之過，若是前輩定要以此為由教訓晚輩，晚輩不才，卻知頭可折志不可屈！」

辛捷一陣衝動之情將這對世外三仙的敬畏心壓過，這時侃侃而言，不卑不亢，兩足挺立，氣度竟然威猛之極。

慧大師似乎怔了一怔，又打量辛捷一眼，忽然振聲長笑，那笑聲初時甚低，漸漸愈來愈響，似乎無數聲音相合，震得地動山搖。

以辛捷如此功力，竟覺耳中有如針戳，又覺有如錘擊，漸漸竟有支持不住之感。

忽地平凡上人猛喝一聲，登時將慧大師笑聲打斷，只見他朗聲笑道：「老尼婆這小島也有許多臭規矩，今日若不是這娃兒及時趕到，你這小島此刻怕已在萬丈海底了。」

慧大師白了平凡上人一眼，又對辛捷道：「你既能經得住我『咤陽玄音』想來必有幾分功力，你有膽接老尼三招麼？」

辛捷雖覺這慧大師功力委實高不可測，但這時就是刀架在他頸子上他也不能退縮，一時一腔熱血上湧，當下抗聲道：「晚輩不自量力，就接前輩高招。」

慧大師更不答話，也不見她雙足用力，身形竟然平平飛起，單袖一拂之間，一隻袖化爲一片灰影罩下，辛捷雖早就真氣遍佈全身，但對慧大師這極爲飄忽的一招竟感束手，這感覺正如同上次和無極島主無恨生對招時一樣，但辛捷此時功力大非昔比，急中生智，對敵勢不聞不問，左掌一立，右拳運式如風，呼地一聲，反擊慧大師左肩。

若是一日以前，辛捷這一拳搗出，慧大師大可旋身直進，如無恨生那樣輕而易舉地擒住辛捷脈門，但此時辛捷拳出風至，隱隱暗含風雷之聲，慧大師咦了一聲，不待招式遞滿，灰袖再拂，一隻破布長袖竟如一隻鐵棍般橫掃過來。

破布柔不著力，慧大師不用換式，僅藉勢一拂，就把柔軟的一片袖影收成鐵棍般橫掃出，比之「濕束成棍」的功力，不知又高出多少了。

辛捷見慧大師這一拂氣勢雖強不可擋，但招式卻似武當派的「橫掃千軍」，對這中原各大派的招式辛捷不知研習了幾千遍，這時毫不猶豫地使出「暗香浮影」輕功中的絕招「香聞十里」，身形微微一晃，已自出了慧大師袖勢之外。

這一招乃是七妙神君專門對付武當拳招的妙招，慧大師這等拳勁，也被輕易躲過，而且是很漂亮的。

平凡上人在旁呵呵大笑，連聲稱妙，慧大師不由驚上加怒，呼的一聲一把抓出，五指箕上帶著五縷疾風，閃電般抓下，辛捷有了第一招經驗，膽氣一壯，右手以指爲劍，施出本門絕學「虬枝劍法」的絕招「梅花三弄」，迎了上去。

慧大師這抓乃是平生絕技，其中暗藏三記殺手，這時見辛捷右掌似指似劍地斜斜劃出，暗道你這是找死，五指一翻，快得無以復加地橫抓去，哪知呼的一聲，辛捷右掌一翻，也是快得無以復加地指向慧大師脈門，慧大師何等功力，掌式一沉，暗藏的第三個絕招又已施出，可見五指如鷹，離辛捷肩頭已自不及半寸——

但是幾乎是同時，辛捷「梅花三弄」中「第三弄」也已施出，中食二指駢立如戟，向上疾點，正中慧大師「曲池」——

只聽得砰的一聲，慧大師一翻之間，兩條胳膊碰在一起，慧大師穩立不動，辛捷卻踉蹌退後三步。

辛捷驚於慧大師的功力深厚，慧大師卻驚於自己連環三招正好被對方連環三招所破。

平凡上人卻不住大叫妙極。

慧大師冷哼了一聲，兩袖一撲，身形似乎藉著一撲之勢，陡然飛起兩丈，昇到頂點，兩袖一張，身形竟自一停，略一盤旋，才忽地疾比勁矢地撲擊而下，身形美妙之極。

這一下可打出了慧大師的真火，這一撲下施出了她平生絕技「蒼鷺七式」，雙袖也用上了八成內勁——

連平凡上人都閉上笑口，緊張的看這「娃兒」怎生應付這最後一招。

辛捷只覺那掌力像是從四方八面襲來，甚至身後都有一股疾風襲到——這正是「蒼鷲七式」神秘之處，他一剎那間實不知怎樣招架。

一霎時間，所有學過的招式都浪過辛捷頭腦，竟似無一能適應此招，急切間，忽然一個念頭如閃電般在他腦海中一晃——

只見他兩臂平伸兩側，同時向中一合，合至正中時，忽地一翻而出，霎時滿天掌影，迎擊而上，正是平凡上人方才傳授的「大衍十式」中的「方生不息」——

慧大師忽覺對方雙掌一合一翻之間，佈出一片掌影，密密層層，宛如日光普照，無一不及，竟無破綻，自己招式竟遞不進去——

只聽她雙臂忽然一振，竟不再擊下，復又拔起尋丈，輕飄飄落在丈外，對平凡上人冷哼一聲道：「老和尚，好一招『方生不息』！」

平凡上人見辛捷將自己絕學運用得巧妙不已，不禁得意非凡，聞慧大師之言，咧口笑道：「是又怎樣？」

慧大師轉對辛捷道：「咱們有言在先，只對三招，你現在可以走了。」接著又對平凡上人道：「老尼不識相，還要領教你老和尚的『大衍十式』。」

平凡上人笑道：「就是老兒我也覺手癢得緊，咱們走幾招殺殺悶正好。」

慧大師更不答話，身形一晃，左右手齊出，雙足一霎時間速換七種架式，卻始終不離方寸之間，同時手上也一口氣連攻了七招。

這七招每招都精絕無比，辛捷見了無恨生及平凡上人的武藝，以爲天下奇學盡於此矣，哪知慧大師的神妙步法，竟又是大出他意料之外的奧妙，當下渾然忘身之所在，凝神觀看著這兩個蓋世奇人的拚鬥。

平凡上人更是雙足牢牢不移，上身前後左右的晃動之中，將慧大師七招攻勢一一化去，同時左手抽空還出五招。

辛捷仔細觀察慧大師的身法，只覺她拳掌功夫雖妙，卻似不及步履間的神奇。那一跨一躍之間，實在精奧無比，連辛捷以目前的功力目敏，也只能覺出十分神妙而已，仍不知其所以然。

每當慧大師出招時，他必捫心自問，如是和自己對敵，自己當如何招架，想出以後，再看平凡上人的回招，果然比自己所想的精妙十倍，不禁心神俱醉。

也許是上天安排的好機緣，否則平凡上人的「大衍十式」雖傳給辛捷，但這「大衍劍法」乃是平凡上人在劍術上窮畢生精力所萃，其中變化精微，任辛捷才智蓋世，如果自行參悟，窮三十年也不見得能完全領悟，這時目睹兩個奇人的拚鬥，不知不覺間，已將許多意料不到的精微處悟了出來。

一眨眼間，兩人已對換了數百招，身形之快，發招之速，就是傳到武林中去，也不會有人置信。

但從開始到數百招間，平凡上人始終是守多攻少，這時想是打得興起，長嘯一聲掌上變掌為指，以指為劍，一晃之間，從三個出人意外的絕妙方位攻向慧大師，一時指上疾風大作，妙絕天下的「大衍劍式」已然施出。

這「大衍十式」端的堪稱天下無雙，施出的人又是平凡上人，那威力可想而知，一剎那間，形勢大變，慧大師掌上奇招妙式都似乎大為減色，守攻之勢大變。

但一眨眼又是數十招過去，「大衍十式」雖搶盡攻勢，卻也傷不得慧大師一根毫毛。

辛捷見平凡上人將「大衍十式」施展開來，威風凜凜，神威之極，不由感同身受，在一旁手舞足蹈，不知不覺間，又領悟到不少精微變化。

這時他發覺慧大師能全守不攻的在這「大衍劍式」中安然無恙，完全是那神妙步法所致，但仔細研究那神妙步法，卻又似毫無法度。

他哪裡知道這乃是慧大師平生得意之作「詰摩神步」，其中奧妙艱深之處，慧大師本人也是從一本古遺書上費了無限心血才領悟出來的，辛捷豈能領悟？

這時雙方已互拆了千招，各種神奇招式端的層出不窮，把旁邊的辛捷看得渾忘一切。

這時，忽然一聲清亮的嘯聲從遠處傳來，那嘯聲尖而細，但卻遠超過海濤巨聲，清晰的傳入島上每一個人的耳中，尤其是那嘯聲一入耳中，立刻令人感到說不出的和平恬靜，一種舒適的感覺，使人連動都不想動一下。

連平凡上人、慧大師那等功力，居然都咦了一聲，各自住手，側耳傾聽，辛捷更是又驚又疑。

慧大師面上神色透出驚奇之色，平凡上人臉上卻是一種說不出的古怪表情，仰首望天。辛捷也仰首朝平凡上人看處望去，只見黑沉的天際，幾顆疏星散佈其上，哪有一絲異處？但那嘯聲卻是低細而清晰的不斷傳來，但聞其聲不見其影，益發顯得怪異。辛捷奇怪地回頭看了平凡上人，只見平凡上人臉色更是奇怪，忽地撮口長嘯和那嘯聲遙遙相和。

初時兩種嘯聲頗不一致，似乎平凡上人在向那發嘯人申訴不同之意見，但漸漸那嘯聲愈來愈近，平凡上人的嘯聲也逐漸和那人一致，似乎已被說服。

辛捷再看平凡上人，臉上一派和平之色，兩種嘯聲都是一片安恬之氣，慧大師也肅然立於一旁。

忽然一聲鶴唳，辛捷忙一抬頭，只見遠處一隻絕大白鶴飛來，飛近時，只見鶴背上坐著一個瘦長老僧，嘯聲正是他所發。

那老僧身材極高，坐在鶴上仍比常人高出半個頭，而且瘦得有如一根竹桿，但頷下銀鬚卻是根根可見。

慧大師見了他，臉上驚疑之色不減，顯然不識得此僧，平凡上人卻臉色平和肅穆，緩緩走近那巨鶴。

巨鶴略一盤旋，緩緩落了下來，兩翅張開，怕不有兩丈闊，撲出的風吹得黃沙捲捲。

之極。

那老僧手執木魚「篤」地一響，也不知那木魚是什麼質料所做，聲音傳出數里之外，清亮

平凡上人對枯瘦老僧一揖，又轉身對慧大師一語不發，爬上鶴背，對辛捷略一點首，那鶴雙翅一展，騰空而起，那枯瘦老僧對辛捷看了一眼，臉上透出驚色，對辛捷再三打量後，忽然低聲吟道：「虎躍龍騰飛黃日，鶴唳一聲瀟湘去。」

白鶴巨翅撲出，眨眼已在三十丈外，但那兩句卻清晰傳來。

慧大師竟呆呆望著這騎鶴「擅入」小戢島的奇僧施施然而去，仰首呆望，似乎百思不得其解，但當她眼光緩緩落在辛捷臉上時，卻露出一絲笑容。

只見她忽然雙袖一舞，在沙灘上施出那套妙絕人寰的「詰摩神步」，四十九路步法施完，身形一拔，竟拔起十丈，飄然而去。

辛捷趨前一看，只見沙地上留著一片腳印，深達數寸，不禁心頭大喜，知道慧大師有意將這套神虎無比的步法傳授自己，一時興奮得有些癡了。

遠處卻傳出一聲：「詰摩神步傳與有緣，半個時辰內能不能領悟，就要看你的天資了。」

慧大師內力何等深厚，一字一字在海濤聲中傳出老遠。

辛捷雖不明白她說什麼「半個時辰內」，但立刻向島心跪下，喃喃祝謝。

但是，立刻他就心神沉醉在沙灘上那片神奧無比的腳步印中了。

以辛捷的功力智慧，竟然看得十分吃力，如不是他曾目睹慧大師親身施展過幾次，根本就

無法領悟。這「詰魔神步」端的堪稱獨步天下，辛捷愈看愈覺艱深，也愈覺得高興。

半個時辰轉眼即至，辛捷仍然沉醉其中，不知外界事物，而不遠處的海潮已起，只見遠處似乎從海平線上昇起一道白線，勢如奔雷般直滾過來，愈滾愈快，也愈衝愈高，那消片刻已成了數丈的浪牆，浩浩蕩蕩地湧將上來。

辛捷正躬身苦思「詰摩神步」最後五個步法，這五個步法乃是全部神步中最精華所在，尤其艱奧無比，他正全神貫注，那滔天海潮已到身後海邊，猶不自覺。

辛捷索性雙足踏在慧大師腳印上將那最後五式試行一番，這一躬身實踐，立刻將方才苦思不得的疑問解消，心頭不禁一陣狂喜，正要躍起，忽覺腳上一涼，一回頭更是大吃一驚，只見白茫茫的一片浪濤湧到面前，一急之下，施出「暗香浮影」的輕功絕技，身形一縱之間，飄出六七丈遠，但當他身形才落，腳下已是白茫一片。

潮水湧上何等迅速，辛捷一縱之勢，竟不及水漲得快，辛捷身在空中，猛然再提一口氣，腳尖在浪面上一點，身形又拔起丈餘，但那海潮一捲而上，他身形方才一拔起，下身自膝以下已是盡濕。

哪知身形下落時，辛捷低頭一看，腳下又是一片浪潮，辛捷不由一咬牙，身形微一點水，又復縱起，施開上乘輕功，拚著下身濕透和海潮搶快。

辛捷此時何等功力，「暗香浮影」又是極上乘的功夫，幾個起落之下，竟將勢若疾風的海潮遠遠拋在身後。

一直奔出二十丈遠，辛捷才停身回望，只見遠處白潮掀天，方才立足之地早已淹沒潮中，那慧大師留下的「詰摩神步」腳印，不消說一定被沖洗無跡，難怪慧大師要說「半個時辰之內」的話。

辛捷目睹海潮奇景，只覺得心胸爲之一闊，一時胸中豪氣勃勃，雄心千丈，不由自主地振袖高歌道：「亂石崩雲，驚濤裂岸，捲起千堆雪，江山如畫，一時多少豪傑。」

唱到此處，辛捷不禁想到，一天以前自己還困束於兒女之情及灰心頹唐之中，此刻卻豪氣干雲，雄心千丈，他暗中下決心，一定要創下一番轟轟烈烈的大事，才能談到其他。

怒潮澎湃，夜色漸褪，天邊露出一絲曙光，霎時金光四射，紅波翻騰，一輪紅日昇了上來。

辛捷漸漸不知不覺間已從島東繞到島西，他心中正在暗計如何離開這孤立大海的小島，但當他一抬頭，只見海面平靜得很，天空一望無雲，千里晴空，但最令他注意的卻是海邊沙灘上擱著一隻小型帆船。

辛捷連忙快步上前，只見船前沙上寫著一片大字：「由小戢島西南行，此時海面西風甚強，揚帆一日可達大陸。」顯然是慧大師之筆，那船自然也是她預備的了。

辛捷看罷吃了一驚，暗道：「只需一日航程即可到達大陸，這小戢島離大陸如此之近？」不禁極目遠眺，果然瞧見遠方水天相接處依稀可見一帶極淡的山影，那天邊是乳白色，山卻是淡藍色，是以勉強可以辨出。

辛捷再次轉身向島心祝福，啓帆入海。

西風甚疾，卻甚是平穩，小船又很輕快，那帆吃得飽飽的，哪消片刻，已遠離小島，辛捷回首望時，小戢島已成了一小點黑影，只有那島上最高的一根石筍仍可辨出，高矗晴空。

長江流至武漢一帶，向東北方分出一條支流，稱作漢水，和長江成之字形隔開武昌、漢口、漢陽三地，自古爲江鄂一帶重鎮，行人熙攘熱鬧之至。

自從七妙神君再現江湖，在武漢一帶辦過幾件驚動武林的事後，武漢更是群英畢集，各派高手相繼趕到，都想察知七妙神君重現江湖之傳是否屬真。

尤其是當年參加圍擊七妙神君的五大派更是急欲偵知事實，故此武漢一帶空氣登時緊張起來。

時正夏末，武漢一帶天氣雖仍不能算得上涼爽，但卻有金風送爽的氣氛了。

這天，江上駛來一隻小舟，這小舟似是要向岸頭行攏過來，是以行速甚慢，加之江水逆流，看起來好像小舟根本行不動的模樣。

這時江上帆船何止數十條，這小舟在穿梭般的船林中緩緩靠到岸邊，船上卻走下來一個年約廿左右的青年文士，身著灰青色布衣，緩緩走上岸邊，行動十分端莊。

這青年似不願被那往來不絕的行人所阻，上得岸來，急步穿過馬道，沿著道兒向漢口城門走去。

如果仔細觀察一下，便可看出這青年神色間，似乎充滿著一種莫名的神采，但氣色卻又煥發的出奇，一張秀俊的臉兒配上高度適中的身材，再加上行動瀟灑，確是一表人才。

唯一的就是他臉兒上微微有點顯得蒼白。

這青年步行確是甚快，不消片刻便來城中。

這時正是午後時分，天氣微微顯得悶人，尤其是風兒颳得甚大，城中還好，城外馬道上卻是塵沙漫天。那青年走進城來，卻見他一身衣服清淨異常，似是一塵未染，實在有些兒出奇。

迎面便是東街，那青年不假思索打橫裡兒走向東街，朝新近才開舖不久的山梅珠寶店走去。

走到近處，那青年似乎面微帶驚奇之色，腳步微微加快，口中喚道：「張大哥——」

珠寶店中人影一晃，迎門走出一個年約四十左右精幹的漢子歡然對那青年道：「辛老闆，你回來啦，小的望你回來都等到眼穿啦——」

說著，神色間似乎甚是悲忿。

那姓辛的青年詫然問道：「什麼?張大哥——」

那姓張的漢子黯然道：「侯老他……他死去了——」

那辛姓青年似乎吃了一驚，身形一動，已來至那張姓漢子的身前，這一手極上乘的移位輕功，如果有識貨的人看到，不知會吃驚到什麼地步了。

那青年來到張某身前，一手抓住張某的衣領，顫聲問道：「什麼!你是說——你是說侯二叔已經去世……」

那姓張的漢子冷不防被那姓辛的抓住，一時掙不脫，聽他如此問，忙答道：「此話說來甚長，容小的進店再告——」

那辛姓少年似乎甚急，厲聲打斷插嘴道：「侯二叔到底怎麼樣啦！」

那張某吃了一驚，顫聲答道：「他死——」

話聲方落，那辛姓青年放手便向後倒下，登時昏迷過去。

姓張的漢子大吃一驚，急忙扶起那青年，半拖半走進店中，急忙喚兩個伙計抬那青年，自己急忙去燒一碗薑湯，準備餵辛姓少年吃下去。

一陣忙亂，薑湯尚未煎好，那青年反倒悠悠醒來，爬起身來，厲聲問旁邊的伙計道：「侯二叔是怎樣死的？」

書中交代，這青年當然便是山梅珠寶店的店東辛捷，他自離小戢島後，急忙趕回武漢，不料聞到自小待他甚好的侯二叔竟已死去，一時急哀攻心，昏迷過去。

且說辛捷問那伙計，那伙計道：「十餘天前，張大哥凌晨時在廂房天井中發現侯老躺在地上，已然死去，原先還以爲是一時中風致死，但後來見他背上似乎受有內傷傷痕，這才知是受人擊斃，張大哥急得要死，以爲辛老闆和武林人物交往而招致大禍，又怕匪徒再度來臨，當時人心惶惶，曾一度準備解散店務，昨日才送了侯老的喪，好在今日老闆回來了！」

辛捷聽後，心中微微一怔，悲憤的一跺腳，站起身來，問張姓的漢子道：「侯二叔葬在什麼地方呢？」

張某微嘆一聲——「小的平日素知辛老闆甚敬重侯老，所以擅自主張動用厚金葬了侯老，墓地就在城外不遠的西方一個山崗上。」

辛捷微微點頭，走出廂房，張掌櫃急走向前想阻攔，怕他尚未復元不能行動，辛捷對他投以感激的一瞥，緩緩走去。

不消片刻，他便來到城外，依張掌櫃的指示，找到山崗，果見一個大墓就在不遠處，忙一轉身子，撲在墓前。

須知辛捷幼年喪父亡母，唯一的親人便是梅山民梅叔叔和侯二叔，及長，稍通人事，對梅、侯二人視若父叔輩，尊敬之極，這時突聞噩耗，哪能不傷心欲絕，剛才還努力克制住不流淚水，這時見墓碑在前，觸景生情，哪能不痛哭流涕，悲傷欲絕？

但他到底是身懷絕技的人，雖然極重感情，倒也能及時收淚，呆立墓前。

這時辛捷的心情可說是一生中最悲哀的時候了，在幼時辛捷夜遭慘變，但年紀究竟尚幼，只被驚嚇至呆，哪有此時的如此傷心斷腸！

辛捷呆立墓前，仰首望天，目光癡呆，臉上淚痕依稀斑斑，此時他一切警覺都已有如全失，如果有人陡施暗算，他必不能逃過。

他喃喃自語，心中念頭不斷閃過，卻始終想不通是何人下的毒手，更不解何以侯二叔如此功夫竟也會被擊斃！有好幾次他都想掘出侯二叔的屍身查看究竟是誰下的毒手，但卻遲遲不動。倏地，他冷哼一聲，伸手拍在石碑上，仰首喃喃說道：「我若不把殺侯叔叔的兇手碎屍萬段，誓不為人！」

誓罷，反身便向山下走去。

突然他眼角瞥見約在左方十餘丈一個林中好像人影在動，這時他滿懷悲憤，對每一個人都抱有懷疑之念，於是冷哼一聲，閃身飄過林中。

入得林來，只見前方約五六丈開外有二個漢子正在拚鬥，辛捷輕功何等高明，這一進來，二人一方面也打得出神，竟沒有被發現。

於是隱身一株老樹後，閃眼望去，只見迎面一人生得好不魁梧，滿面虬髯，正手持一柄長劍攻向對方，對方那人背對著辛捷，看不真切面容，但見他左手僅持著一支長約一尺半的樹枝，和那大漢搏鬥。

那手持樹枝的人似乎周身轉動有些不便，尤其是右手，有若虛設，腳步也有些兒倉促。反觀他的劍法卻精妙絕倫，二人一迅間便對拆了約有廿餘招，但卻未聞兵刃相觸過一次。

無怪這便是辛捷剛才並未發現有人搏鬥的原因了。

二人緘口苦鬥，那手持短枝的漢子因身手不靈便吃了極大的虧，此時已被逼到林邊。

那虬髯大漢驀的大喝一聲：「呔，看你再想逃──」

說著一劍點向那手持短枝人的眉際。

辛捷觀戰至此，尚未聞二人開過口，這時聽那大漢狂吼，口氣充沛之極，不由暗吃一驚，再看那背對著自己的人時，只見他身子一矮，也不見他著力，身子突然一滑，竟自擺脫出那大漢致命的一擊。

他掉過頭來，準備再接那大漢的攻擊。

辛捷這時才可見清他的面容，只見他年約廿一、二，相貌英挺之極，不覺對他心存好感，尤其對他這種帶傷奮鬥的堅毅精神更感心折。

那青年鐃是閃過此招，但臉上再也忍不住作出一種痛苦的表情，辛捷何等人物，已知他是被點了穴道，半身周轉不靈，是以用左手持劍。心中更驚他竟能用內功勉強封住穴道爲時至久，心中一動，隨手折下一段枯枝。

卻見那虬髯大漢仗劍回首又是一劍刺來。

那少年突然左手一揮，但見漫天枝影一匝，竟自在身前佈出一道樹網，尤其用的是左手劍，更顯得古怪之極。

他使出這招，那大漢一擊數劍都被封回，就是連辛捷也大吃一驚。

說時遲那時快，辛捷張手一彈，一截枯枝已閃電般彈出。

辛捷用的手法，勁道巧妙之極，只聽得「噗」的一聲，擊中那少年的右脅下第十一根筋骨——「章門穴」上。

那少年突然覺得身上一陣輕鬆，左手一揮，絕技已然使出，但見漫天劍影中，一點黑突突的樹影飄忽不定的擊向那虬髯大漢，那大漢急切間揮出劍劃出一道圓弧，哪知青年這一劍乃是平生絕技，只見樹尖微微一沉，微帶一絲勁風竟在森森劍氣中尋隙而入！

眼看那大漢不免要擋不住樹枝——別看這一枝樹枝，如點到了身上，照樣是洞穿！辛捷在一旁本不欲出手，突然一個念頭閃過腦際，他如飛般閃出林中，洪聲道：「兄台請住手。」說著抖手劈出一掌。

那少年陡見有人竄出，且攻出一掌，不求傷人，但求自保，身形一錯，退後尋丈！

辛捷拱手對那虬髯大漢道：「兄台可是號稱中州一劍的孟非？」

那虬髯大漢死裡逃生，怔怔的點了點頭。

辛捷微微一笑道：「久聞大名，如雷灌耳——」

那中州一劍長嘆一聲，打斷他的話頭，答道：「罷了，罷了，自此——唉！」

說著抖手擲出長劍，向那青年擲去，轉身如飛而去。

十六　河洛一劍

辛捷望著他背影微微一笑，回過頭來望著那少年——

這時那長劍正擲向那少年，那少年待劍近了，突然身子一拔，頭下腳上，俯身一掠，便將長劍接著。

辛捷微微一笑，開口讚道：「兄台好俊的輕功——」接口又道：「呵，對了，兄台可是姓吳？口天吳？」

那少年微微一驚，隨即答道：「在下正是姓吳，兄台怎麼得知？」

辛捷答道：「不知兄台可是威震中原的單劍斷魂吳詔雲的後輩？」

那吳姓少年大吃一驚，答道：「正是——」

辛捷道：「果然是吳兄，在下姓辛名捷，家師梅山民和吳老前輩以前要好得很哩！」

那姓吳的少年臉上突然一喜，欣然道：「原來辛兄竟是梅叔叔的高弟——」敢情他也叫梅山民作叔叔。

原來這少年正是早年死在五大劍派圍攻之下的吳詔雲的兒子吳凌風。他自家逢慘變，被一異人收留，教他武藝，但所教的卻全是吳氏留下來的「武功秘笈」，是以吳凌風的功夫和乃父仍出一轍。

最近吳凌風出道行俠，風聞武漢一帶七妙神君再度出現，梅山民乃是他父至友，他登時趕來察看，但巧逢侯二叔出喪，他自小便和侯二叔交往甚好，當下來墓前祭拜，正傷心間，不防身後一個虬髯漢子，也就是中州一劍孟非，突施暗算，點了他右肩的「肩胛穴」且拔去他的佩劍，吳凌風徒逢慘變，正悲哀欲絕，哪防有人暗算？

他只有急氣閉住穴道，勉強折一根樹枝和那孟非搏鬥，想是孟非自己也覺得自己行動太過卑劣，便將他逼至林中動手，他先還有力招架，後來到辛捷上崗，那孟非想是不願外人得知，於是緘口默鬥，而吳凌風也是一口真氣閉住傷穴，更不能開口出聲，於是二人默默苦鬥，若不是辛捷眼快，必不會發現二人。

吳凌風真氣愈來愈微弱，被那孟非逼得只有招架之力，突被辛捷用暗器撞開穴道，是以奮力使出單劍斷魂吳詔雲的絕招「鬼王把火」。吳凌風功夫本遠在孟非之上，此時含忿出手，孟非一時招架不了，倒是辛捷出手解了危。孟非本於心有虛，此時見另有人參與此事，不好再停留片刻，是以掉頭提劍便走。

吳凌風草草說完自己的遭遇，辛捷聽了微微點頭，開口說道：「這孟非乃是天下五大宗派中峨嵋苦庵上人門下，想當年五大宗派謀害令尊之事，必也告知他們的後輩了。這孟非大概是路見你身後的『斷魂劍』而突下毒手——」

吳凌風聽到這裡，早已淚如雨下，恨聲道：「剛才實在不應放那小子離去，只怪小弟不知他是峨嵋門人，否則必讓他碎屍萬段。」

辛捷點了點頭，說道：「小弟不過是讓他逃去，借他口告知天下武林，單劍斷魂和七妙神君的後人要找他們償還十年前的血債！」

二人再講了幾句，彼此都心折對方的風度、功藝，立成莫逆，十分投機。吳凌風笑道：「呵！對了，剛才用枯枝撞開小弟穴道的必是辛兄吧？」

辛捷微微點頭，阻住吳凌風拜謝之禮，口中卻道：「小弟今年二十歲，不知吳兄——」

吳凌風答道：「小弟廿有一，如不嫌棄，稱你一聲賢弟好嗎？」

辛捷本有此意，歡聲答應，登時二人感情又加深一步。吳凌風突然想起什麼，開口道：「賢弟，江湖上盛傳梅叔叔出現武漢一帶，此事是真是假？梅叔叔好嗎？快帶我去拜見！」

辛捷黯然答道：「小弟這就告訴大哥——」

說著將七妙神君在五華山受傷的經過一一說出，且連自己的任務也說了一遍，吳凌風聽梅叔叔竟爲自己父親而受創殘廢，心中更是一陣難過，二人相對恨聲發誓定要爲梅、吳二人復仇。這樣一來，後來果然使得江湖上遭臨一次浩劫，此是後話不提。

二人再談了一會，一同走下山去，臨行時一起又對侯二叔的墓碑哭拜一番。

二人商量之下，覺得目前首應查出殺侯二叔的兇手是誰。吳凌風猜測必是五大宗派所幹，以便引出梅山民後代哭祭，是以派孟非在墓旁等候施以暗算，辛捷則知自己行藏並沒有被武林人物探知，知侯二叔必不會是五大宗派門人所殺，況且以侯二叔的功力，就是五大宗派任一掌門人親自來臨，也未必能夠將之擊斃。

二人邊走邊談，一時便來到了山梅珠寶店前。

張掌櫃早已迎至店外，見辛捷伴著另一個英俊的少年，且揹上一柄長劍，以爲又是些武林人物，忙道：「辛老闆回來了。」他絕口不提侯二叔的事，乃是怕辛捷再度傷心。

辛捷微微擺了擺手，便招呼伙計安頓吳凌風住處。一邊問張掌櫃道：「這幾天來，江漢一帶有否什麼重大的消息？」

張掌櫃急點了點頭道：「有，多得很哩，小的剛才一時心急還不曾說。」頓了一下又道：「據說是什麼七妙神君再現江湖引起許多人物注意，最轟動的還是三天以前，銀槍孟伯起老爺子的鏢店被人掀啦，孟老爺子當場身死，而兇手在臨走以前卻留言講是『海天雙煞』所幹，當下全城震驚——」

辛捷聽到這裡已是神色大變，開口道：「好！難道這二個魔頭竟千里迢迢入關了，難道想東山再起嗎？」

張掌櫃接口道：「這個小的不懂，倒是江漢一帶的武師都談虎色變，一些五大宗派的人物也有的噤不敢言，也有的豪言要教訓這二個敗類——」

辛捷此時心中大亂，微微擺手道：「知道了，這樣江湖上有得大亂了！」

說著便囑人叫吳凌風出來一同用晚餐，並告訴他此一消息。吳凌風想是久居深山，並不知「海天雙煞」是何等人物，也不十分注意，辛捷不再多言，心中卻想定了另一個計謀。

次日清晨，辛、吳二人起身後，辛捷建議道：「大哥最好是扮作一個文人，這樣也好行動。」

吳凌風頗覺有理，於是改換裝束，藏起惹目的「斷魂劍」，和辛捷一同出去。

辛捷一連月餘離開江漢，一些相熟朋友都不免起疑，是以決定去拜訪一下，隨便編一個理由去圓謊。

走到城東，但見成名最久的「信陽鏢局」已是一片淒涼，大概是出喪不久，門前仍掛著一些兒白布白燈，更覺淒蒼。

轉過道兒，打橫裡預備到「武威鏢局」去拜訪金弓神彈范治成。來到門前，但見鏢局內忙忙碌碌，走入局中，問一個伙計道：「范鏢頭可在麼？」

那伙計點了點頭，隨手一指，辛捷、吳凌風二人隨著他所指的地方一看，果然范治成正和二個年約四十左右的人物站在一起，這時范治成也已看見辛、吳二人，微微點了點頭，走了過來。

辛捷見他滿臉疲倦，嘴角上雖帶著笑容，但神色卻顯得充滿著憂慮；辛捷心中瞭然，卻故作不解問道：「范兄好久不見？小弟昨晚才從四川回來——」

說著故意頓了一頓，看那范治成似神不守舍，心中暗笑，改口道：「真是天大不幸，孟兄竟遭奸人毒殺而去世，小弟不曾參加葬禮，心中好生過意不去。」

范治成微微一嘆道：「那海天雙煞也恁地太狠，他們想再揚名，竟找上咱們這兩家鏢局，想能殺一以儆百，唉，說不得，今明二晚愚兄性命不保啦！」

辛捷故意詫聲道：「什麼?海天雙煞竟還要施暗算於范兄?」

范治成微微點了點頭，伸手入懷，摸索一陣，摸出一張白色的帖子對辛捷說道：「天殘地缺的追魂令已送到，這二個魔星不出二十個時辰必然趕到——」

說著將帖兒遞給辛捷。辛捷一看，只見帖上畫著一隻令箭，下端署名處卻畫著一對老叟，二個都是殘廢不全的，不用說定是「海天雙煞」了。

辛捷看了心中一陣激動，神色微微一變，口中卻說道：「這就是所謂追魂令?」

范治成點了點頭，答道：「這追魂令既到，愚兄特地請了二位高手來，想請他們助拳，他們倒是爽快的很，立刻答應下來了。辛老闆，來，我替你們引見一下。」

說著指著那身材略高的中年漢子道：「這位是點蒼高手卓之仲卓英雄，這位是新近成名的生死判陸行空。」說著，又將辛捷介紹一下，倒是辛捷先將吳凌風介紹大家。

寒暄一陣，辛捷再胡謅一番，便和吳凌風離去。

一路上辛捷對吳凌風道：「大哥，你現在才知那『海天雙煞』不是好惹的人物吧，小弟倒有一個計謀——」

說著便將計謀說了出來，吳凌風連聲讚道：「妙計！」

於是二人沿街隨意逛了一會，便回到「山梅」。

喫過晚飯，二人挑燈閒談一會，齊入房準備。

時入深夜，山梅珠寶店中突然響了一聲拍掌聲，倏地二人影如狸貓般竄上房屋，兩人略一張望，便會合在一起。

這時天上月亮雖渺，蒼穹卻明，借著星光一看，只見二人臉上均包以布巾，只露出二隻眼睛。

倏地二人身形一動，一齊竄落在黑暗之中。

時已深夜，漢口全城燈光全黑，只有東街上「武威鏢局」中燈光輝煌，在黑夜中益發顯得光明。

驀地，「武威鏢局」房上一陣怪嘯，一個奇異已極的聲音喝道：「范治成——」

語音方落，倏見西邊房上一陣響，一條人影沖天而起，直上昇至三、四丈勁道才失，在空中微微一停，滴溜溜一轉，斜掠而下。

這一手露得高明之至，無論是身法、姿態，均曼妙已極。說時遲，那時快，那人影兒已落在屋面上。

那人才到屋上，便向左方喝道：「焦兄弟，大名鼎鼎，竟是見不得人的東西麼？」

話音方落，左面一陣怪笑，「刷」的縱出二人。

當先一人喝道：「好小子，你就是范治成請來的高手麼？」

聲音怪異之極，且夾帶著金屬鏗鏘之聲，刺耳已極，且二人似是有意賣弄，中氣充沛，宛如平地焦雷。

哪知對面那人不理不睬，僅冷冷答道：「憑金弓神彈就能請得動我？」

那人再度怪聲說道：「小子既非范老兒幫手，還不速退，待我們兄弟處置他以後——」

話未說完，那對面的人卻沉聲喝道：「廢話少說！」

那二人似乎怔了一下，驀的爲首一人哈哈一笑道：「看不出來！哈——」

笑聲有如鬼叫，更是刺耳已極！敢情他動了怒，想用「攝魂鬼音」來傷倒對手。

笑音愈來愈高，對面那人身子微微一動，顯然是忍受不住！

驀地黑暗中又有人斷喝一聲道：

「住口！」

雖只僅有二字，出口後，卻清晰已極，有若老龍清吟，平和之極，那發笑的怪人微微一怔，停下口來。

那以「攝魂鬼音」狂笑的怪人住了笑聲，往發聲處一看，只見一條人影刷地衝出來，那份輕靈灑脫，令人生出出塵的感覺。

月光下，只見縱出之人亦是以黑布蒙面，手中持著一支長劍，身材中等，微微顯得瘦削。

那怪人尖銳的聲音又揚起：「范老兒竟收羅了這許多高人，哈哈，今夜要你們知道『海天雙煞』的手段。」

須知「海天雙煞」中「天廢」焦勞乃是啞子，是以一直是「天殘」焦化發言。

焦化聲音才完，那原先佇立房上的蒙面人也喝了一聲：「今夜咱們正要領教一下這對殘廢究竟有什麼出類拔萃的功夫！」

「天廢」焦勞口中不知發出一聲什麼聲音，身子一聳，從距離不下五丈的地方一下子縱到蒙面人眼前，單掌挾著一股排山倒海般的勁風打到。

那蒙面人見了天廢那副平板得無鼻無嘴的怪臉，心中不禁發毛，只聽他輕哼一聲，身形如行雲流水般退了五步，避開了此招。

焦勞還待追擊，「天殘」焦化連忙打手一陣亂比，兄弟兩人心意早通，焦勞一躍準備下房。

敢情焦化是怕房下還藏有別人，是以焦勞下去查探一下。

這時那清嘯阻止「攝魂鬼音」的蒙面人忽地又是一聲長嘯，聲音宛如飛龍行空，暢其不知所止。

「天廢」焦勞雖然耳聾聽不見，但腳下瓦片卻被嘯得窣窣而動，不由停身回望。

那蒙面人右手持劍，左手執劍尖，將長劍彎成一個優弧，一放左手，長劍鏘然彈上，雪亮的劍尖一陣跳動，在黑漆的空中劃出七朵工整的梅花。

「天殘」、「天廢」同時一驚，只因這七朵梅花正是七妙神君梅山民的標誌。

海天雙煞與七妙神君齊名武林，卻始終沒有對過面，近日七妙神君重現江湖的事兩人也有耳聞，這時見眼前蒙面人竟彈出七朵梅花，不禁大奇。

天殘心道：「這廝手中長劍分明不是柔軟之物，他卻將它彎成優弧而不斷，這份功力實在不凡，難道七妙神君真的重入江湖？」

那蒙面人卻又道：「關中霸九豪，河洛唯一劍，海內尊七妙，世外有三仙！關中亦海內也，九豪雖霸關中，卻也應尊我七妙哩。」說完長笑一聲，身形保持原狀。足尖用力一點，復拔起數丈，身形如彈丸般飛了出去，笑聲中傳來：「海天雙煞有種跟我來。」

焦化哈哈爆笑道：「就暫饒范老兒一夜。」向焦勞微打手勢，兩個殘缺不全的肢體卻疾如流星地追了上去，不消片刻失卻蹤影。

房上留下的一個蒙面人，見三人如風而去後，扯下臉上蒙巾，露出了一副俊美無比的臉孔，正是那吳凌風。

吳凌風側耳聽了聽，喃喃自語道：「怎麼我們在上面鬧了半天，下面一點動靜也沒有？」

這時一陣夜風卻送來一聲兵刃相接的聲響，吳凌風不禁吃了一驚，連忙躍下屋頂，翻入范治成的院子。

踏入內院，只覺屋內燈火全沒，黑得伸手不見五指，正要摸索前進，忽地腳下一絆，險些跌倒，他雖仗著馬步沉穩沒有跌下，但已弄出一聲巨響。

「嚓」地一聲，火摺子迎風而亮，吳凌風借火光往下一望，驚得幾乎叫出了聲，原來絆他一下的乃是一個人的身體。

湊近一看，竟是范治成請來的助拳之一「生死判」陸行空。吳凌風曾見過他一面，是以認得出。

生死判屍身上沒有兵刃傷痕，只是頷上有一小滴血跡，似乎是中了什麼歹毒暗器所致。

吳凌風一時想不通是怎麼回事，連忙持火繼續走進去。

他原來和辛捷計劃的是由辛捷將海天雙煞引開，他下去搭救范治成——而吳凌風自己還想借機從那爲范治成助拳的點蒼高手卓之仲處打探一下點蒼派的虛實。這時生死判陸行空橫屍門前，真令他不得其解。

他十分謹慎地走進內屋，火光照處，當中桌上赫然伏著一人，翻開臉孔一看，竟是范治成！

范治成臉色發黑，全身也沒有傷痕，但吳凌風卻識得必是被點蒼的七絕手法點穴致死。

吳凌風是個絕頂聰明的人，這一派景象，立刻令他懷疑到那個點蒼高手卓之仲。

他放下火摺，雙掌護住胸面，一腳踹開內門，一片空蕩蕩的，哪有什麼動靜？

但是當他跨入才兩步，忽然迎面嘶嘶風聲，他陡然一個鐵板橋，向後倒了下去，叮叮兩聲，暗器已從上面打空，大概是釘在牆上。

吳凌風略一伏身，讓眼睛習慣了黑暗，定神一看，只見屋內空蕩蕩的，只有右面牆根處似乎伏著一個人體。

吳凌風拿了火摺子再走近一看，地上果然是具屍體，只是心頭微溫，好像才死不久，細見面孔時，竟是那點蒼高手卓之仲，胸前一處傷口，似是劍傷。

這一來把他原來的懷疑全部推翻。吳凌風又怔了一會，發現卓之仲手中似乎捏有一物，細看原來是一枝喪門釘，看情形似乎是無力打出就已死去，他回頭看了看釘在牆上的兩枝暗器，正是一模一樣的喪門釘，顯然方才暗器是卓之仲所發。

這一連串的急變使吳凌風陷入苦思中，對著卓之仲的屍體發呆。

「范治成是死在七絕手法，看來多半是卓之仲的毒手了，那陸行空似乎比范治成死得早，可能也是卓之仲所殺，可是卓之仲爲什麼要殺他們呢？他不是受託來爲范治成助拳的麼？如果是卓之仲殺的，那麼卓之仲是誰殺的呢？」

這時他的眼睛忽然發覺了一樁事。

范治成屍身旁的桌子抽屜等都被翻得七零八落，靠牆的櫃子也被打開。

「嗯，必是范治成有什麼寶物之類引起的兇殺——」他這樣推斷著。

忽然，他想起自己曾聽見兵器相碰的聲音，那范治成及陸行空都早已死去，只有這卓之仲方才才死去——

「對了，兵刃相碰的兩個人，一人必是卓之仲，另一人就是殺卓之仲的了——只怕此人還未出屋，我且搜一搜——」

才跨出門，外面走進一個人來。

吳凌風陡然立住，見那人手橫長劍，冷冷對自己道：「好狠的手段，一口氣殺了三人！」

他若不說還好，這一說，吳凌風立刻料定必是他殺了卓之仲，再一看，他手中劍尖還有一絲血痕，益發知道所料不錯。當下喝問道：「閣下是誰？」

那人哈哈大笑道：「崆峒三絕劍的大名你竟不知？」

吳凌風一聽「崆峒」兩字，血往上沖，但他仍冷冷道：「不曾聽過哩，請教大名？」

那人朗聲道：「人稱天絕劍諸葛明就是區區。」

吳凌風忽然大聲喝道：「諸葛明，范老兒的寶物快交出來！」說罷雙目定視諸葛明。

諸葛明果然臉色大變，哼了一聲，忽然轉身就跑。

這一來吳凌風立刻斷定自己所料正確，不加思索地追了出去。

諸葛明一路往北跑去，吳凌風心想：「那海天雙煞雖然高強，但憑捷弟那身輕功大約吃不了虧。」於是也一路追了下去。

這一追下去，他發現了崆峒掌門人劍神厲鶚的蹤跡，他雖自知功力與厲鶚相差甚多，但仍抱著「不入虎穴焉得虎子」的心理跟蹤下去，只一路上作了記號，叫辛捷看了好跟上來。

留在武威鏢局中的三具屍體，到次日被人發現時，勢必算在海天雙煞的賬上了，但海天雙煞一生殺人無數，加上這三條命又有什麼關係？

再說，那引開「海天雙煞」的「蒙面人」，出得市郊，哪還顧得許多，腳下加力，有如一條黑線，「海天雙煞」見這自稱「七妙神君」的傢伙腳程果然驚人，心中暗忖道：「難道果然是梅山民嗎？」心念一動，雄心突奮。

須知關中黃豐九豪獨步綠林，和七妙神君齊名，這時見七妙神君輕功如此佳妙，心頭比試之心大起，一擺手勢，兄弟二人全力追趕下去。

三個人的腳程都是江湖上罕見的，全力奔跑起來，呼呼風生，不消片刻，便來到城西的龜山。

「七妙神君」似乎有意上山，回首冷然哼道：「龜山奇險，二人有興趣乘夜一遊麼？」

海天雙煞何等老到，心中雖是懷疑對方使的拖兵之計，但七妙神君的名頭著實太健，哪敢絲毫大意，只得放棄分頭而行的工作，而合一追趕。

「七妙神君」話音方落，不停稍許，足尖點地，已在微亮的蒼穹下登山而去。

海天雙煞微微一怔。焦化冷然說道：「看你七妙神君能夠奈何得了咱們！」

怪嘯聲中，已和焦勞搶登而上。

龜山奇險甲天下，任三人一等一的輕身功夫，到得山腰，已是天色大明。

前頭的「七妙神君」似乎怕「海天雙煞」不耐而致計策不成，不時回首挑逗幾句。其實他不必如此擔心，海天雙煞被他折騰了一夜，早存定了不到手不停的決心。

「七妙神君」一路奔跑，一路暗忖道：「我要不要脫下蒙面，讓他們知道我是辛九鵬的後代？」

又轉念忖道：「我現在冒的是七妙神君之名，還是不要暴露身分，一直等到把他們二個賊種點倒後再露出身分，使他們知道辛九鵬的後人為父母報仇！」

想到父母，忽覺心中怒火衝騰，身形不覺一窒，雙煞何等腳程，已趕近數丈之多。

辛捷冷哼一聲，忖道：「想來這麼久時間，范治成必應已脫險了。」念頭既定，倏地停下腳步，刷地回過身來。

海天雙煞不虞他忽然停步，也自一左一右，停下身來，三人丁字形對立，距離不過尋丈！

辛捷傲然一笑道：「兩位興致不小，到底是陪我『梅某人』上龜山了！」

天殘天廢二人折騰一晚，心中狂怒，二張醜臉更形可怖，焦化厲聲道：「七妙神君把咱們引到這兒來——」

此時天色大明，辛捷從面巾中看那海天雙煞，容貌仍是那副樣子，和十年前一絲未變，心中念到父母慘死的情景，不覺全身顫抖，焦化的話一句也沒有聽進。

停得片刻，天殘見他毫無反應，誤以爲他是瞧不起自己，有若火上加油，狂叱道：「你也不必如此狂妄，咱們海天雙煞今日叫你立刻血濺此山！」

辛捷聽了，格外覺得刺耳，淒厲一聲長笑，呼的一手劈向天殘焦化。

天殘焦化已在他那笑聲中，分辨出有幾分淒厲的味道，心中微微一怔，錯步避開。

倒是一旁的焦勞接了一招，辛捷絲毫不退，左掌右拳齊擊，一式「雷動萬物」，打了出去。

天殘焦化微微一閃，向左跨半步，飛起一腳，踢向辛捷膝蓋。

辛捷雙足釘立，雙拳揮動，連打八拳，拳風沖激起極大氣流，天殘焦化連連退後，用了十多種身法才避了開去。

現在他完全相信這蒙面客是「七妙神君」了，自己一人之力，不會是對手的！

他打了個手勢，焦勞驀的出手。

焦勞出手攻擊的方位是辛捷的「章門穴」，辛捷一笑，左手向外一勾，想破掉這招，哪知焦勞雙掌一分，左手「玄鳥劃沙」擊向辛捷左脅，右掌卻極其巧妙的一翻，並伸雙指急點過去，已自化成「白鹿掛袋」之式，一招三式，連襲三穴，辛捷不禁微微吃驚。

說時遲，那時快，背後風聲大作，敢情是焦化在後出掌。

辛捷陡然大吃一驚，原來焦化所攻的地方卻正是自己必退之路。

辛捷憑極快的反應權衡一下，驀的左手一架，恰好封住焦勞的一招二式，右手閃電般一甩，一記「倒打金鐘」，反擊回去，也正好破去焦化的一招，但究竟出手太遲，真力不濟，當場跌退十餘步。

這個照面下，三個人連出怪招，且都是巧絕人寰的招式，假如有嗜武者在一旁觀看，不知又會受益多少！

海天雙煞情知對手功夫太高，不敢絲毫保留，二人拳影飄忽，夾攻上去。

要知辛捷的功夫，此時已在海天雙煞任一人之上，但二人合擊之下，就不免有些縛手縛腳之感。

海天雙煞心意相通，二人合擊之下，威力更是大得出奇，任辛捷全力使爲，也不禁一步一步被逼得後退。

這時已是艷陽當空，三人揮汗廝殺，已有個把時辰。

辛捷被二個一等一的高手逼得步步後退，他的背後是山道，是以愈逼愈高，已到了山頂。

龜山頂上，萬里無雲，晴空一碧，兩旁一兩株樹兒窣窣的搖動著葉子，露出一隙兒空隙，剛好可以望見數十丈以外的三條人影。

兔起鳶落，三條影子長長的拖在地上。

一陣輕風拂過，倏地天色微變，一朵雲兒緩緩飄來，正好把三個人影遮住，立刻，三個長長的影子變成了三個小黑點兒。

「嗆啷」一聲，在這樣的距離也可看見一道耀目的光芒，敢情是有人撤下了兵器。

三個人影倏的又改變了一個方向，向這二株樹縱了過來，細看之下，原來是那蒙面人把長劍拔在手上。

又是一陣微風，樹兒再窣窣的搖動，露出更大的空隙，把這個鏡頭全部收入眼簾。

雲兒隨風飄蕩，再也遮不住太陽了，酣戰著的三人又被陽光照著，只不過影子又縮短了一些。

陽光露出雲霾，一團虹光陡長，蒙面人長劍精光暴射，就是不懂武藝的人也會覺得這蒙面人的劍術神妙。

時間一分一秒的過去，三人交戰個不停，海天雙煞心中暗驚，以自己二人的功力齊戰七妙神君只不過平手，不禁一起狠狠攻出幾招。

太陽已由中天偏西了，三人的影子隨著陽光改變了方向，再由短而長，斜斜印在山石上。

日影偏西的時候，三人已接戰了三千回合。

「嘿」，辛捷手上精光陡長，盤空一匝，攻出一招「梅花三弄」。

但見森森劍影中，精光一連三折，在最佳的時間和地位中將海天雙煞逼退數步。

辛捷長長吸了一口氣，勉強把真氣均勻。

一夜的奔跑，大半天廝殺，辛捷再好的內力也微微不適。反觀那雙煞卻絲毫沒有累相，心中不由佩服這二人的功力精絕。

焦勞淒厲一聲長嘯，雙腳騰空，再發出致命的攻勢。

辛捷又再一次一步一步被逼退。天殘天廢似乎心懷鬼計，一招一式全力攻向辛捷右方，又使辛捷一步一步退向左方的斷崖！

不消數十招，辛捷已是退至崖邊，立足之地，距離崖不及五丈。辛捷早已測知二人的鬼計，數次想從二人頭頂上飛越而脫離這危勢，但海天雙煞何等經驗，不是用劈空掌力，便是用奇招怪式擋住。

焦化、焦勞再發動攻勢，辛捷雙足釘立，硬接三招，不禁又後退尋丈。

雙煞四掌一捲，拳影霍霍，又自攻將上來。

辛捷冷哼一聲，長劍隨手一揮，一式「固封龍庭」突然化作新近學自東海三仙中平凡上人絕學「大衍神劍」的起手勢——「方生不息」。

「嘶嘶」風聲中，長劍已自戳出十餘劍。

驀地劍式一收，招式又變，正是第二式「飛閣流丹」。

「大衍神劍」深奧無比，變化之多不可遍數，雙煞陡然一驚，雙雙展開鐵板橋功夫才避了開去。

辛捷陡然使出絕招，威力大得出奇，連他自己也吃了一驚，不由自主倒退兩步。

他可忘記自己身在危崖，後退二步，已距懸崖不及三五尺之距。

一陣山風從背後襲來，他微微一陣驚覺，腳尖用力，便想躍進。

說時遲，那時快，海天雙煞正仰起身子，豈容辛捷逃開危崖，齊齊全力劈空擊去！

這時天色已是申酉時分，日色偏西，天色向晚，一輪紅日照射著辛捷手中長劍，映起耀眼光芒。

辛捷見雙煞攻來，心中一驚，硬硬收回上縱之勢，長劍一陣震盪，激起無數劍影，封守門戶，正是「大衍神劍」中的「物換星移」。

劍式才發立收，閃電般又變為「閒雲潭影」反手劈向敵手雙臂、雙肘。

「大衍十式」是一口氣施出，非得快捷不可，是以招式未滿，立即收招，威力反而大得出奇。

焦化不想辛捷劍式如此精妙，眼看就要躲開，則辛捷必可脫離險境，心中暗暗忖道：「這『七妙神君』功力蓋世，今日如此良機，不如拚命將他廢了，也少去一個勁敵。」

天殘天性強悍，心念既定，怪吼一聲，伸出巨靈之掌，硬迎辛捷攻來劍式。

辛捷一招二式目的是要逼開雙煞好脫開險境，是以收發快捷，內力並沒有使全。這時見焦化探手硬奪長劍，心中大驚，彈指之間，焦化已握住劍身。

辛捷悶哼一聲，內力陡發，劍身一陣動盪，但聞叮噹之聲不絕於耳，焦化的手竟像是金屬所鑄！

焦勞握得良機，一掌向辛捷面部抹去。

「咔嚓」一聲，長劍已被焦化硬生生扳斷，辛捷一仰身，避過焦勞一招。

掌風吹處，蒙面手巾飄空而去。

辛捷伸手一抓，手巾已揉成一團，心中一急，左手拂袖遮住面孔，似乎不願讓人看見他的面目——其實辛捷就是不遮住也不會怎麼樣，這只不過是下意識的動作而已，當一個人在蒙面中被人揭開面具，一定會用手遮住面孔，雖然沒有什麼用處，只不過是必然的動作——

高手過招，毫釐之差即失良機，焦化兇性大發，狂吼一聲，一頭撞向辛捷。

辛捷突覺勁風襲體，眼角一飄，眼見焦化一頭撞來，如果不避，則非重傷不可，但躲避除了後退之外，別無他法！

電光火石間，辛捷萬分無奈的向後倒縱，身體凌空時，用內力抖手打出那一團手巾，並且閃電般伸出左手想勾住對手硬翻上來。

哪知焦化早料如是，右手一翻，竟用「小擒拿手」反扣辛捷脈門。焦勞伸手接住那團布巾，手心竟覺宛如錘擊！

辛捷此計不成，只好鬆手，落下山崖，眼角卻瞟見焦化的手掌上血流殷紅，皮肉翻捲，想是硬奪長劍的結果。

辛捷仰面一看，身體已落下數丈，但仍可見雙煞兩張醜惡的臉伸出崖邊向下俯視，心中怒極，反而長嘆一聲，想到自己報仇未成身先死，不覺有點悲從中來——

崖上傳來一陣得意的怪笑，但那笑聲愈來愈遠，也不知是雙煞離去了，還是自己跌離崖邊愈來愈遠……

十七 幽谷淨蓮

漢水的南面，長江的西岸，就是武漢三鎮的另一要鎮——漢陽。

漢陽的北面矗立著龜山，與武昌蛇山遙遙相對，漢陽北岸的西月湖乃是群巒叢翠中的一個大湖，湖光山色，風景宜人，湖上有一處不大不小的庵子，建築在一大叢古篁之中，又是在一片危崖的上面，所以不但人跡稀到，甚至根本曉得有此庵的人都不多。

是秋天了，雖然艷陽當空，但那山徑上的枯黃落葉無疑告訴了人們夏天已經過去了。

黃昏，夕陽拖著萬丈紅光搖搖欲墜，層層翠竹染上了金黃的反光，那小庵上凋舊脫落的漆飾雕物也被陽光染上一層光采，好像是重新粉刷過一樣，庵門上的橫匾上寫著三個字：「水月庵」。

橫匾下面，有一個白衣尼姑倚門而坐，從修長的影子上也可以分辨出她那婀娜輕盈的體態。

她雙眼像入定般一動也不動，又像是在凝視著極遙遠的地方，那清澈的眼光卻似矇矇的帶著淚珠，彎而長的睫毛下是一個挺直而小巧的鼻子，配上櫻桃般的小嘴，那充滿青春的美麗與上面光禿的頭頂，成了強烈的對照。

她的皮膚是那樣動人，襯著一襲白色的佛衣，把那寬大簡陋的僧衣都襯得好看了。輝煌的夕陽照在她身上，但她的心卻如同蒙在萬仞厚的霾雪裡。

從她那晶亮的淚光中，彷彿又看見了那個俊美的身形，那瀟灑的臉頰上，深情的大眼睛……

她忍不住喃喃低呼：「捷哥哥，捷哥哥……」

她就是金梅齡，——不，應該說是淨蓮女尼。

她的眼光落在西天那一塊浮雲，從一塊菱形須臾變成了球形，最後成了不成形的人堆。

她心中暗暗想到：「古人說：『白雲蒼狗』，而事實上又何止白雲是如此呢？世上的事都是在這樣令人不察覺中漸漸地改變，等到人們發覺出它的改變時，昔時的一切早就煙消雲散，不留一絲痕跡了。」

庵內傳來老師父篤篤的木魚聲，替這恬靜的黃昏更增加了幾分安詳。

忽地，她的眼光中發現了一點黑影，她揉了揉眼睛，將睫毛上的淚珠揩去，睜大了眼一看——對面危崖上一個黑影翻跳了下來，她定神一看，啊，那是一個人影，頭下腳上地翻跳下來。

她知道對面那危崖下面乃是千丈深淵，莫說跌落下去，就是站在崖邊向下俯視，那轟隆澗聲也會令人心神俱震，目眩神迷，這人跌落下去哪裡還會有命？

這一驚，幾乎高叫出聲，哪知更怪的事發生了，那人在空中一翻，立刻頭上腳下，而雙腳馬上一陣亂動，初看尙以爲是這人垂死的掙扎，但細看那人下落之勢竟似緩了下來。

淨蓮家學淵博，一看就發現那人雙腳乃是按著一種奧妙的步子踼出，是以將下降之勢緩了下來。

那人不僅下落變緩，而且身體斜斜向自己這邊飄了過來，這實是不可思議的事，那人身體在空中絲毫不能著力地居然將迅速垂直下落之勢，變爲緩緩斜斜飄落，那種輕功真到了不可思議的境界了。

腳下是千丈峻谷，落下去任你神仙之身也難逃一死，那人緩緩飄過來，想落在那片古竹林上。

當他飄落在竹尖兒上的時候，他聽到竹林下一聲女人的尖呼，那聲音似乎有一種神奇的力量，令他心神一震，但他知道此時全憑提著一口真氣，萬萬不可分神，只聽他長嘯一聲，雙足在竹尖兒上一陣繞圈疲行，步履身法妙入毫巔——

淨蓮女尼當那人飄落竹尖時，已能清楚的看見他的面貌，這一看，登時令她驚叫出聲，她差一點就要喊出：「捷哥……」

但當她幾乎喊出口的時候，庵裡傳出一聲清亮的鐘聲，那古樸的聲響在翠谷中蕩漾不已，她像是陡然驚醒過來。她想起：「我已出了家做了尼姑啊！」

但是那竹尖上的人，那英俊的面頰，瀟灑的身態，正是她夢寐不忘的「捷哥哥」，她怎能不心跳如狂？

她不知道兩個月不見何以捷哥哥竟增長了這許多功力，這時他雙足不停繞圈而奔，身體卻不斷盤旋而上，最後落在一根最高的竹尖上，他單足微彎，陡然一拔，身體藉著那盤旋而上之勢，如彈丸般飛彈向空中。

她不禁大吃一驚，心想：「你輕功雖然好，但要想躍上這危崖，可還差得遠呀！」她雖然盡力忍住驚叫出聲，但那嬌麗的面上滿是擔憂焦急之色。

可是他卻穩落在半崖壁上，敢情崖壁雖說平滑，總不免凹凸重重，是以他雖落在凸出的石邊上，遠看的人尙以爲他貼在壁上哩！

他仍是憑一口真氣，施展出蓋世輕功，一躍數丈地擦身而上，那瀟灑的身形終於小得看不見了。

若是告訴別人這一幕情形，他絕不肯相信世上有這等輕功，淨蓮雖然看見了，但她永沒有機會說給外人聽。

事實上，這幕神奇輕功給她的震撼遠不及心靈上的壓迫大，此刻她呆呆的不知所措，並不是想著那絕世輕功，而是想著那個秀俊的影子。

「捷哥哥，我們永別了，就像那崖上的雲霧，輕風吹來，就散得一絲不剩了……」、「可是我畢竟再見了你一面，雖然那麼匆匆，但我已經滿足了……」

「從此刻起，我將是一個真正的世外之人，一塵不染，心如止水，至於你，你還有許多未了的事，我只能天天祝福……祝福你一切幸福——一切——」

瑩亮的淚珠沿著那美麗的臉頰，滴在地上，霎時被乾燥的沙土吸了進去。

她站了起來，舉步困難地緩緩走離，那潔白的影子仍蕩漾在深谷中，正如一朵淨潔白蓮花——像她的法號一樣。

天光一黑，太陽落過了崖壁，谷中頓時幽暗下來，只有西月湖中仍倒映著西天那一角餘輝。

那危崖上，晚風襲人，令人生寒，一條人影如箭射了下來——倒不是說他快得像箭，而是他那勉強登上崖邊的緊張情形好像是一支力竭的箭矢。

他那上昇之勢本來萬難上得崖邊，但不知怎地，他雙腳空蕩一下，雙臂一拔，身體已上了崖邊，雖則有點倉促，但這種勢盡反上的身步，實是武林罕見的神功。

他立定了足，長長噓了口氣，敢情他一口氣提住一直不敢放，所以逼得臉都有點紅了。

他喃喃自語：「這『詰摩神步』端的妙絕人寰，若不是靠它，我此刻定然已經喪生絕壑了。」

這時他轉過身來，俯身向下望了望，那崖下雲霧裊裊，深不見底，只聽得谷底山泉轟轟衝擊山石之聲，方才自己借腳上縱之處，已是雲深不知處了。不覺暗道：「要不是那一片竹林，再好的功夫，也要喪生在雙煞的手中了。」

他正在回想方才那一聲嬌呼，呼聲中充滿著焦急、驚訝，是多麼熟悉呵！但是方才他正硬提一口真氣，無暇旁顧，如今看來，這絕壁深淵下難道有人居住嗎？不可能的！那呼聲是幻覺吧？

他迷惘的搖了搖頭，低聲自言：「梅齡啊！你在哪裡呢……」

那茫茫霧氣中忽然現出了一個嬌艷溫柔的姑娘，深情的看著他，他差些兒撲了下去——忽然那美麗的面孔變成了兩個醜惡無比的人類，他猛然收住自己往崖下衝去的勢子，由於收勢過於急促，一塊拳大的石塊被踢下了崖，片刻消失在雲霧中，連落入谷底的聲音都聽不見。

他猛地驚起，默默自責——「辛捷啊，辛捷啊，你怎麼如此糊塗呢？殺父母的仇不報，滿腦子盡是這些紛亂的情絲，還有梅叔叔的使命，侯二叔的深仇——」

他想到這裡，真是汗流浹背，雖然晚風陣陣送涼，但他緊捏了捏滿是冷汗的拳頭，身形宛如一縷輕煙般消失在黑暗中。

七妙神君的重現江湖，海天雙煞的兩度施兇，武漢真成了滿城風雨的情況。加上武當、崆峒兩大派門人的互相火拚，敏感的人都預料到又一次腥風血雨將襲至武林了。

銀槍孟伯起和金弓神彈范治成被殺了之後，武漢一帶所有的鏢局全關了門，大家都以為海天雙煞的東山再起必然有更厲害的事件發生，但從范治成被殺的一夜後，海天雙煞又身消影失了。

江湖上充滿著人心惶惶的情況。

又是黃昏的時候。安徽官道上出現了一個孤單的人影，不，應該說是一人一騎。那匹馬通體全白，無一根雜毛，異常神駿，馬上的人卻透著古怪，一身整潔的淡青儒服，在滾滾黃沙中竟是一塵不染，而且背上斜著一支長劍。

如果你仔細看一下，你定然驚奇那馬上儒生是那麼秀俊瀟灑，而且臉色白中透著異常紅潤，真所謂「龍行虎躍」，顯然是有了極深厚內功的現象。

馬蹄得得，奔得甚疾，忽地他輕哼一聲，一勒轡頭，那馬端的神駿，刷地一下就將疾馳之勢定住，儒生雙眼落在路旁一棵大槐樹上。

那樹幹上刻著一支長劍，劍尖指向北方。那劍刻的十分輕淺，若不留意，定然不易發覺，此時天色已暗，馬奔又速，不知那書生怎地一瞥眼就能看清楚了。

他仰起頭看了看天，喃喃自語道：「吳大哥一路留記要我北上，定然是有所發現，只是現在天色已晚，只好先找個地方宿上一夜。」

哪知真不湊巧，這一段道路甚爲荒涼，他策馬跑了一里多路，不但沒有客棧，連個農家都沒有，只有路旁一連串的荒塚，夜梟不時咕咕尖啼，令人毛髮直立。

天益發黑了。四周更像是特別靜，那馬蹄撲撲打在土路上的聲音，也顯得嘹亮刺耳起來，馬上的儒生雖不能說害怕，至少甚是焦急。

忽然不遠處竟發出一聲淒厲的嘶聲，那聲音雖然不大，但送入耳內令人渾身不快，一種緊張心情油然而生。

喔地一聲，那嘶聲又起，但從聲音上辨出比方才那聲已近了數丈，而淒厲之聲劃破長空，周圍又是連山荒墳，月光雖有，卻淡得很，倒把一些露在外面的破棺木照得恐怖異常。

那馬兒似乎也驚於這可怖情景，步子自然地放慢下來。

第三聲怪響起處，儒生馬上瞧見了兩個人影。兩個又瘦又長的人形，都是一襲白衫上面，全是麻布補釘，怪的是頭上都戴著一頂大紅高帽，加上瘦長的身材，竟有丈多高。兩個臉孔都是一模一樣，黃蠟般的顏色，雙眼鼓出，那陰森森的樣子哪有一絲人相？

兩人並肩疾馳，雙膝竟然不彎，就似飄過來的一樣，所至之處，夜梟不住尖啼，益增可怖之感。

馬上儒生強自鎮定，但坐下之馬卻似為這兩鬼陰森之勢所懾，連連退後。

兩鬼瞬時即至，迎面陰風撲面，儒生接連打了個寒噤，他雙手緊捏馬鞍，背上冷汗如雨，但他到底強自壯膽猛提一口真氣，大喝一聲：「何方妖人裝鬼嚇唬人，我辛捷在此！」

「辛捷」這名字又不是「鍾魁」，叫出來有何用？但人到了害怕的時候，往往故意大聲叱喝，以壯聲色。

但這一喝乃是內家真氣所聚，四周空氣卻被震得嗡嗡響。兩鬼相對一視，已飄然而過，只聽得左面一鬼道：「老二，我說你看走了眼吧，人家已做到收斂眼神的地步了，還怕咱們裝鬼詐屍這一手麼？就是方才那一聲『獅吼』，沒有幾十年功力也做不到哩！」

右面一鬼嗯了聲道：「咱們快走吧！」聲音傳時已去得遠了。

辛捷回頭望了望這兩個「鬼」，心中雖覺有點忿怒，但也有一點輕鬆感覺，他低頭一看，鐵鑲邊的馬鞍竟被捏成一塊薄餅了。

辛捷暗道：「這兩個三分像人七分像鬼的傢伙，輕功端的了得，不知是哪一路人物？」

他一面想，一面手中不知不覺加勁提著韁繩，白馬放開四蹄如飛疾馳。

辛捷自從獲得世外三仙之首平凡上人垂青後，功力增了何止一倍，這時雖然月光黯淡，但他目光銳利異常，早瞥見左面林子裡透出一角屋宇。

這一下他不覺大喜，連忙策馬前去，轉彎抹角地繞入林子，果見前面有一所小廟。

林子裡更是黑得很，辛捷把馬繫在一棵樹幹上，緩緩走近那破廟，不知怎地，心中忽然緊張起來，每走近一步，似乎更接近危機。

辛捷心中似乎有點預感，是以當他的手觸及那扇朽敗不堪的廟門時，竟自遲疑住了，遲遲沒有去推——

終於他一指敲了下去，哪知呀的一聲，那門竟自打開，原來根本就沒有上鎖。

廟內黑得伸手不見五指，而且透出一股霉爛的味道，哪像是有人住的地方！

辛捷後腳才跨入門檻，伸手正待掏取火摺子，忽地呼地一聲，已有一物襲到——辛捷伸進懷中的手都不及拿出，雙腳不動，身子猛向後一仰，上身與下身成了直角，那襲來之物如是暗器的話，一定飛過去落了空——

但是並沒有暗器飛過的聲音。

辛捷身形才動，腹下又感受襲，這一下辛捷立刻明白那連襲自己之物乃是敵人的手，而且可以辨出是雙指駢立如戟的點穴手法。

他一面暗驚這人黑暗中認穴居然如此之準，但手上卻毫不遲疑地反叩上去，要拿對方的脈門，這種應變的純熟俐落，完全表現出他的深厚功力及機智。

如果不是在這漆黑的房子中，你定可發覺辛捷這一抓五指分張，絲毫不差地分叩敵人脈上五筋，單這份功力就遠在一般所謂「閉目換掌」的功夫之上了。

黑暗中雖看不見，那動手襲辛捷的人自己可知道，對方隨手一抓，自己脈上五筋立刻受脅，只聽他哼了一聲，接著砰的一下悶聲——

辛捷不禁驚駭地倒退兩步，因爲他的一把抓下，竟抓了個空，而且對方不知用的一記什麼怪招，竟如游魚般滑過自己五指防線，啪地打在他小腹上——

而更令人驚奇的是這一掌打得極是軟弱無力，是以他只感到一陣微痛，根本一點也沒有受傷。

他正呆呆退立時，對方已喝道：「無恥老賊，還要趕盡殺絕麼——」聲音尖嫩，似乎還有一點童聲，接著一陣劇烈的喘息。

辛捷怔了怔，但他的眼睛已能看到一個模糊的輪廓，敢情是他已漸漸習慣了黑暗的緣故。雖然看不真切，但他已看出那人半躺在地上，竟像是身害重病的樣子。

「嚓」地一聲，火摺子近風一晃，屋內頓時亮了起來，辛捷因為火在自己手裡，而那人在暗處，是以一時看不見那人，而那人卻驚呼一聲。

辛捷將火摺向前略伸，立刻發現躺在地上的乃是一個蓬頭垢面的少年，看樣子有十五六歲，身上的衣衫更是髒垢斑斑，全是補釘，一副小叫化子的模樣，這時正睜著大眼睛瞪著辛捷，似乎是無限驚訝的樣子。

辛捷心中一直驚於方才他那一記怪招，這時不知不覺間持火走近一步，細細一打量此人，更是暗中一驚。

原來此人雖然蓬頭垢面，但細看之下，只見他雙眉似畫，鼻若懸膽，朱唇皓齒，臉上雖都是塵土，但頸項之間卻露出一段十分細嫩的皮膚，一派富家公子的模樣。

這時那少年開口道：「你是厲老賊的什麼人？」

辛捷怔了怔道：「什麼？什麼厲老賊？」

那少年搖了搖頭又道：「你真不是厲老賊派你來追——啊，我問你，你進來時真不知道我在裡面麼？」

辛捷暗笑道：「就是我真是什麼厲老賊派來追你的，也不一定就知道你在這廟中呵！」但口上卻答道：「我哪裡認識什麼厲老賊的。」

那少年似乎是勉強撐著說話，這時聽辛捷如此說，輕嘆一口氣道：「那我就放心了。」忽然一陣痙攣，撲地倒在地上。

辛捷咦了一聲，走近去一看，只見那少年雙眉緊蹙，似乎極爲痛苦，辛捷不禁持火彎下腰去看個究竟。

那少年想是痛得厲害，不禁眼淚也流了出來，兩道淚水從臉上流下，將臉上灰塵沖洗乾淨，頓時露出兩道雪白的皮膚色。

辛捷看這少年分明是一個富家大孩子，但不知怎地竟像個小叫化般躺在如此荒涼的破廟中，而且身受重傷。這時他見這少年秀眉緊蹙，冷汗直冒，心中不禁不忍，伸手一摸少年面頰，竟是冷得異常。

這時忽然身後一聲冷哼，一人陰森地道：「不要臉的賊子還不給我住手？」接著一股勁風直襲辛捷背後。

辛捷一手持有火摺子，只見他雙足橫跨，身體不動，頭都不回地一指點向來人「華蓋」要穴。

那人又是一聲冷笑，那陰森森的氣氛直令人心中發毛，但辛捷卻奇怪他何以對自己反而一點毫不理會？

哪曉得電光火石間，呼的一聲，又是一股勁風抓向辛捷左肩，辛捷若是伸指直進，雖能點中對方華蓋穴，但肩上一掌卻足致他死命，而這一招發出顯然不是背後之人，一定對方另有幫手，而且兩人配合得端的神妙無比。

辛捷仍然雙足釘立，背對敵人，腰間連晃兩下，單手上下左右一瞬間點出四指。

只聽呼呼兩聲，襲擊的兩人顯然無法得逞，躍身退後。而辛捷手上持的火摺子連火光都沒有晃動一下。

辛捷這才緩緩轉過身來，這一轉身，三人都啊了一聲——

原來那襲擊辛捷的兩人竟是路上所遇扮鬼的兩人，卻不知兩人何以去而復返？

那兩人瞧清楚辛捷，因此大吃一驚。

只見左面一人冷惻惻地乾笑一聲，黃蠟般臉孔上凸出一雙滿含怒氣的眼珠，火光照在他的大紅高帽子上，更令人恐懼。

右面一人長相與左面完全一樣，只是面色稍黑，這時冷冷道：「厲老賊的狗子還要趕盡殺絕麼？」說著呼地劈出一掌，將身旁一張楠木供桌整張震塌。

辛捷早見過兩人輕功，卻不料這傢伙掌力也恁地厲害，又見自己三番兩次被人誤為什麼厲老賊的狗子，心中雖知是誤會，但他抬頭一看這兩人兇霸的樣子，立刻又不願解釋了，只重重哼了一聲，轉頭望了望地上的少年，根本瞧都不瞧那兩人一眼。

這時地上的少年似乎苦苦熬過一陣急疼，已能開口說話，望著那兩個七分似鬼的兇漢竟似見了親人，哇地一聲哭出了聲：「金叔——」再也叫不下去，眼淚如泉湧出。

那兩個怪人似乎一同起身搶了過來，把那少年抱在懷中，不住撫摸他的一頭亂髮，口中唔唔呀呀，不知在說些什麼。

辛捷抬眼一看，只見那兩張死人般的醜臉上，此時竟是憐愛橫溢，方才乖戾之氣一掃而空，似乎頭上的大紅高帽也不太刺目了。

那少年像是飽受委屈的孩子倒在慈母懷中傾訴一般，哭得雙肩抽動，甚是悲切。

那臉色稍黑的不住低聲道：「好孩子，真難爲了你這個孩子，真難爲你了——」

那少年抬起頭來，睜大著淚眼對他望了一眼，說道：「我總算沒有讓老賊搶去那劍鞘——」

旁邊那面如黃蠟的漢子接口大聲道：「好孩子虧你躲得好地方，叔叔方才都走過了頭又回來才找到你哩，真不愧咱們的幫主。」聲音雖尖銳難聽，卻雄壯得很。

那少年轉頭望著他，臉上泥垢在漢子的懷中一陣揉擦，早已揩得乾乾淨淨，露出雪白的皮膚，辛捷卻發現這少年敢情是長得高大，是以才像十五六歲一般，從他臉上看，一派稚氣未泯的樣子，頂多不過十二三歲。但這時小臉上卻流過一絲堅強的神色——但那只是一刹那，立刻又哽咽著說：「可是，可是那些老賊啊，他們一路上輪流追我，追得我好苦……那個厲老賊打了我一掌，一動就痛得要命……」

那兩個漢子見少年傷成那個樣子，不由怒形於色，兩道醜陋不堪的濃眉擠在一起，更顯得醜得怕人。

面如黃蠟的漢子一掌拍在一個土壇上，泥沙紛飛中大聲道：「老二，厲老兒這筆賬記下了——」又轉身對少年道：「鵬兒，看叔叔替你出氣，快別哭了，丐幫幫主都是大英雄，不能輕彈眼淚的，來，叔叔先看看你的傷勢。」

奇的是辛捷從那極爲難聽的怪音中，居然聽出一絲溫和的感覺。

兩個怪漢揭開少年的上衣一看，臉上都微微變色，顯然少年傷勢不輕。

面如黃蠟的一個忽然運指如風地在少年胸口要穴猛點，足足重複點了十二遍，才吁了口氣站起身來。那面色帶黑的對少年道：「鵬兒，叔叔將你體內淤血都化開啦，你再運功一次就可以痊癒了。」

面如黃蠟的漢子卻哼了一聲：「真難爲那厲老兒竟端的下了重手，哼，走著瞧吧！」

「咦，你這小子還沒有逃走——」敢情他發現辛捷還站在後面——而他是認定辛捷爲「厲老兒」的門下。

辛捷正待答話，那少年忽掙扎著喊著道：「金叔叔，他不是——」

背後卻有一個陰森森的聲音接道：「他不是，我是！」

面色帶黑的漢子向同伴使一眼色，低聲對少年道：「鵬兒，不要怕，快運功一周，叔叔保護你。」

辛捷回頭一看，只見廟門口站了三個人，一語不發。

那面色黃蠟的漢子，坦然走上前去，打量這三人一眼，冷冷道：「相好的，咱們出去談。」

那三人看了看守護少年的黑漢，冷笑一聲，齊齊倒縱出門。

黃面漢子看了辛捷一眼，也躍了出去。

只聽得一聲暴吼：「金老大，咱們得罪啦。」接著呼呼掌聲驟起，似乎已交上了手。

廟外金老大以一敵三，全無懼色，掌力凌厲，對方三人一時近不得身。

辛捷暗道：「這姓金的兄弟功力實在驚人，不知他們何以稱那孩子爲幫主？還有他們說什麼劍鞘、厲老賊——啊，莫非是他——」

原來這時他看見三個來人中，倒有兩個使的是崆峒掌法，又想到什麼「厲老賊」，登時想起這「厲老賊」必是崆峒掌門人「劍神」厲鶚。

一思及此，辛捷只覺熱血沸騰，蒼白的臉頰頓時如喝醉一般，隱斂的神光一射而出，令人不敢仰視。厲鶚，厲鶚正是陷害梅叔叔的主兇之一，辛捷登時對金老大生出好感來了。

「對了，一定是他，以眾凌寡，以大欺小，正是他的貫技——」辛捷不禁喃喃自語，雙掌握得緊緊的。

忽地又是一聲長嘯，「刷、刷」從黑暗中跳落兩個人影，辛捷在暗中一看，吃了一驚，原來左面一人年紀輕輕，相貌不凡，正是自己識得的「崆峒三絕劍」中的「地絕劍」于一飛。

右面一人年似稍長，只是步履之間更見功力深厚。

于一飛對那三人喝道：「史師弟加油，困住他。」和旁邊一人一起縱入廟內。

廟內那少年正盤坐運功，那面帶黑色的大漢焦急地在一旁無計可使，忽地他伸出一掌，按在少年背上，似乎想以本身功力助少年早些恢復。

就在這時，廟門開處，「刷、刷」縱入兩人，都是手持長劍，首先一人一把就向少年抓來

那黑漢子一掌按在少年背上，看都不看就一掌倒捲上來，巨掌一張，竟往來人脈上抓去。

來人輕哼一聲，翻身落地，一連三劍刺出——

這人正是崆峒派三絕劍之首，天絕劍諸葛明。

于一飛按劍守住門口，防止敵人逃走。

天絕劍諸葛明功力爲崆峒三劍之冠，這一連三劍劈出，就連暗中辛捷也不住點頭，心中暗道：「這廝劍法要比于一飛精純得多，想來總是他師兄了。」

哪知黑面大漢仍然全神貫注少年復元傷勢，對諸葛明三式宛如不見。

辛捷不禁大驚，心中暗想道：「你武藝雖強，怎能這般託大？」

哪知就在諸葛明長劍堪堪劈到的一剎那間，那面色帶黑的——也就是金老二——忽地反手一把抓出，而且是直抓諸葛明的劍身——

諸葛明見多識廣，一見金老二一掌抓來，掌心全呈黑色，心中不禁大吃一驚，連忙雙足一沉，嘿地一聲，硬生生將遞出的式子收回。

暗中辛捷也同樣大吃一驚，他曾聽梅叔叔說過，四川落雁澗有一種獨門功，喚作「陰風黑沙掌」，練得精純時能夠空手抓折純鋼兵刃，是外家功夫中極上乘的一種，只是近百年來此藝似乎失傳，久久不見有人施用。想不到這金老二方才一把抓出，竟似這失傳百年的絕技，而且

看樣子功力已練得甚深，方才諸葛明幸虧收招得快，否則他那長劍雖然不是平凡鋼鐵，只恐也難經得起「陰風黑沙掌」一抓呢！

于一飛似乎也發覺金老二掌色有異，刷地躍近，長劍一斜，正迎上諸葛明的反手一劍，雙雙刺向金老二。

天地兩劍合璧，威力大增，尤其兩人劍式互相配合，嚴密無比，金老二仗著雄厚掌力，勉強支撐。

那少年這時面色卻紅得異常，似乎運功已到了緊要關頭，金老二更不敢鬆懈，單憑一掌漸漸招架不住。

那諸葛明尤其狡猾，不時抽空襲擊正在運功的少年，迫得金老二更是手忙腳亂。

這時于一飛一招「鳳凰展翅」直襲金老二左肩，諸葛明卻一劍刺向空著的「乾位」，但是金老二只要一避于一飛的劍式，立即就得觸上諸葛明的劍尖，這一下端的狠毒，金老二雖然分神照顧少年，但他何等老經驗，諸葛明劍式故意向空處一遞，他立刻知道其用意，只聽他暴吼一聲，單掌再次施出「陰風黑沙掌」硬抓于一飛之劍鋒——

但諸葛明冷笑一聲，長劍一翻，直刺他肋下「玉枕」，眼看金老二不及換招——

忽然叮的一聲，諸葛明倒退三步，于一飛持劍的手腕已被一個蒙面人捏叩著，金老二卻瞪著一雙銅鈴般的怪眼——

請續看《劍毒梅香》中冊

古龍精品集 50

劍毒梅香（上）

作者：古龍
發行人：陳曉林
出版所：風雲時代出版股份有限公司
地址：10576台北市民生東路五段178號7樓之3
電話：(02) 2756-0949　　傳真：(02) 2765-3799
封面原圖：明人出警圖（原圖爲國立故宮博物館典藏）
封面影像處理：風雲編輯小組
執行主編：劉宇青
行銷企劃：林安莉
業務總監：張瑋鳳
出版日期：古龍80週年紀念版2019年1月
ISBN：978-986-146-580-7

風雲書網：http://www.eastbooks.com.tw
官方部落格：http://eastbooks.pixnet.net/blog
Facebook：http://www.facebook.com/h7560949
E-mail：h7560949@ms15.hinet.net
劃撥帳號：12043291
戶名：風雲時代出版股份有限公司

風雲發行所：33373桃園市龜山區公西村2鄰復興街304巷96號
電話：(03) 318-1378　　傳真：(03) 318-1378
法律顧問：永然法律事務所 李永然律師
北辰著作權事務所 蕭雄淋律師

行政院新聞局局版台業字第3595號 營利事業統一編號22759935

國家圖書館出版品預行編目資料

劍毒梅香／古龍作.　--　再版.　--臺北市：
風雲時代，2009.07
冊；　公分
ISBN: 978-986-146-580-7（上冊：平裝）.　--
ISBN: 978-986-146-581-4（中冊：平裝）.　--
ISBN: 978-986-146-582-1（下冊：平裝）.　--
857.9　　98009962